万年歌

破解中国帝王基因的神奇预言

[周] 姜子牙/原著
雾满拦江/评释

河南文藝出版社

图书在版编目(CIP)数据

万年歌/雾满拦江著. —郑州:河南文艺出版社,2009.6
ISBN 978-7-80765-128-4

Ⅰ.万… Ⅱ雾… Ⅲ.历史事件—研究—中国 Ⅳ.K205

中国版本图书馆 CIP 数据核字(2009)第 092995 号

万年歌:破解中国帝王基因的神奇预言

原　　著:姜子牙
评　　释:雾满拦江
出版统筹:单占生
责任编辑:张丽侠
美术编辑:李定斌
特约编辑:程军川
装帧设计:风　筝
插图绘制:吉安工作室　陶喆+周哲
出版发行:河南文艺出版社
地　　址:郑州市鑫苑路 18 号 11 栋
印　　刷:北京京都六环印刷厂
经　　销:全国新华书店
字　　数:234 千字
印　　张:16.5
彩　　插:32 页
版　　次:2009 年 7 月第 1 版
2009 年 7 月第 1 次印刷
书　　号:ISBN 978-7-80765-128-4
定　　价:35.00 元

目录

序　　万古尘烟中的那些影像/001

第一章　天地伊始混沌初开的预言/001

第二章　三皇五帝禅让递嬗的预言/006

第三章　“周虽旧邦，其命惟新”的预言/013

第四章　吕不韦李代桃僵的预言/021

第五章　秦始皇“祖龙死而地分”的预言/024

第六章　刘邦踏越楚河汉界的预言/030

第七章　王莽篡位复古开倒车的预言/039

第八章　刘秀愤而有志于天下的预言/048

第九章　“苍天已死，黄天当立”的预言/058

第十章　魏蜀吴三分天下的预言/065

第十一章　“三马同槽”的预言/075

第十二章　八王之乱与五胡乱华的预言/086

第十三章　“王与马，共天下”的预言/098

第十四章　“萧齐代刘宋，一报还一报”的预言/109

第十五章　梁武帝养虎为患的预言/117
第十六章　南北朝纵横分合的预言/127
第十七章　关陇武士集团崛起的预言/145
第十八章　隋炀帝离亲叛众的预言/154
第十九章　女主武曌代有天下的预言/163
第二十章　“满城尽带黄金甲”的预言/176
第二十一章　五代十国僭窃交兴的预言/187
第二十二章　周世宗半道中殂的预言/195
第二十三章　赵宋传九世而有靖康耻的预言/205
第二十四章　宋金南北划江对峙的预言/215
第二十五章　蒙元帝国骤兴骤亡的预言/226
第二十六章　朱元璋白手起家的预言/236
第二十七章　李自成进占北京的预言/245
第二十八章　关于未来时代的预言/255

序 万古尘烟中的那些影像

《大业拾遗记》曰："吕望钓磻溪得玉璜，钓卞溪获大鲤鱼，腹中得兵钤。"这一记载破解了我们心中的一个悬谜：为什么在磻溪垂钓的姜子牙能够引起周文王的注意，邀请他协力推翻纣王？姜子牙大概称得上古时代最成功的拾荒者，他在磻溪的水中钓到了一块精美的玉璜，再去卞溪又钓到了一尾大鲤鱼，从鱼腹中获得了一部兵书。

姜子牙的时代距离我们非常久远了，历史的记忆迷失在一个神人混杂的封神世界，在这样的一个世界里出现预言未来的《乾坤万年歌》，是完全合乎情理的。

《乾坤万年歌》是可疑的，除了最为致命的语言风格之外，其中对中国自伏羲氏以来的历史演进充满了令人困惑的解读。

实际上，如果你知道一个民族特有的思维模式，那么你就可以预言他们的未来。

这一预言带有强力的催眠效果，它能够让我们看到潜伏于一个民族深层次的文化基因，看到这样一个民族不断循环的奇异宿命，看到一个民族近乎凝固的行为模式——主导这一切的，则是一种典型的原始思维。

《乾坤万年歌》的世代循环框架建立在原始思维的基础之上。正是因为这一预言洞悉我们民族的特定行为模式，所以它才能够凌空虚步，构架出长达万年之久的历史行进，而且推演的差错率低到了不可思议的程度。

说到原始思维，在这个问题上外国人的困惑显然比中国人更大，如法国思想家列维·布留尔曾困惑地提到，根本不近情理的事情，但在中国人看来却是完全合乎自然的。例如，一个画家在街上看见了一匹伤了一条腿的马，就认出了它是自己的作品。从这里很容易转想到在中国极为流行的一些风俗，如在死者的坟上供纸糊的兽像、烧纸钱等等。

列维·布留尔所提到的这个故事，出自《酉阳杂俎》：

建中初，曾有人牵马访医。称马患脚，以二十镮求治。其马毛色骨相，马医未尝见。笑曰：“君马酷似韩幹所画者，真马中固无也。”因请马主绕市门一匝，马医随之。忽值韩幹。幹亦惊曰：“真是吾设色者。”乃知随意所匠，必冥会所肖也。遂摩挲。马若蹶，因损前足。幹心异之。至舍，视其所画马本，脚有一点黑缺。方知画通灵矣。马医所获钱，用历数主，乃成泥钱。

如此这般的诸多故事构筑成为了我们的传统文化，只有中国人特有的思维方式才能够形成如此美丽的故事。而正是这种特有的传统，主导了中华文明的演进过程。

《乾坤万年歌》演绎了7000余年的中国历史而丝丝入扣，解读《乾坤万年歌》，我们会惊讶地发现那些万古尘烟中的原始影像仍然历历在目，那茹毛饮血的人仍然在这个文明的世代徘徊游荡，我们时而能够看到他们的影子。

《乾坤万年歌》带给我们的智慧，不仅让我们理性地解读过去，同样让我们看到了堪可预期的未来。如果思维的模式没有任何变化，那么无论是我们走向未来，还是走向过去，这二者决无区别。

《乾坤万年歌》如是说，一如我们行将看到的那样。

是为序。

雾满拦江

2009年2月

第一章

天地伊始混沌初开的预言

太极未判昏已过，

风后女娲石上坐。

——《乾坤万年歌》

《乾坤万年歌》的图卷一拉开，首先看到的是两个女生并排坐在石头上。

那么，男生干什么去了呢？

想要弄清楚男生干什么去了，就得粗浅了解一下我们的神话史。

神话非常重要，它是一个民族最为原始的潜意识积淀，一个民族能够接受什么、不能接受什么、会发展成何种文明类型，都受着群体潜意识中的神话系统所控制。如德国人的神话就非常刻板，神祇们按部就班，从周一到周日各有一个神祇轮值，所以德国人的秉性就有板有眼，恪守规矩。如阿拉伯人的神话，净琢磨些神灯里的神灵，结果还真从沙漠中挖出来了石油，带来了源源不断的财富。

神话虽然比信史玄奇，却比历史本身更能够昭示一个民族的未来，甚至带有强烈的预见色彩，这也是我们关注它的契因。

现在我们来看看《乾坤万年歌》，“太极未判昏已过”，要想弄清楚这话的意思，首先必须要给太极下一个定义。

什么叫太极呢？

太：就是最早、最早的时候……那个时候距现在大约有 150 亿年的时间。

极：就是最原始、最原始、最原始，比最原始还要原始的那个点。

明白了，太极就是指宇宙形成之前的那个奇点。这个奇点又称为宇宙蛋，该蛋很小很小，宇宙中所有的物质与能量全都被压缩在里面，气都透不过来，所以忽然一天“轰”的一声，宇宙蛋（太极）爆炸了，大量的粒子产生了，于是宇宙就形成了。

可是，既然宇宙蛋已经爆炸了，何以又说“未判”呢？

宇宙蛋爆炸了，喷射出无计其数的基本粒子，形成了物质本身。宇宙大爆炸距今不过150亿年的历史，地球也不过65亿年的历史。而最奇妙的是，地球距太阳的距离不远也不近，近了会烤得慌，远了会冻得慌，唯其恰到好处的距离，诞生了地球上令人兴奋的原生汤。

这碗汤，大补啊！

原生汤里，有机分子在相互追逐，互相碰撞，就这么热闹非凡，折腾了足足有30亿年，突然有一天闹出事来了——细胞出现了。

细胞没有性别，不分男女，所以叫“太极未判”。最原始的生命，比如说单核生物藻类，就是没有性别。再后来，不唯是植物没有性别，许多动物没有性别，甚至连人类都有可能是从没有性别开始的。青海出土过一只陶壶，至少也有几万年的历史，壶上塑着一个人，竟然是男女合体，雌雄同一。希腊神话也跑来作证：早期的人类就是雌雄合体双性人，双性人有一个最大的好处，就是可以自给自足，不需要婚介所。结果神祇们看了非常害怕，担心人类如此强大会推翻他们，就起了坏心，逮住人类，将其一撕两半——撕时缺乏有效的计量，导致了一半人多出一截，另一半的人少了一截——此后多了那一截的男人就满地球上疯追少了一截的女人，想把自己再拼凑完整了。男人的一半是女人啊！

神话和现代科学就这么混淆了，混淆就混淆了吧，不妨碍我们说事就行。

万年歌开端说，宇宙形成之后，于人类而言，第一个进化任务就是男女性别要分开。

实际上，科学家早就告诉我们了，在地球上，性至少要比生命早出现8亿年。想想吧，地球上还没有生命呢，就已经有了性和欲望，那么这个连生命都没得有的性又是怎么一个性爱的呢？

原生汤中，有机分子有大有小，小个的有机分子就是雄性，逮着大个的有机分子就往里边钻。这么一说就明白了吧？总之，性比生命本身更古老，也更神秘。科学家做实验，逮一公一母俩壁虎，把尾巴剁下来，放太阳底下凉干，碾成粉末，掺进蜡烛里，再点燃，你猜怎么着？两只蜡烛的火焰不是向上方飘浮，而是横空联结成为一条火线，拆也拆不开。

这就是两性之间相互吸引的强大力量。

两性分开之后，就是“风后女娲石上坐”。为什么风后要陪着女祸坐在石头上呢？按理来说，陪着女娲坐在石头上的应该是伏羲——伏羲是女娲的哥哥，和女娲长得一个模样，都是人的脑袋、蛇的身体，人类是女娲和伏羲交合创造的——女娲理应和伏羲形影不离才对，这个风后跑来插足，是什么意思呢？

两个女神扎堆坐在了一起，是因为男神们都在忙。

忙什么？忙打架！

但凡雄性动物，都有着一种原始的攻击冲动，这种冲动的信号是基因发出来的，不管人类进化到何种程度，只要没有把这个基因进化掉，就难免相互攻击。而中国神话中的神在攻击意识方面的体现和表现，与西方神话中的神是有着明显区别的。

这区别就在于西方神话中的男神攻击性是严格遵循生物法则的。比如说西方神话中为了一个叫海伦的美女，选择特洛伊城为战场，众神们在天上打，人类在地下掐，足足打了十年，直打得特洛伊成为一片废墟。西方诸神打架，愿赌服输，输了就输了，也不见得有什么丢人的。

中国的古神就有点不像话。

首先，中国的古神虽然也特别乐意掐架，但为什么要掐架，却说不出个子午卯酉。比如上古的时候，祝融和共工——前者是火神，后者是水神——这两个家伙就打了起来。好家伙，直打得天地变色，日月无光。可这俩老爷儿们为啥要打架呢？没人知道！

只知道要打架，却不弄清楚为什么要打，这是中国古神一个特点。

中国古神打架的第二个特点是：打架的时候赢得起，输不起，一旦打输了就要无赖。

就拿共工来说，这家伙和祝融打了一气，结果输了。输了就输了吧，你看人家古希腊的神祇们，输了之后照样回家踹老婆打孩子，该干什么还干什么，心情一点也不受影响。可是共工这厮却是输不起，他输了之后恼羞成怒，竟一头撞向了不周山。“轰”的一声，不周山硬是被共工一头撞断了。

共工怒触不周山，结果搞得“不周山下红旗乱”！这是中国神话中最为雄伟壮烈的一幕，堪称气势磅礴。但是，共工为什么要撞断不周山呢？

再说下去能够把人活活气死。盖因这不周山乃是支撑天的一根大柱子，因为有这根柱子撑住，天才没有塌下来，日月星辰才得以周天流转，地上万物才得以欣欣向荣。而共工之所以非要撞断不周山，就是因为打架输了，感觉到没有面子，火气上来，迁怒于正在地上艰难进化的人类，就是要撞断不周山，让你们这些人一起倒霉。老子心里不舒服，你们也别想好受了！

看共工这厮，心理明显不正常，有点过于阴暗了。他自己心情不好，就盼着别人倒霉，这可实在是要不得。这时候天已经塌了，地已经陷了，洪水从天上灌将下来，烈火从地壳深处喷将出来，毒虫猛兽从深山里蹿了出来。这就是大洪水时代，是人类共同传说，《圣经》上也有记载。

《圣经》上说诺亚造了一条船，可是中国人没有拿到船票，只能无望地在洪水烈火与毒虫猛兽的三方合击之下，呼喊连天向着灭亡的末路狂奔。瞧共工干的这缺德事……那厮躲到哪里去了？

共工干了这坏事之后就躲了起来，直到今天我们也没能够找到他。不过，找出共工来让他承担责任是次要问题，主要问题还是拯救这个世界。按理说，这项工作应该由共工来干，因为祸是他闯下的。但是共工只有闯祸的本事。但凡闯祸本事越大之人，办事能力就越差。因为这种人的心思只放在如何给别人添麻烦上了，从来不曾琢磨过为别人干点实事。

现在我们终于弄清楚了，为什么我们的历史开端是从两个女生开始的。

男人负责闯祸，女人却要补天。

女娲炼五彩石以补天。女娲补天，计有四道程序：

第一道，冶炼：从高温的火炉中烧制出来五彩石，再把石头镶嵌到千疮百孔的天空上。忙乱中有一块五彩石掉到地上了，成了《红楼梦》中贾宝玉的那块玉。

第二道，木工：逮一只大乌龟杀掉，用巨龟的四条腿把坍塌下来的天空再撑起来。

第三道，捕猎：将一条有可能来自于异时空的黑龙杀掉——该龙也不知中了什么邪，张开大嘴狂吐洪水，没完没了地吐——黑龙死，泛滥的洪水就失去了源头。

第四道，土建：积聚芦苇，焚烧成灰，用来修筑堤坝。为啥不直接在地面上挖土？因为地面都泡在水面之下，只有芦苇长出水面。

此后，女娲氏背靠着四方的地面，手抱着浑圆的天体，使得春天风和日丽，夏天阳光灿烂，秋天红叶漫飘，冬天原驰蜡象……

这么一说就明白了：女娲氏最让我们感动的，不是炼石补天，而是用她自己的身体来补天——她是用自己的牺牲造就了我们今天的世界。

这就是中国的女人。

这就是我们历史的开端。

第二章

三皇五帝禅让递嬗的预言

三皇五帝已派相，
承宗流源应不错。

——《乾坤万年歌》

女娲在补天，男性的神祇在干什么？

在争夺权力！也可以说，他们正在为中国人创造一种难以忍受的生活方式。这就是我们耳熟能详的三皇五帝传说。

三皇五帝都是谁呢？对这个问题，哪怕是最资深的专家，也是能躲多远就躲多远。

为什么专家要躲呢？因为这个事说不清。因为中国古书比较多，写书的人又喜欢创新，你说三皇五帝是这八个人，我非说三皇五帝是另外八个人——不跟你叫叫板，也显不出咱学问高深。

三皇有五种说法，五帝也有五种说法。

先说三皇。《史记》中说三皇是天皇、地皇、泰皇——跟没说一样，到底谁是谁啊？《尚书大传》和《白虎通义》这两本书也不知谁抄了谁，都一口咬定说三皇应该是燧人氏、伏羲氏和神农氏。《运斗枢》和《元命苞》这两本书又有新的观点，认为三皇应该是伏羲氏、神农氏，以及辛辛苦苦替人类补天的女娲娘娘。《帝王世纪》则比较能搞，将女娲娘娘的“皇号”剥夺了，弄来黄帝凑数。还有一本《通鉴外纪》更敢瞎扯，把共工也算是三皇之一。不过，还真有可能，瞧共工打架输了就撞不周山那架势，是典型的缺德政客行为模式。

所以，三皇之说，伏羲氏和神农氏的提名受到的挑战不太大，麻烦的是第三个名额。目前有四个候选人在争夺这最后的一个名额：燧人氏、女娲、黄帝和共工。

女娲娘娘在补天，顾不上；黄帝在五帝中稳居老大，就不要跟着起哄了；至于共工，考虑到这厮心理过于阴暗，"神品"有问题，予以排除。经过如此一番激烈的竞标，三皇人选尘埃落定，燧人氏、伏羲氏及神农氏隆重入围。

在燧人氏的前面还有一位有巢氏，何以这位祖宗就不受后人重视，没有给他弄个皇号呢？要知道，有巢氏是在盘古开天地之后中国人的第一位老祖宗，生活在介于猿与人之间的物种时代。那时节是地球上环保搞得最好的时候，到处都是参天大树，老祖宗们手持石斧和木棒，小心翼翼在原始森林中寻找猎物，但凡遇到剑齿虎一类攻击性强的物种就撒开两腿疯狂逃命。

夜晚降临，祖宗们就睡在石穴中，捎带脚儿繁衍生息。石穴阴暗潮湿，导致了许多祖宗患上了严重的关节炎。有个祖宗受不了了，冲出山洞，回到树上，给自己搭了一个窝棚。别的人惊羡之余，就管他叫"住在鸟窝里的那个家伙"——有巢氏。

当时习惯群居。在树上搭巢建窝，安全是安全了，却显然不利于把大家都团结到一起。

燧人氏就不同了，他的功业是钻木取火。人类文明史上有三桩革命性的发明：取火、轮子，以及拉链。这三桩发明有一个共同的特点，就是它们在生活中无所不在，彻底影响并主导了我们的生活。由此可知，燧人氏能够获得一个"皇号"，确实是名至实归。

牙口就是竞争力，天天茹毛饮血，牙口不好，吃嘛嘛不香，咬不动，嚼不烂，营养不良，更容易遭淘汰。一旦有了火，能熟食，人类的肠胃变得好了起来，大脑也越来越聪明。最关键的是，燧人氏发明了火塘，可以很容易将大家团结在一起——有胆不跟燧人氏团结的，赶到外边没得火烤，就算不被剑齿虎叼走，冻也冻死了。

看得出，同样是原始部落的酋长，燧人氏的权力可比有巢氏大得多了，说是生杀予夺也不为过。

燧人氏之后，伏羲登场。

伏羲是女娲的哥哥。共工那厮把天弄塌了之后，妹妹女娲就去补天。哥哥伏羲却趴在洛水边，嘴里叼着根草棍，百无聊赖地瞎琢磨：真没意思，干点啥呢，要不就八卦吧。伏羲仰观天文，俯察地理，旁观鸟兽花纹，近取自身，远取诸物，创造了中国历史上承传至今的八卦文化。

英国人罗伯特·坦普尔认为，世界上的第一台计算机不应该算在德国的莱布尼茨的头上，而是应该算到中国北宋理学大师邵雍的头上。盖因邵雍用伏羲的八卦搞出了历史上最早的二进制来。罗伯特·坦普尔对伏羲的八卦五体投地敬佩不已，说周易是人类历史上的第一套标准而规范的科学知识体系。也就是说，伏羲的先天八卦图孕育着科学的种子。

那么，这先天八卦有没有不科学的成分呢？

有！这不科学的部分就是原始思维了。

什么叫原始思维呢？

顾名思义，原始思维就是原始人的思维方式，弄不清楚不同事物的区别，老是把八杆子打不着的事情往一块靠。而科学是将不同的事物与对象区分开来，分科研究琢磨的学问。比如，用科学的思维来研究天文，研究的就是天体，不能把生物学上的知识和结论往天文学上堆；而原始人的思维却偏偏要把这两个没得关系的东西挂靠在一起，即所谓的“天人合一”是也。不是说天人合一就不对，而是持原始思维的人行为比较离奇，在考虑事情的时候往往会将各不相干的事物视为一类。这种人如果被东邻踹了一脚，他有可能会拿刀把西舍一家统统杀掉，因为他认为东邻和西舍是一伙的。明明是和某一个具体的人有矛盾，他却要去报复社会，凡属这类的，都是生活在现在的原始人。

凡是原始思维的人，常常想琢磨出一个涵盖一切的万能理论，很难在一个具体的领域里脚踏实地做点实事的。

总之，伏羲推出的八卦式的原始思维对我们思想的影响非常深远。

伏羲完成了思想建设工作之后，才发现大家肚皮还没有吃饱，这个工作就交给下一任神农氏了。神农氏舍身尝百草，一日而遇七十毒，可怜这位祖宗啊，他吃了一根毒草身体发冷，再吃一根毒草又身体发热，尝一枚毒果皮肤长了绿毛，再尝另一枚毒果绿毛又变成了红毛，三皇之中他干的是最苦最累的活，也是最值得我们景仰的。

关于五帝，古书上同样也有各种各样的说法，但大家都以《史记》为准，取黄帝、颛顼、帝喾、唐尧、虞舜为五帝。

皇与帝,是有着本质区别的。“皇”字是由一个“白”字和一个“王”字所组成，意思是说：皇也是王，但白当了这个王了。为什么会白当了呢？因为皇是需要吃无数苦头，付出惨烈牺牲，建立伟大事功，以救助苍生。比如三皇，都是对人类文明有着实质性的推动之后才荣获“皇”的称号。

帝则不同，帝这个玩意儿没办法跟皇比。如果说皇是讲求对人类的贡献，帝则摆明了是流氓打架，玩的是强盗游戏。

五帝中第一位是黄帝，我们是炎黄子孙，排在黄帝前面的还有一位炎帝，炎帝被黄帝征服了，打败了，民族融合了。

后来，黄帝暴打蚩尤。这个蚩尤不好对付，据汉刘安撰《淮南子》一书中说，蚩尤兄弟八十一人，皆食沙啖石，铜头铁额——可见蚩尤这一军事组合突破了时空，带有强烈的玄幻色彩。但蚩尤玄幻，黄帝更玄幻——黄帝搞了个五色云车驾六龙。那位和女娲娘娘并排坐在石头上的风后出场了，帮助黄帝暴打蚩尤，最终消灭蚩尤的部落。

黄帝时代最值得人们回味的故事是刑天氏断头。

刑天氏算是比较早期的分裂主义分子，他对黄帝用武力强行和炎帝部落联合非常不满，就站出来和黄帝讲道理。黄帝砍下了他的脑袋，埋在了常羊山,道理就算讲明白了。但是刑天仍然不忿,脑袋虽然被砍掉了,他便以双乳为眼睛,肚脐眼当嘴巴,一只手拿着“干”,另一只手拿着“戚”,继续在常羊山上挥舞。东晋大诗人陶渊明被这悲壮的一幕感动了，作诗说：“刑天舞干戚，猛志固常在。”猛志固然是常在，可是在黄帝的统治之下，别人说话只能用肚脐眼了，由此我们知道这个传说所隐喻的是民众话语权被野蛮剥夺。

强其筋骨，弱其精神——这在黄帝时代就已经埋下了伏笔。

黄帝时代也是中国历史上人兽混杂的时代，替黄帝拉车的是六条蛟龙，车上还有一只名叫毕方的神鸟，当黄帝出行的时候，虎狼为之前驱，神鬼在后押阵——排场很大。

这时候造字的是仓颉，养蚕的是嫘母，黄帝只管讲他的排场。后来黄帝讲了他一生中最大最大的排场：升天！黄帝晚年命人采首山之铜，铸鼎于荆山之下，以记其功。铸完了鼎之后，黄帝就升天了，不知道他老人家到了天上之后，众神还会不会让他继续讲排场。

黄帝升天后，颛顼登场。

颛顼留给我们最重要的财富，就是让老百姓们诚心地祭祀神灵。烧香磕头这些事应该很重要，不然，我们就很难解释颛顼只凭了这一点就跻身五帝的排行榜。

颛顼之后，他的侄子接班，史称帝喾。跟他的大爷颛顼一样，也没听说过这位帝喾有什么成就。显然，帝喾也发现了这一点，于是他开动宣传机器，轰轰烈烈地宣传他的老婆们。据说帝喾的老婆们端的个个精灵古怪：大老婆姜嫄发现地上有巨人的足印，当即脱了鞋子，光着脚丫子往脚印一踩，于是怀孕；二老婆简狄捡了一只鸟蛋吃下，也怀了孕……

帝喾注重民族融合，专门去被黄帝征服的蚩尤部落娶来一位邹屠氏。这女人厉害，人家怀孕既不踩巨人脚印也不吃鸟蛋，榻上一躺，闭眼睛做梦，梦见吞吃太阳，吞吃一个太阳生一个孩子，再吞吃一个太阳再生一个孩子……八次梦到吞吃太阳，就一口气生了八个孩子。

这么看起来，帝喾远比颛顼聪明得多，在同样没有什么成就的情形下，他居然会想拿自己的老婆来活跃气氛。

连续两个帝王都没有什么成就，无为而治啊！

有成就的终于来了。五帝中排第四位的是帝尧放勋。

什么叫帝尧放勋呢？就是说，这位帝王称号是尧，而他的名字叫放勋。说起这位尧，他是帝喾第三个妃子生下的孩子。我们知道，帝喾的老婆们生孩子是一定要搞搞怪的，踩巨人脚印，吞鸟蛋，吞太阳，无所不用其极，那么这位帝尧的妈妈怎么也不能落后于形势吧？还真是这样。传说尧的母亲名叫庆都，有一天跑出去看黄河，不料天上突然蹿下来一条火红的赤龙，冲着她喷了一口气，然后她就觉得脑子晕晕的，就怀孕生下了尧。

那么，尧有什么伟大成就呢？

这位尧的成就可就大了去了，他最大的成就就是……没有成就！

尧没有尝过百草，没有发明过取火，没有在树上搭过窝，没有创造过文字，但他的时代风调雨顺，井井有条。不同于颛瑞及帝喾的是，尧任用了专业人才，将天下治理得一片祥和，老百姓安居乐业。

于是我们就明白了：对于老百姓来说，最好的领导是不给老百姓添麻烦的领导。

不给老百姓添麻烦，那是因为领导们有麻烦。比如说尧这里就遇到了天大的麻烦。

尧遇到的麻烦是温室效应，全球变暖，南北两极的冰川大量融化，洪水泛滥。前面不是说天下被尧治理得井井有条、百姓安居乐业的吗？那么泡在洪水里的百姓也能算是安居乐业吗？

明白了！关于尧的功业，在我们心目的想象远多于历史本身。

洪水泛滥了，于是尧派了颛顼的儿子鲧去治理，

正当鲧热火朝天干得起劲的时候，尧却出其不意地一刀将他杀了。

关于鲧的死，神话里有不同的版本解释。

其中一个版本说，鲧从天上盗来了宝物息壤。息壤很神奇，水势涨息壤也长，洪水淹没不了。天帝发觉了这件事，很生气，就杀掉了鲧。照此说，鲧应该是中国的普罗米修斯了，和古希腊那位因为盗天火而被囚于高加索山的英雄堪可相提并论。而普罗米修斯最终为大英雄赫拉克勒斯所救。普罗米修斯虽然获得了自由，但为了给囚禁他的神祇一个面子，此后他戴上了一只手镯，上嵌着高加索山的一块石头，意思是说普罗米修斯还在高加索山上囚禁着呢……但是，我们中国的英雄鲧却不见有谁来救他，只能是一腔悲愤，化为黄熊，潜入羽渊，从此不跟大家打照面。

另一个版本是来自《史记》，说尧指责鲧诽谤批评自己，所以尧“从谏如流”，将提意见的鲧一刀砍了——这样大家就都没有意见了。

可见这个尧有点不大对头。

尧不对头的事非常多，他最奇怪的是，去沼泽找一个叫许由的人来继承自己的位置。看他去的这地方——沼泽深处——许由之所以住到这人烟罕见的地方，不正是因为他不善于和人打交道吗？放着那么多的候选人不理会，偏偏要去找许由，尧明摆着是不想让出位子。果然，许由听到这个“真诚”的建议，明智地逃走了。相信这正是帝尧想要的结果。

然后，尧继续往荒无人烟处寻找，又找到一个子州支父，又强烈要求他进入政坛，接替自己。子州支父没办法，学许由也逃走了。

幸福的尧继续寻找，终于在他在位的第 70 年找到了舜。尧很激动，

说："舜可是个难得的人才啊，我这就下野，把位子让给他。"

尧这就要让位了……天真了吧你？没那么容易的事儿！

又过了整整 20 年，尧已经在位 90 年了，又说："我这就下野，腾出位子给舜……"敢情这老兄只是嘴上说说而已，压根就不想让位。作为帝位的候选人，舜等了足足 20 年。

这 20 年，是人类历史上血亲谋杀高歌猛进的时代。

尧声称要把天下禅让给舜，这就引起了舜的异母弟弟象的忌恨。

舜命苦，母亲死得早，他的父亲名叫瞽，是一个瞎老头子。这个瞎老头又娶了一任妻子，生下了一个儿子象。象的生活奢侈，为人傲慢，却受到父母的宠爱。瞽叟计划杀掉舜，好让小儿子象高兴高兴。但是舜非常机警，不管什么时候，只要父亲一叫他，他马上就出现，所以瞽叟始终找不到借口杀他。

后来尧将娥皇和女英这两个女儿一块嫁给了舜，瞽叟与象的忍耐终于到了尽头，残酷的血亲谋杀开始了。

瞽叟让舜修补屋顶，等舜爬上去之后，就在下面放火烧他。舜在这节骨眼上发明了降落伞，用两只斗笠兜着风，从高空忽悠悠地飘落了下来。

第一次谋杀不成功，那就再搞一次。这次是让舜去淘井，等舜下到井底，瞽叟和象同往井里填土，迅速将井填埋了。然后快乐的瞽叟和小儿子象开始分配战利品。

象说："最先想出这个好主意的是我啊，所以舜的两个美丽妻子，还有一把琴，归我所有；至于牛羊仓廪，给父母吧。"

然后，象就跑到舜的房前，弹着舜的琴，向两个美丽的嫂子求爱。但是这"浪漫"的情境被一个"不识趣"的人给搅黄了。这个人就是舜。

舜还活着，他没有被埋在深井里，这家伙居然比土拨鼠还要能干，硬是挖出一个横向的逃亡通道——若计算坑道的土方工作量，单凭舜一个人，没个半年是挖不出来的。可知舜的逃生必有更深的内幕。不管怎么说，舜是活着回来了，象见到他，目瞪口呆，"惊愕不快"，却说："我思念哥哥您，正在忧郁不乐。"舜也顺口答音："当然，你我兄弟间的友悌情义可说得上是很深厚的了。"

那么，舜又有什么成就呢？他也没什么成就。按照孔子的观点，舜最大的成就就是他没有让瞎眼老爹给宰了。

第三章
“周虽旧邦，其命惟新”的预言

而今天下一统周，
礼乐文章八百秋。

——《乾坤万年歌》

从三皇五帝直接跳到了周王朝的建立，这个《乾坤万年歌》跳得有点急。

其实一点也不急，预言里说得明明白白：“而今天下一统周，礼乐文章八百秋。”在这里，单只“礼乐文章”四个字，就将周朝与夏商这两个朝代间隔开了。

夏王朝，是历史上那位以治水之功长留史册的大禹所创建。如果我们有谁将大禹看做是一个英雄人物，那可就错了。事实上，这位大禹是一个典型的虐待狂，心理异常变态。

中国历史上计有三个最为关键性的人物，治水的大禹排在第一。而大禹之所以排在首位，并非是他治水的功绩，而是由此人起，始肇“家天下”之体制。

大禹处心积虑推翻了禅让制度，开创了“家天下”的强盗法则之先河，从此这一体制流毒深远，生生将中国折磨了3000多年，其间遭此体制涂毒的民众不知凡几。

我们完全有理由怀疑大禹治水的真实性，盖因大禹为人绝不是那种为了民众而甘愿付出的类型。相反，大禹对于民众怀有一种不可解释的刻毒仇恨，正是这个人，创造性地发明了诸多酷毒的刑法。在这些刑法之中，割头算是轻的，挖眼珠、剜膝盖、剁掉手和脚、割去生殖器……一个人能够想出这么多的残虐人体的酷毒花样，只能说明这个人心理不是一般的变态，不是一般的阴暗。

然而，毕竟当时的宣传机器在大禹手中，你敢不相信他辛勤治水吗？挖掉你的眼珠，剜去你的膝盖，剁掉你的手和脚，再割去你的生殖器，看你还敢不敢不相信！

生怕后世人不知道他大禹虐待人的花样特别多，大禹不惜费工耗料，铸造了一只巨大的鼎，将这些酷毒的刑法刻在鼎上，希望后世人认真学习，深刻领会。

所以《乾坤万年歌》略去了恶毒的大禹，专一强调周王朝时代的“礼乐文章”。

那么，这个“礼乐文章”又是什么呢？

先说礼，礼是孔子最重视的东西，他曾经说过这样一句话：“周礼尽在鲁矣……”意思是说，周礼已经失传了，除了他孔子，再没人知道。

那么这个礼到底有什么价值，又有什么意思呢？

鲁定公十五年正月，邾国国君邾隐公赴鲁国参观访问。鲁定公亲切会见了邾隐公。

宾主会晤期间，孔子的弟子端木赐在座。端木赐看到，当邾隐公拿着宝玉送给鲁定公的时候高仰着头，态度出奇地高傲；鲁定公在接受礼物的时候则是低着头，态度反常地谦卑。

端木赐评论说：以双方这种朝见之礼来看，两位国君皆有将死的兆头。礼是生死存亡的根本，小从每个人日常生活的一举一动、一言一行，大到国家的祭祀、诸侯之间的聘问相见，都得依循礼法。现在二位国君在如此重要的正月相朝大事上行为举止不合法度，可见内心已完全不对劲了。朝见不合礼，怎么能维持国祚于长久呢？高仰是骄傲的表现，谦卑是衰弱的先兆，骄傲代表混乱，衰弱接近疾病。而定公是东道主，他可能会先出事吧？

果然，端木赐说过这番话后不久，鲁定公就死了。又没过多久，邾隐公也病死了。

实际上，如果我们仔细揣摩，就会发现，周王朝时代的礼，不唯是烦琐的操作仪式，所要求人们的更是一种人生态度与专业精神。比如说鲁定公和邾隐公，这两个人在国事中的态度明显不端正，态度不端正，那是因为心里不重视。可是这两个人职业是国君，春秋时代的做君主的论及专业精神，远比后世的君主要强。偏偏这两个人都不在状态上，那就明摆着这两个人的身体健康出问题了。

看清楚了吧？儒家学者把礼说得这么严重，目的就是为了吓唬君主，让他们敬业一点。

但礼这个东西再重要，它也只能是在必要的场合才起到作用，至少在只有小两口的卧室里，这个夫妻大礼，是用不着儒家学者亲临指导的。闺室之密，玩的就是乐子……乐器这个东西少不了。

所以“乐”这个东西，顿时也变得严重了起来。

中国的百行百业都有自己的神，音乐界也有，音乐界的神名叫师延。

传说师延原本是黄帝时代的乐师，他在乐师的岗位上辛苦工作了好几百年，后来夏朝建立时他还没死，继续干他的老本行。眨眼工夫又是好几百年过去，眼看着夏朝就要灭亡了，师延又挟着琴投奔到了殷商。几百年过去，商朝出来个纣王，宠爱九尾狐狸精妲己，于是命师延演奏性爱乐曲，以资助兴。

师延断然拒绝，结果被纣王关进了监狱里，说要砍他的脑袋。师延在监狱里演奏奇异的音乐，听得狱吏们神迷心荡，他趁机逃了出来。逃到濮水，听说周武王兴师伐纣，师延不知是太过于激动，还是不支持周武王，结果沉进濮水中淹死了。

然后是音乐大师师旷出场。这师旷的经历比师延还要吓人。此人在历史上出场，没等弹琴，先写了兵书一万篇——如今这些书也不晓得都弄哪儿去了，估计多半没人看。师旷没得知音，一怒之下用熏香将自己眼睛熏瞎，专心研究星相、术数和音律，把研究成果写成一部书，叫《宝符》，整整一百卷，但在战国时就给弄丢了。

据说，有一次晋平公让师旷为他演奏音乐，师旷坚决拒绝，说晋平公能力不够，欣赏不了。晋平公大怒，竟敢说领导听不懂，还想不想混了？师旷无奈，硬着头皮演奏，这一演奏，恐怖的事情就发生了——

师旷刚刚开始演奏的时候，只见天空异象纷呈，红色的云朵从四面八方聚拢而来，迅速包围了晋平公的宫殿。

师旷继续演奏，只听得电闪雷鸣，风云四起，有无数阴鬼在惨号，还有好多仙人急手忙脚地到处抓捕偷偷从地狱里钻出来听音乐的恶鬼，看得晋平公及大臣们目瞪口呆。

再继续演奏，就见闷雷一个劲往宫殿里轰，噼里啪啦，球状雷电将桌几掀翻在地，将廊上的屋瓦掀得满天狂舞。大臣们吓得疯了一样地逃命，闷雷就挟着石头瓦片往他们后脑勺上铆足了劲砸，直砸得血肉模糊，哭爹喊娘……晋平公吓得钻进了桌子底下，双手抱住了脑袋，说啥也不出来了。此后，晋国大旱三年，赤地千里，而晋平公也一病不起。

这就是周王朝时代的音乐，现在的西方的交响乐就仗着人多起哄，跟师延、师旷比起来，差得远去了。

据说周王朝时代的音乐精神，除了圣人孔子，别人都摸不到门了。

而孔子能够摸到周王朝音乐的门，也不是他老人家比别人更聪明，相反，他比别人更笨。他师承师襄子，学一支曲子，弹啊弹，弹啊弹，弹了足足三个月，还在弹，弹啊弹，弹啊弹，又弹了三个月，然后继续弹下去，弹啊弹，弹啊弹，终于有一天，他老人家说话了。

孔子说："哇，我终于看到了作这支曲子的人了耶，这个人黑黑的、瘦瘦的，两只眼睛里充满了对人世间苦难的怜悯……"师襄子大吃一惊，说："孔丘，你终于领略到了音乐的本质精神，这支曲子是周文王所作，名叫《文王操》，你刚才看到的那个黑瘦的人就是周文王本人……"

孔子逮住一支曲子狂弹一年，可知那时候的曲子太少了。

古人在音乐上养成的听觉能力，十分离奇，简直到了离谱的程度。

东汉时蔡邕去朋友家吃请，到了朋友家门口，听到门里有琴声传出，蔡邕说了声"不好，琴声中好浓烈的杀机，有人要杀我，快逃"，就跑回家躲了起来。没过多久，朋友找上门来解释，说："我弹琴时，看见一只螳螂悄悄爬向一只鸣蝉，而蝉又将离去。螳螂与蝉，一个向前一个后去，我心里恐怕螳螂扑不到蝉，不自觉间将这种心绪在琴声中流露出来……"蔡邕听后评价道："从这件事情上看，你的弹琴已经有了新境界了。"

唐朝的裴知古最是精于音律，有一次他出门，恰好遇到一个骑马的人经过，就说："听声音，这个人立即就会从马上摔下来……"果然，过不多久，那骑马的人就一头从马背上栽了下去，脖子折断，当场咽了气。还有一次裴知古出门，碰到一个新娘子出嫁，听着新娘子身上的佩环叮咚，就说："唉，这新娘子的婆婆怕活不长了……"果然，新娘子过门没过多久，她的婆婆就病死了。

这就是由周王朝所发展而来的乐文化，已经浸入到了日常生活的每一个小细节中。

“礼乐文章八百秋”，很明显，无论是礼还是乐，都和大禹的刑杀构成事物的两极，再接下来是文章。

周王朝时代的文章，传到今天的有两个，一个是“诗”，一个是“书”。“诗”指的是《诗经》，“书”指的是《尚书》。

相比于《尚书》这部可疑的文本而言，《诗经》更为我们所熟知，这本诗歌集之所以冠以“经典”之称，是因为它在弘扬人性中最美好的一面已经达到了顶峰，此后的人纵然再努力，莫不如直接从这本书里搬点现成的好。

比如说，古时候的读书人在街上遇到漂亮女生，如果大喊一声“哇，那小妞是我的了”，这就很不含蓄。正确的做法是，手执一柄扇子，假装目不斜视地紧擦着漂亮妹妹的身边走过去，用充满了深情的嗓音朗诵道：“关关雎鸠，在河之洲。窈窕淑女，君子好逑。”

女孩若是不理你，那就再来：“野有蔓草，零露漙兮。有美一人，清扬婉兮。邂逅相遇，适我愿兮。”

这回她该回眸一笑了吧？什么？还不答理你？再来：“蒹葭苍苍，白露为霜。所谓伊人，在水一方，溯洄从之，道阻且长。溯游从之，宛在水中央。”

还不理你？那就捡块石头丢过去，别担心砸伤了女孩子，横竖她也不理你。但就算是丢石头，《诗经》里也给你预备好了台词：“投我以木桃，报之以琼瑶。匪报也，永以为好也！”

什么！女孩子的男朋友气势汹汹奔你冲了过来，那快逃吧……逃到了安全的地方，叹息一声，还是《诗经》：“知我者谓我心忧，不知者谓我何求，悠悠苍天，此何人哉？”

总之，《诗经》是这样一本好书，它把我们人类肯定会干的事儿——甭管是好事还是坏事——都预备好了最美丽的台词，一个人如果不读《诗经》，说出话来就寡然无味，显得特没文化。

简单说来就一句话：《诗经》称得上一本情商实战手册。情商低的人，有必要把这本诗集背诵下来。《诗经》就是一本让你把乏味的生活变得有趣起来的书。

孔子说："诗三百，一言以蔽之，思无邪！"孔子这话是什么意思呢？

有关孔子这段话的现代意译，我们几乎在任何一本谈到《诗经》的书上都会找到：《诗经》是我国古代劳动人民对幸福的向往与追求……这种追求与向往，断不是大禹之流搞出个鼎刑就能够挡得住的。

孔子还说："诗言志。"这句话又是什么意思呢？

解释这句话，中国历史上最著名的女才子薛涛的美妙人生堪可称之为一个注解。

大唐时，薛家有天才美少女薛涛出世。小丫头美貌聪明，心思机敏。于是有一日，父亲带着小薛涛在庭院吟诗。指着一株老树，父亲吟道：

庭前一古桐，
耸干入云中。

小薛涛听了，立即和道：

枝迎南北鸟，
叶送往来风。

古书上记载说，薛涛的父亲听了女儿的诗，顿时"愀然不乐"。

小薛涛这句诗不是蛮好的吗？其父何以不乐呢？不乐就不乐吧，还"愀然不乐"，这未免也太夸张了吧？

原因说起来就比较微妙。盖因薛涛的诗带有强烈的色情韵味。听听，"枝迎南北鸟，叶送往来风"，其中的娱乐主义风情是一览无余的。事实上，薛涛后来果真成为了中国历史上著名的"女艺人"。由此可见，诗表征着一个人内心深处最隐秘的向往。

通常，史家就拿这个故事给"诗言志"作注解的。

相比《诗经》，《尚书》就冷落得多。《尚书》之所以遭到冷落，责任在秦始皇。

话说秦始皇称"皇帝"号之后，发现天下人有的捧了《诗经》在读，有的捧了《尚书》在读，很是生气。大禹对百姓挖眼球剜膝盖割生殖器都挡不住他们依旧男欢女爱，秦始皇就琢磨找个一劳永逸的法子——焚书坑儒，以愚黔首。

于是，举凡天下之书，除了教导人们如何农耕稼穑的几本之外，统统烧毁。此后老百姓没了书可看，就算是见到了喜欢的女孩也不知道如何表情达意，智商指数向着有巢氏时代飞速退化。这回秦始皇总算是满意了。

销毁是销毁了，但有一个叫伏生的老博士却偷偷抱着一本《尚书》躲了起来。再后来，秦始皇死了，汉初又掀起了一场轰轰烈烈的文化复兴运动。有人修葺房屋，一不留神，把曲阜孔子的故居墙壁上给捣出个大洞来，意外发现一道夹壁墙，藏着许多私匿起来的古书，这其中就有一本《尚书》。这本《尚书》是比较早的老版本，用蝌蚪文写成的，找人翻译过来，拿去跟老博士伏生的那本《尚书》一对照……晕，这两本《尚书》竟然完全不一样。

弄出来两个完全不一样的版本，这可咋办？

事实上，不唯是《尚书》发现了不同的版本，《诗经》也是一样。但版本的区别对于《诗经》来说不太重要，毕竟是"表达劳动人民对幸福的向往"，影响不大。比如说，追求女孩子的时候你是说"关关雎鸠"，还是说"呱呱斑鸠"，女生都不会有太大意见。

但是《尚书》不同，该书所记载的是前朝各任领导的讲话，表征着儒家学者所推崇的一种政务治理风格。

儒家学者推重的是何种政务治理风格呢？我们从《尚书》中拿出公元前 627 年秦穆公的讲话稿给大家看：

> 公曰："嗟！我士，听无哗！予誓告汝群言之首。古人有言曰：'民讫自若，是多盘。'责人斯无难，惟受责俾如流，是惟艰哉！我心之忧，日月逾迈，若弗云来。惟古之谋人，则曰'未就予忌'；惟今之谋人，姑将以为亲。虽则云然，尚猷询兹黄发，则罔所愆。番番良士，旅力既愆，我尚有之。仡仡勇夫，射御不违，我尚不欲。惟截截善谝言，俾君子易辞，我皇多有之！昧昧我思之，如有一介臣，断断猗无他技，其心休休焉，其如有容。人之有技，若己有之。人之彦圣，其心好之，不啻若自其口出。寔能容之，以保我子孙黎民，亦职有利哉！人之有技，冒疾以恶之。人之彦圣，而违之俾不达。寔不能容，以不能保我子孙黎民，亦曰殆哉！邦之杌陧，曰由一人；邦之荣怀，亦尚一人之庆。"

这就是有名的《尚书·秦誓》。里边有很多精彩的名句，如“昧昧我思之”，如“邦之杌陧，曰由一人”等等。

可是秦穆公到底都说了些啥呢？我们将它译成白话：

秦穆公说：“啊！我的官员们，听着，不要喧哗！我有重要的话告诉你们。古人有话说：‘人只顺从自己，就会多出差错。’责备别人不是难事，受到别人责备，听从它如流水一样地顺畅，这就困难啊！我心里的忧虑，在于时间过去就不回来了。往日的谋臣，却说‘不能顺从我的教导’；现在的谋臣，我愿意以他们为亲人。虽说这样，还是要请教黄发老人，才没有失误。

“白发苍苍的良士，体力已经衰了，我还是亲近他们；强壮勇猛的武士，射箭和驾车都不错，我还是不大喜爱。只是那些浅薄善辩的人，使君子容易疑惑，我太多亲近他们！我暗暗思量着，如果有一个官员，诚实专一而没有别的技能，他的胸怀宽广而能容人。别人有能力，好像自己的一样；对别人美好明哲，他心里的喜欢，又超过了他口头的称道。这样能够容人，用来保护我的子孙众民，也或许有利啊！

“别人有能力，就妒忌，就厌恶。别人美好明哲，却阻挠，使他不能通向君主。这样不能宽容人，用来也不能保护我的子孙众民，也很危险啊！国家的危险不安系于一人，国家的繁荣安定也许是由于一人的善良啊！”

翻译过来看，我们真的大吃一惊！原来过去的领导讲话是这个样子的！最多不超过五分钟，该说的话都说了，该讲的道理也讲了，当前的形势和任务也分析过了，工作的重点也布置了……这篇讲话什么都包括了，缺的就是我们最熟悉的废话。

现在我们知道《尚书》何以会成为专业人士的饭碗，而远离了大众的社会症因了。它所要求于我们对于政务治理的态度，仍然是一种执著的专业精神。

这就是久已离我们远去的周文化，至今它仍然在历史深处期待着我们。

第四章
吕不韦李代桃僵的预言

串去中直传天下，
却是春禾换日头。

——《乾坤万年歌》

这里有两个谜语让我们猜。

第一个谜语：串去中直——“串”字去掉了中间那条直线，是一个“吕”字。

第二个谜语：春禾换日头——把“春”字下面的“日”字，替换成“禾”字，这个字我们也熟，是“秦”。

吕不韦、秦王嬴政，这两个历史人物应声跳了出来。《万年歌》在这里告诉我们说：天下落到了一个叫吕不韦的人手中，而国号是“秦”了。

这是中国历史上最耐人寻味的一个章节。

如何一个耐人寻味法呢？就这么说吧，《万年歌》中的这句预言，堪称中华“爹文化”的顶峰之作，此后至今的中国人仍然世世代代生活在“爹文化”的浓厚氛围之中。

只听说过“酒文化”、“茶文化”，中国什么时候弄出来了“爹文化”的呢？不会是瞎说吧？还真不是！

战国年间，秦昭襄王的孙子异人被送到赵国做人质，恰遇大商人吕不韦。吕不韦说：这是奇货可居啊！于是吕不韦与异人结交，遣人赴秦国向秦太子安国君宠姬华阳夫人奉上厚礼，说：“异人自己没有母亲，非常渴望着将华阳夫人视为母亲。”华阳夫人无端落得个大儿子，非常高兴，就向安国君撒娇，请立异人为嫡嗣。

吕不韦请异人喝酒，并让自己一个美貌的姬妾侍奉。异人见美姬心动，喜爱不已，便向吕不韦索要，娶了美姬。未几，美姬生下了一个儿子，当时取名叫政。

此后异人归国继位为王，是为秦庄襄王。庄襄王死后，政继位成为了秦王，再此后秦王政扫平六国，一统天下，是为秦始皇。

而这段预言说的是，庄襄王异人娶得美姬的时候，那美姬肚子里怀的却是吕不韦的种。也就是说，秦始皇实际上是吕不韦的儿子。

有关这段历史的解说，是中国“爹文化”的典型。现在我们能够明白，所谓的“爹文化”特指我们中国人的一种奇特思维方式，该思维不注重分析问题，更不注重解决问题，而是撇下问题的本身，直奔当事人的血统而去。就是一个绕着弯子骂人。

绕着弯子骂人的“爹文化”是中国文学史上长盛不衰的话题，史书中对秦始皇血统的质疑只是一个开端，香港作家黄易作《寻秦记》则把“爹文化”发展到了另一个高峰。

在《寻秦记》中，主人公项少龙穿越时空，抵达了战国时代的彼岸。在那里，主人公与一名绝色美女产生了一段恋情，而这名美女的儿子便是大名鼎鼎的秦始皇。

可见，两千多年过去了，中国人惦记着给秦始皇当爹的心愿却仍然是那么强烈。

人们之所以那么急切要给秦始皇当爹，除了对暴君的仇恨外，最主要的是在我们中国人的思维中，一旦享受到了当事人他爹的权力，就意味着对当事人的最大污辱。

单说“爹文化”是说不出个名堂来的，但如果拿“爹文化”与西方人的理性思维相对撞，笑料就出来了。

金庸写《鹿鼎记》，主人公韦小宝本是个流氓小混混，竟然充当起中俄谈判的钦差大臣，俄国则派出了费要多罗公爵，双方唇枪舌剑。谈不了几句话，韦小宝流氓嘴脸大暴露，对着费要多罗公爵破口大骂，要和他祖母、妈妈怎么着怎么着。费要多罗公爵听不懂中国话，请求翻译。翻译告诉费要多罗公爵：我们钦差大人说了，他要和你母亲睡觉。费要多罗听了大喜，道：原来你也知道我母亲是莫斯科有名的美人？那真是太好了，我母亲在莫斯科有很多很多的情人，你要是喜欢她，我替你们介绍。韦小宝听了这话，目瞪口呆。

韦小宝之所以目瞪口呆，是因为韦小宝向来浸淫于中国的“爹文化”之中，形成了根深蒂固的原始思维。比如韦小宝骂费要多罗，和对方妈妈如何如何，那我就是你爹，我既然是你爹，那就占到了天大的便宜。可是，在费要多罗看来，韦小宝是否跟他母亲睡觉，跟他毫无关系，跟这场谈判也没任何关系。

韦小宝认为自己在口头上享受了费要多罗父亲的性权力，因此就占到了便宜——到底占到了什么便宜呢？韦小宝本人怕是也说不清楚。这是因为原始思维并不注重解决问题。比如说，对于秦始皇这样一个暴君，他焚书坑儒，摧残文化，我们后人要解决的课题就是：是什么样的文化氛围滋生出这样的暴政者，我们应该如何做才能够避免历史的重复，让我们生活得更好。这是一种理性的思维，一种智性的思考方式。原始思维做不到这一点。

原始思维所能做的，就是想象自己成为秦始皇的父亲——成为秦始皇父亲之后呢？原始思维是一种平面思维，没有“之后”。不相干的事物堆积在一起，注定了无法在这些事物之间找到必要的逻辑关系，缺乏逻辑关系的联结，思维自然无法进入到另一个层面上。

正是因为人们的思维始终是在一个平面上徘徊，所以纵然是千余年来如秦始皇一类的暴君遭受到了千夫所指，极权政治带来了的却是我们民族内心中一次又一次的血劫与疼痛。

第五章
秦始皇“祖龙死而地分”的预言

天下由来不固久，
二十年间不能守。

——《乾坤万年歌》

这句预言说的是秦始皇始肇极权制度并于15年后分崩离析的故事。

前面我们已经说过了，中国历史上最关键的人物有三个，第一个是大禹，因为大禹推翻了禅让制，建立了“家天下”，从此让中国人承受了长达3000年之久的苦难。

秦始皇是第二个，他更狠，悍然废除了封建制度，建立起了其坚如铁的极权专制体系。至于秦始皇能够建立起这种专制体系的社会深层症因，很简单，因为他面对的是一群持平面化原始思维的“黔首”。

很明显，周王朝时代的分封制已经太老土了，更要命的是周文化中的礼乐诗书所构建的门槛太高了，除了孔子他老人家，很少有人能够跳得过去。儒者能够从一个人的礼节表现上知道生与死，音乐演奏到了让天地变色的程度，这难度实在是太高了，大家受不了。大家不想要任何束缚，想干什么就干什么，所以周文化势必要衰落。那些古老的祭器从此丢弃在废园中，一任黄土淹没，红草凄迷。

接下来大家到底应该怎么办呢？

公元前316年，周王室的一支、燕王姬哙作出一个石破天惊的决定。他要恢复古老的禅让制，放弃“家天下”的传承方式。当时列国震惊，瞪大了眼睛盯着燕国看。

果然，燕王姬哙将王位让给了国相子之，自己下野。就在这一年，秦国司马错攻入了蜀川。

子之升任了燕王的第一年，天下太平。到了第三年，麻烦事就来了。

下野的燕王姬哙是有儿子的，按照“家天下”的法则，这个儿子就是太子，名叫姬平，他是禅让制度恢复后的最大受害人——本来他顺理成章能成为燕王的，这下可好，父亲把王位禅让给了子之，他姬平屁也没有了。

姬平不忿，就组织人马，向子之进攻。子之也不是好惹的，他既然有本事忽悠让燕王禅位，还怕你个前废太子吗？遂举兵镇压。双方在燕国一阵好杀，直杀得人仰马翻，血流成河，天昏地暗，日月无光……构难数月，死数万人。

眼看燕国内乱不已，邻国齐国看不下去了。恰好大圣人孟轲正在齐国做客，于是齐宣王问孟轲：“燕国闹成这么一个样子，该不该讨伐它呢？”

孟老夫子眼一瞪，厉声道：“当然可以讨伐！”

齐宣王大喜，于是催兵入燕，击杀子之，扑杀姬哙。恢复禅让制的试验就这样以悲剧落下了帷幕。

事情还没完。齐国的远征军随即又因为“侵略邻国”遭受到了秦国的讨伐，大败。于是，齐宣王抱怨孟轲净给他出馊主意。

猜猜孟轲是怎么回答的？

孟轲正告齐宣王：“我说过可以讨伐，是仁义之师可以讨伐，你是仁义之师吗？如果不是，你乱讨伐能落得了好吗？”

听了孟轲的话，齐宣王差一点没气死，这个孟子也太能狡辩了。不管怎么说，燕国的历史证明了古老的禅让制已经行不通了。

那么，大家应该怎么办呢？硬着头皮往前走吧——前面就是极权！

禅让制度恢复失败后的第六年——公元前308年，秦国正式建立了宰辅制，任命樗里子嬴疾为左丞相，甘茂为右丞相。

这俩丞相往台下一站，缺的就是皇帝了。

于是秦国瓦解六国统一抗战联盟，逐一歼灭。未几，六国抵抗势力纷纷被摧毁，只剩下楚国俨然成为了抵抗暴秦的中坚力量。

于是，秦国热情邀请楚怀王赴武关会盟，楚怀王欣然前往，楚大夫屈原拼命阻拦不让去，说秦人奸诈，不可轻信，被楚怀王踢到一边。结果，楚怀王一到武关，秦人伏兵四起，将他直接架到战俘营去了。楚人大为悲恸，齐声声讨秦国的罪行，声讨完了，就立了太子为顷襄王，决不屈服。

顷襄王即位，研究楚怀王何以被秦人掳往战俘营，结果发现屈原早就提醒过楚怀王，只是楚怀王不听……明白了，原来都是屈原这张乌鸦嘴给弄的，生生地唱衰了楚国啊！

楚国是唱不衰的——于是，屈原被贬逐。

失魂落魄的屈原流离于汨罗江边，说什么也理解不了：难道我提醒大王要警惕暴秦的圈套也算是唱衰楚国？

屈原想不通，愤而投江而死。

不久，哲学家公孙龙隆重推出“白马非马”学说，想把天下人的思维由平面转为立体。这一理论学说从实与名的区别开始，引导我们建立起一种基于逻辑的智性思维——就目前人们对公孙龙的评价来看，两千多年了，这项工作也不见有什么成就。

再也没有什么力量能够阻止秦人的攻城略地了。

说没有人也不对，至少有两个人尝试了一下在这方面的努力。

这头一个，正是中国“爹文化”的既得利益者，此人叫嫪毐，生得皮肤雪白、身材高大，最喜欢玩的游戏是用自己的生殖器将沉重的车轮挑起来，这理所当然引起了寡居深宫的秦王政母亲的注意。于是嫪毐入宫，成为了太后的情人。

说起来，情人这种社会现象，堪称人类文明史上最美丽的欲望之花。情人，不只东方有，西方人玩得更是花样翻新；如果说中国史是一部权力史，那么西洋史就是一部情人史。但是，情人现象一碰到平面化的原始思维，那就非得出问题不可。

公元前 238 年，嫪毐起兵，要教训教训“儿子”秦王政，结果兵溃，三族被诛，他和太后生的两个儿子也被秦王政装进袋子里活活摔死。

姘头就是姘头，说好听点不过是情人，千万别把姘头和亲爹混淆了，那是两码事。可等嫪毐明白过来这么简单的一个道理，他已经死翘翘了。

第二个人是刺客荆轲。“此地别燕丹……今日水犹寒。”荆轲堪称中国刺客史上的大名角，问题是，不要说他杀不掉秦王，就算是杀了秦王，也阻止不了秦国吞并天下的步伐。

那是因为，秦王政只是一个坐享其成者，扫平天下、吞并六国的契始并非他的功业。应该说，秦国之所以能够并吞六国，始自于商鞅变法，强大了国家。

《资治通鉴》载：公元前244年，秦国大饥。同年，蒙骜伐韩，取十二城。

这个就是强大的秦国了。尽管百姓遭受着饥饿的威胁，但军队的战斗力丝毫不减，照样打得韩国稀里哗啦。

秦国的强大，与百姓并无益。恰恰相反，正是百姓以饥饿为代价才换得秦国的攻城略地，穷兵黩武。秦国的强大，并非是国家富裕了，也非是百姓觉悟提高了，而是在由商鞅缔造的强大暴力机器面前，百姓们“没有任何借口”了——可以饿死，也可以冻死，但不能不满足君王的战争欲望。

盖因商鞅变法是古代中国极权专制的开端。他要做的事情，就是剥食天下之骨髓以供一人淫欲。人活着总是希望别人给自己一个像样点的评价，哪怕是暴君都不乐意听人批评，可商鞅不怕人骂。

画地为牢，钳制民众。商鞅变法之所以搞得如此神秘，是因为这其中隐藏着一个统御民众的恶毒方法。具体来说，商鞅在秦国所做的事不过是如下五条：

第一条，禁止民众的移动自由。将散居的民众聚于一地，设立县制——一个县就是一个大监狱，将老百姓统统关押起来。

第二条，百姓都被当做犯人关押在一个固定的地方，可是他们不服气，怎么办？好办，先收缴百姓家中的管制刀具，主要是切菜刀，再让十户人家合用一把菜刀。

第三条，百姓家里没了菜刀，还不服，怎么办？那就实行“五户连保，十户连坐”制度，一人犯死罪，十户人家统统杀头，首告者以斩敌首论赏。

第四条，还有些人隐居山林之间不问世事，拿这些人怎么办？商鞅的做法：派军队搜山，将隐士统统逮来，或是当奴隶卖掉，或是送到战场。

第五条，老百姓不乐于当兵，老是捧着《诗经》搞些“美好的追求”，缺乏为君王无私牺牲的精神，这又怎么办？这也好办，宣布秦国生活已经迈入了小康，禁止百姓父子兄弟姐妹同居于室……

可以说，商鞅是第一个将百姓视为器物的思想者，他琢磨的就是如何奴役压榨百姓，以最大程度满足君主的欲求。商鞅百忙中不辞辛苦，亲自赶到渭河边观刑，被杀死的人堆成了小山，鲜血染红了渭水。血腥的杀戮让商鞅沾沾自喜，他问手下人："我治理天下的手段高不高明？"手下人回答说：高明固然是高明，可是《诗经》中说"得人者兴，失人者崩"，《尚书》中也说"恃德者昌，恃力者亡"，你不理会先贤的教导，只顾一个劲地摧残百姓，我想着你真有可能活不太长了。

五个月后，重用商鞅的秦孝公死了，秦国人开始对商鞅进行政治清算。商鞅逃亡至边关，欲宿客舍，结果因未出示证件，店家害怕"连坐"不敢留宿。于是商鞅起兵，失败后被车裂而死，全家老小也被杀个精光。

这个故事又有个成语，叫"作法自毙"。

商鞅是在公元前338年"作法自毙"的，而秦国在大饥的情形下照样攻打韩国是发生在公元前244年。也就是说，商鞅人虽然死了，但由他开创的极权体制仍然在起着作用。秦国民众在这一体制之下已经彻底沦为了秦王实现个人野心的工具，东方六国没有能力与之抗拒。

这就是秦始皇一统天下的秘密——以极权的体制统御百姓。

而秦帝国的分崩离析，也是因为这样一个原因。

秦王一统天下后，沿用商鞅的老办法，先收缴天下兵器，铸成十二个大铜人——要艺术，不要战争。又修筑横贯全国的"驰道"，确保当任何地方的民众起而造反时，他的军队能够在第一时间赶到弹压。

这些琐事办完了之后，秦始皇面临着他人生最大的一个课题：如何才能够长生不老？

做了皇帝还不够，秦始皇要的是长生不老，永生不死地将老百姓祸害下去。

于是，秦始皇不辞辛苦地东奔西走。先是向西，巡视陇西，然后又向东走。到了泰山正逢大雨，他就躲到一棵树下避雨，后来封这棵树为"五大夫"。然后再向南，所到之处刻碑题字，秦始皇忙得不亦乐乎。这么找了一圈，没找到神仙，再往西南找。这回终于遇到神仙了。

秦始皇抵达湘山祠，遭遇大风。秦始皇不高兴，就问随行的博士："负责管理湘水的是哪个神？"博士回答说："是尧的两个妃子，娥皇和女英。"

秦始皇大怒，派遣三千名囚徒把湘山的树木全都砍光光，以惩罚娥皇和女英。

再走下去，在博浪沙，秦始皇遭受到了刺客的搏命椎杀。刺客逃之夭夭，秦始皇下令进行全国大搜捕。

走到关中，秦始皇决定微服私访，仅带了四名卫士，夜里出来，在兰池宫又遇到刺客，秦始皇“被置于危险的窘迫境地”，总之很狼狈，幸亏卫士杀了盗贼。于是又一轮全国大搜捕。

不久，有流星自空划落，落于东郡，化为一块陨石，石上有字曰“始皇帝死而后地分”。秦始皇大怒，将东郡人统统杀光，烧毁陨石，封锁消息。

这一年的秋天，有使者经由关东路华阴平舒道，遇到一个人手持一块玉璧，请使者璧送给滈池君（水神名），说了句：“今年祖龙死。”然后倏然不见了。使者回来，把玉璧交给秦始皇，把事情经过讲了。秦始皇铁青着脸，说：“山鬼只知道一年的事儿！”等退了朝，秦始皇又解释了一句：“祖龙，是人类的祖先。”意思是说：老子我又不是人类的祖先，人类的祖先死关我屁事？

求仙不成，秦始皇非常郁闷，于是他下令销毁《诗经》《尚书》等，再有人说话时敢引用这两本书的名句，族诛。再坑杀乱嚼舌头的书生460人。然后，秦始皇就死了。

秦始皇死时，小儿子胡亥在身边，宦官赵高要挟丞相李斯，以秦始皇的名义命令太子扶苏自杀，胡亥登基为帝，为秦二世。

做了皇帝之后，秦二世先杀掉了自己的12个哥哥，又命人将他的20个姐姐像狗一样牵到集市上去，统统车裂。看秦二世这么个搞法，就知道这个秦王朝要完蛋——有这么对待哥哥姐姐的吗？

“戍卒叫，函谷举。”陈胜、吴广来了。

陈胜和吴广奉命戍守，到得楚地大泽乡，遭遇大雨，误了时限。按秦律，误期则斩，不问原因。于是陈胜与吴广私下里商量：横竖也是一个死，莫不如反了吧！

陈胜、吴广的起义不过是死中求活、拼个鱼死网破而已。万万没有想到，秦王朝随即宛如纸糊的一样迅速坍塌了。

秦王朝何以崩溃得如此迅速？

原因就在它的极权体制上。但凡极权体制，莫不是以天下人为敌，崛起或有偶然，但灭亡却是必然。

第六章

刘邦踏越楚河汉界的预言

卯坐金头带直刀，
削尽天下木羊首。

——《乾坤万年歌》

陈胜、吴广打响了推翻暴秦的第一枪，但这哥俩只是替别人当炮灰。

公元前 202 年，汉高祖刘邦登基称帝，建立汉王朝。

刘邦的“刘”字，写成繁体是这个样子的：劉。正是“卯”字一屁股坐在“金”字头上，旁边还有一个立刀。所以称之为“卯坐金头带直刀”。

那么“削尽天下木羊首”又是个什么意思呢？

刘邦被封为汉王是在公元前 206 年，这年是乙未年。十天干中乙为木，十二地支中未为羊，所以说“削尽天下木羊首”。

至于“削尽”的含义，还是要从陈胜和吴广这老兄弟俩说起了。

话说他俩打响了起义的第一枪之后，饱受暴秦虐待的民众总算是找到组织了，纷纷前来投靠，其中最有名的是张耳和陈馀。

于是陈胜就和张耳、陈馀商量，打算给自己弄个封号，要称王。张耳和陈馀劝说：老陈啊，你这才刚刚打下一个小小的县城，就要南面称王，不至于急成这样吧？

陈胜说：两位老先生说得非常有道理……就在陈县称王，国号为“张楚”。

这时候，起义军中有一支小部队由葛婴统领打到了东城，发现了楚王的后人襄强，就立襄强为楚王。突然听说陈胜建了国号张楚，自己当了王，葛婴心说不好，急忙一刀把襄强杀了，赶回来参加陈胜的称王大典。他刚一回来，就被陈胜推出去砍了。

放着打响起义第一枪的老陈你不说拥戴，居然敢另立楚王，其心可诛。陈胜的做法也不能说一点道理没有。

这时候陈胜的阵营里又来了一个有影响力的大人物——孔圣人的后裔孔鲋。

孔鲋一来就劝告陈胜：战略上要轻视敌人，战术上要重视敌人。现在你这边对秦王朝过于轻视了，万一人家发狠打过来，那可有点危险。

陈胜不爱听，说：我的军队，就不劳老先生你操心了。

孔鲋无奈，只好揉揉鼻子自己走开。

有分教，这是孔圣人的后裔第一次加入到反叛者的行列，此后两千年孔家人再也不掺和这些事了——你起你的义，我读我的书，免得碰一鼻子灰。

后来，陈胜的阵营中又来了一个更厉害的人物——陈胜他老丈人。

看老丈人来了，陈胜打了声招呼："来了？"行见面礼只是拱手高举，并不下拜。

老丈人一瞧陈胜这德行，就气愤地说："依仗着叛乱，超越本分自封帝王的称号，且对长辈傲慢无礼，不能长久！"说罢，老丈人不再认这个浅薄的女婿，掉头离开。陈胜这才有点慌神，急忙按礼相见，可人都走了，还见什么见？

他老丈人是走了，陈胜的一帮子朋友们却不肯走。这帮朋友都是当年陈胜种田时的伙伴，陈胜可是亲口对他们说过的："苟富贵，勿相忘。"当时这些人都嘲笑陈胜这个泥腿子异想天开，陈胜叹息："燕雀焉知鸿鹄之志哉？"现在陈胜终于一飞冲天了，昔日的燕雀们吵吵闹闹地找来了。这些人聚拢在陈胜的王府中，一边搓着脚丫子上的泥，一边兴高采烈地回忆着陈胜以前的倒霉事。想不到啊，真是想不到，陈胜居然一步登天，称王称帝了，这老天爷真是没长眼……

正在感叹，一群士兵蜂拥过来，不由分说，将这些燕雀们捆绑起来，拖出去之后一刀一个，全都砍了。此后，陈胜没了朋友。

没有朋友也好，谁见过帝王还有什么朋友的？

陈胜任命了一个叫朱房的人担任中正，另一个叫胡武的人出任司过。

这两个职位一听就明白：中正，就是要求大家要中要正，司过，就是专门检查大家是不是犯了什么过错。这么一检查，果然发现许多人都犯了错。

看看这些人，连错误都敢犯……那就杀吧！每天都有一堆被砍下来的脑袋送到陈胜这里。就这么砍着砍着，终于有一天陈胜这一堆脑袋里发现了一个熟头——老熟人的头颅。

这个老熟人便是吴广。

当时陈胜就乐了："你看你，这个老吴，怎么搞的吗……"问清楚是田臧砍下的，陈王大悦，派使者把楚令尹的官印赐给田臧，并拜他为上将军。但是这位上将军运气不大好，刚刚当上新官，就在与秦军的一场遭遇战中壮烈牺牲了。

像陈胜这么一个搞法，可想而知，还剩下来的人都跑到别的地方，自己拉杆子去了。这些私逃并拉杆子的人，纵然不是逃跑主义者，也是分裂主义者；他们也没办法，他们提着脑袋追随陈胜，秦兵砍他们那是没办法，可陈胜砍他们却砍得比秦兵还来情绪。大家不分裂，还能怎么办？

手下无人可用，于是陈胜自己出马，前往汝阴督战，行至下城父，他的司机——车夫庄贾——出其不意割下他的脑袋，去秦军那边邀功了。

陈胜错失他的历史机会，走上前台来的是刘邦和项羽两大军事集团。

有关项羽，我们所依据的资料主要是来自于司马迁的《史记》。由于为降将李陵说公道话，被刘邦的后人刘彻割掉了生殖器，可想而知，司马迁对老刘家不会有什么好感。为了表达自己爱憎分明的感情，司马迁用非凡的才华为我们塑造了一个传奇英雄。在《史记》中,《项羽本纪》是最精彩的篇章。我们先来看一段最精彩的：

> 项王乃西从萧，晨击汉军而东，至彭城，日中，大破汉军。汉军皆走，相随入穀、泗水，杀汉卒十余万人。汉卒皆南走山，楚又追击至灵壁东睢水上。汉军却，为楚所挤，多杀，汉卒十余万人皆入睢水，睢水为之不流。围汉王三帀。

这一战发生在公元前 205 年，刘邦一伙盘踞在彭城，项羽掩杀而来，先于穀水、泗水击杀汉兵十余万，复于睢水击杀汉兵十余万，尸体漂浮，睢水为之堵塞。

这么看起来，项羽举重若轻，轻易就将刘邦的军事力量击得粉碎，刘邦理应没得混了。但这时候偏偏跑来一位枭雄彭越，主动为刘邦打下手，断绝了项羽的粮道，于是更精彩的一幕终于上演了：

> 项王乃复引兵而东，至东城，乃有二十八骑。汉骑追者数千人。
>
> 项王自度不得脱。谓其骑曰："吾起兵至今八岁矣，身七十余战，所当者破，所击者服，未尝败北，遂霸有天下。然今卒困于此，此天之亡我，非战之罪也。今日固决死，愿为诸君快战，必三胜之，为诸君溃围，斩将，刈旗，令诸君知天亡我，非战之罪也。"
>
> 乃分其骑以为四队，四向。汉军围之数重。
>
> 项王谓其骑曰："吾为公取彼一将。"令四面骑驰下，期山东为三处。于是项王大呼驰下，汉军皆披靡，遂斩汉一将。
>
> 是时，赤泉侯为骑将，追项王，项王瞋目而叱之，赤泉侯人马俱惊，辟易数里，与其骑会为三处。汉军不知项王所在，乃分军为三，复围之。
>
> 项王乃驰，复斩汉一都尉，杀数十百人，复聚其骑，亡其两骑耳。乃谓其骑曰："何如？"骑皆伏曰："如大王言。"

这一幕动感十足，精彩之致，项羽于百万军中纵横睥睨，来去自如，斩将夺旗，所向披靡，只是那目瞋怒吼便惊得汉将赤泉侯疯狂逃出几里开外……

热血男儿，真大丈夫！

只可惜，这都是司马迁瞎掰。司马迁回避了历史上这样一个细节：项羽这个人，一旦部下立了功，理应封赏的时候，那简直像是割了他的肉一样地心疼。每次授予部下印信的时候，他痛苦地摸着印，摸啊摸，摸啊摸，一摸就是一整夜，还是舍不得给。

这是一个十足的葛朗台。想象一下，让大文豪巴尔扎克笔下的吝啬鬼葛朗台纵横于百万军中……这个，这个场面也忒诡异了。

还有更诡异的呢！楚霸王被困垓下，粮尽兵绝，入夜，汉兵齐唱楚地歌曲，听得项羽心惊肉跳，于是起来让美人虞姬陪酒，并作歌曰：

力拔山兮气盖世，
时不利兮骓不逝。
骓不逝兮可奈何，
虞兮虞兮奈若何！

我把这诗翻译一下，也能更好地认识项羽其人：

我的力气好好大，好好大。
就是运气有点差，有点差。
乌骓宝马要趴下，要趴下。
虞姬你快想办法，想办法。

可是虞姬不过是一个女秘书，又能有什么办法？虞姬万般无奈，只好回应：

汉兵已略地，
四面楚歌声。
大王意气尽，
贱妾何聊生！

虞姬这首歌相对来说就简单得多了，大意是：不是我们太愚蠢，而是敌人太狡猾；你们男人窝囊废，女人又有啥办法？

很显然，项羽是拿虞姬当补天的女娲了，只可惜项羽所面临的麻烦太大，虞姬补不了他的天，最多是陪他一起死。

看到这情形，“项王泣数行下，左右皆泣，莫能仰视”——穷途末路，就是这么悲惨。

我们怀疑项羽的神勇是司马迁虚构的，因为这种神勇与项羽的性格不相符。司马迁本人也为我们提供了证据：

……独籍所杀汉军数百人。项王身亦被十余创。顾见汉骑司马吕马童，曰：“若非吾故人乎？”马童面之，指王翳曰：“此项王也。”

这是写项羽最后的时刻——困于乱军之中，身中十几处重创，遇到了熟人吕马童，于是项羽亲切地打招呼：吃了吗……

这段描写的矛盾性是显而易见的：前面说项羽连杀汉兵数百人，这在战场上多么引人注目啊，恐怕所有的人都把眼睛盯在他身上，这时候谁不知道他是项羽？偏偏还要劳驾吕马童给介绍：此项王也。合着他杀了这么多的汉兵，汉兵居然还不知道他是谁。

这仗打得真让我们不知道说什么好了。

综合起来看，项羽之所以不能与刘邦争天下，是因为他活脱脱是另一个陈胜——这两个人的思维有一个共同的特点：原始化！平面化！

陈胜和项羽的心智模式是同一的，他们都急切的想称王称霸。项羽在攻破咸阳城之后大肆屠城，尽掳财宝妇女东行（虞姬很有可能就是项羽这次军事行动的战利品），然后就琢磨着回老家，并说出了一句为国人追捧的名言："富贵不归故乡，如衣绣夜行。"

但这句话非常没文化，所以在两千多年的流传中终于变得郁郁乎文哉："富贵不还乡，犹如锦衣夜行。"

有人力劝项羽："关中险阻，山河四塞，地肥饶，可都以霸。"建议他在这边建都。但是项羽不予理睬。出主意的人发现了项羽的原始思维，失望地道："人言楚人沐猴而冠耳，果然。"项羽听说后，就把那位老兄逮了来，放在大锅里煮了。

何以说"富贵不归故乡，如衣绣夜行"这种话，是还未进化成人的原始思维呢？这是因为，凡原始思维必然是平面的，而凡平面的思维必然是表象的，说到底，都是内中缺乏逻辑性关联，面临着思维材料的匮乏问题。

什么叫思维材料的匮乏呢？举个例子，西洋人幻想中的天使后背是一定要有翅膀的，中国神话中长翅膀的神仙也不是没有，比如说《封神演义》的雷震子，但雷震子最多只算是预科生，正宗的神仙是绝对不需要长翅膀的。

这么一比较就明白了，同样是抽象思维，西方的天使是逻辑运行的产物，而中国人的想象却完全不理会逻辑。

在中国神话中，嫦娥吃了药就奔月了。古希腊神话中，能工巧匠伊卡洛斯要想飞上天空，就得用胶粘出一副翅膀来，结果一飞到接近太阳的高度，粘胶就熔化了，可怜的伊卡洛斯就从天下掉了下来。伊卡洛斯之坠落！这是古希腊神话中最悲壮的一幕。

材料是逻辑的工具，没有足够的思维材料，自然就不会有逻辑性思维。脑子中没有足够的思维材料，那就是我们通常所说的表象思维。表象思维并非是形象思维。形象思维好歹还能通过形象来思维，而对表象思维的人来说，如果你不为他提供视觉图像，他就连思维都不会了。

比如项羽，他非要富贵还乡，就是因为他需要一个乡亲们羡慕围观的现实画面——只有在这幅画面中，他才会继续思考，从中感受到荣耀。

可不可以问一句：你就是想回家显摆一下，那显摆完了之后呢？

最好还是别问了，之前问这个问题的人已经被项羽扔到锅里给煮了。

为什么项羽要煮掉这个人？因为原始思维只能在平面上打转，没有深度，也就无法回答这个问题。答不上来，项羽当然会难受、痛苦。古希腊神话中，智慧女神雅典娜是出生在父亲宙斯的脑袋里，痛得宙斯要死要活，劈开脑袋，智慧才得以诞生。项羽煮掉让他思考的人，就是为了避免思考的痛苦。

这么一说，我们就明白了，楚霸王项羽这个典型揭示了我们传统文化中原始思维的三个重要特点：

第一，急于在公众中炫耀自己，却不会思考。近来报上有条新闻，美国政府警告中国移民，不要老是在公众场所炫耀自己的富有，免得让盗贼盯上……看看，都两千多年了，中国人的这毛病还没改，弄到了让美国人替我们操心的程度。

第二，撞大运，如项羽就坚持认为自己运气不好。因为不会思考，不知道事物发展的规律，只能指望碰运气试一试，成也是它，败也是它。

第三，不是靠自己的努力解决问题，一心指望着贵人帮扶一把……项羽指望虞姬给他想办法，后来戏剧中常常有美貌多情的小姐救助遇难的书生，都是这种思维的表现。

说陈胜、项羽是因为原始思维而惨遭淘汰，那么刘邦又何如呢？让我们来看看刘邦与项羽的一次历史性对垒：

刘邦与项羽彭城一战，汉军于榖水、泗水死十万人，又在睢水死十万人，刘邦疯狂逃命，车上不只有刘邦，还有他的儿子和女儿，人一多马车奔行起来速度就慢，容易被楚军追上。

这样刘邦就遇到一个问题：要想让马车逃得快一点，就得把个人推到车下去，推谁呢？推最胖的？推谁都行，反正不能推他刘邦。

于是刘邦当即揪住儿子和女儿的脖领子，把这两个倒霉孩子推了下去。滕公急忙跳下车，又把这两个孩子抱到车上。

刘邦很不乐意，再一次将这俩孩子推下车。如是者三。

看出来了，刘邦这人刻薄寡毒。虎毒尚不食子，刘邦的心里根本就没有儿女的位置。

虽然刘邦成功逃走了，但是他的父亲刘太公和老婆吕氏却落到了项羽手中，项羽将这两人留置军中，押在了战俘营中劳动改造。没过多久，因为彭越断了项羽的粮道，项羽吃不住劲了，就想快一点解决掉刘邦：

> 当此时，彭越数反梁地，绝楚粮食，项王患之，为高俎，置太公其上，告汉王曰："今不急下，吾烹太公。"汉王曰："吾与项羽俱北面受命怀王，曰'约为兄弟'，吾翁即若翁，必欲烹而翁，则幸分我一杯羹。"

看看这段，实在是让人忍俊不禁。项羽将刘邦的父亲剥光了搁在大菜板上，威胁刘邦说："你再不投降，你亲爹可就要被煮成肉汤了。"而刘邦则俏皮地回答："我们是兄弟，我爹就是你爹，你要煮你爹，别忘了分给兄弟一碗肉汤……"

项羽当时就傻了眼。

为什么项羽会傻眼呢？因为这老兄原始思维，不会逻辑性思考。他在将刘邦的爹拉出来准备下锅之前，就没有想到过这招并不管用，连个备选方案都没有，只能是尴尬，目瞪口呆。

那么，刘邦这算不算是现代人的理性思维呢？

算不算，我们不知道，我们知道的是，同样的事情，中世纪的时候在欧洲也曾发生过。

早年意大利还是一盘散沙，差不多一个城市就是一个小邦国，比如说威尼斯，比如说米兰。这些城市都没有什么像样的防护力量，经常遇到倒霉的事情。话说有一天，米兰公爵正在愉快地用餐，从门外突然冲进来一群强盗，二话不说就把公爵大人给剁零碎了，美丽的公爵夫人和几个孩子落入强盗的手中。但是公爵的城堡中还有一个小小的要塞，里面躲着几个护院的卫兵，他们紧闭了要塞的门，然后拿了火枪砰砰向强盗射击。强盗们被要塞里的火力压制住，没办法再在公爵的家中劫掠。于是他们就想了个法子，强迫公爵夫人进入到要塞中劝卫兵投降，否则就杀她那几个孩子。

公爵夫人一进入要塞，就厉声斥骂强盗，命令更猛烈地开火。强盗们很生气，威胁说："我们这就将你的儿子女儿统统杀掉。"

公爵夫人笑曰："有本事你们就杀吧，杀了后我再找几个漂亮男人生几个孩子，气死你们！"

强盗们目瞪口呆，见这招不管用，就只好掉头跑路。公爵夫人率兵追出来，全城搜捕，将强盗捉住，杀了。

看这段故事，再看看刘邦，我们会发现刘邦和这位不在同一时空中的公爵夫人有着同样的智力，他们都能够运用逻辑为思维武器，于道德困局中破茧而出，迅速想到解决问题的方法。

如此一来，我们就知道刘邦何以会取得天下了。

他是一个处身于一群原始思维的人之中却拥有着足够思维深度的人。原始人堆里居然冒出一个现代人来，他当然要大赢特赢。

第七章
王莽篡位复古开倒车的预言

一土临朝更不祥，
改年换国篡平床。

——《乾坤万年歌》

刘邦创立的大汉帝国磕磕碰碰了200年，到了公元前8年，终于遇到了麻烦。

“一土临朝”，“一”和“土”叠加在一起，是一个“王”字。

是王莽！

一个新时代的古老人物，终于出场了。他将全面接收大汉资源，将天下弄得乱七八糟。

王莽在传统史观中也是有定论的人物，正如这《万年歌》中说“改年换国”。王莽重行上古时代的禅让制，让刘氏将天下的产权转让给了他，而在民众心里足足好几千年不认禅让制了，所以王莽干的这事，是个倒行逆施，开历史的倒车。

对王莽的评价，暴露出传统史观中的原始思维，囿于逻辑功能的缺失，导致了批判能力的不足，因而崇信“成王败寇”的人生哲学。如果刘邦的后人发牢骚说王莽篡位，还说得过去的。但如果别人也跟着作如是评价，就明显站错了立场，是原始思维才能够得出来的荒谬结论。

实际上，王莽堪称中国第一号政改实验者。此人于极权的死胡同中，拿大中国做试验品，进行了规模宏大的复古实验。这个实验分两个阶段进行：

第一个阶段叫“以德服人”。

第二个阶段叫“以德治国”。

前者，让王莽走上了权力之路，民众对他寄予了无限的厚望。

后者，让王莽走上了亡败之路，从此沦为了天下人的笑柄。

先来说第一阶段“以德服人”。以德服人是儒家对中国民众最真诚的劝诫，打开《论语》，满篇满本都是此类的名言。比如在《论语》开篇《学而》中，有子就说：“君子务本，本立而道生。”有子说的这个“本”，就是德。由于人性的控制能力不足，倘若有一个人肯收敛一下自己心里的欲望，修德以服人心，小则会受到群众的信任，搞大了，像王莽这样得到江山也不是多么难的事。

至少在王莽这里，容易到了不能再容易的程度。

王莽这个人，自打生下来就命苦，家徒四壁，一无所有。但是他这个人有个好处，他读书。读书的人有很多，也没见谁读到王莽这种人生成就。这说明王莽和这世界上绝大多数读书人相比，还是有区别的。这区别就在于，别人读了就读了，并不往脑子里去，比如看到书上教导说要“以德服人”就摇头不信，读到“书中自有颜如玉”就眼睛一亮……不会思考，只能接受自己脑子能够接受的固化观点，这是许多人读书再多也枉然的最大原因。

王莽却不然，他能够接受那些广为大众所垢病的观念，比如“以德服人”。于是王莽就开始了修德。

“修德”是一个非常痛苦的过程：禁绝女色，不穿华丽的衣服，饮食不求精美，正襟危坐时目不斜视，说话不能由着自己的性子来，要说出问题的本质，提出过人的见解——意味着还要读更多的书，思考更多的事。哪怕是一个人独处，也要小心翼翼，不能让自己有失分寸，所谓君子慎独是也。

史载，王莽屈己下人，态度谦恭，勤学苦修，学识渊博。他侍奉母亲跟寡嫂，抚养侄子，都十分尽心周到。对待诸位叔伯，他能委曲迁就，礼敬有加。大伯王凤病重时，王莽侍候他，亲口尝药，一连几个月都不能解衣入睡，因而蓬头垢面。王莽在外结交的也都是些俊杰之士。

王莽疯狂修德引发了世人的关注，朝廷官员争着向皇帝引荐他，许多人充当义务宣传员，走街串巷宣传王莽的先进事迹。于是王莽开始升官，新都侯、骑都尉、光禄大夫、侍中……官越升越大。王莽成为了大汉朝的首席楷模。

修德最苦的，不是苦自己，而是苦别人。一次，王莽的母亲生病，朝廷中的公卿王侯多派夫人前往探视，她们都穿着绫罗绸缎，戴了许多珠宝首饰。王莽的妻子出门迎接时身上穿的却是刚刚能遮过膝盖的粗布衣服，大家看见了还以为她是王家的老妈子呢。

王莽带领全家人辛苦修德，把王莽送上了道德顶峰的还得看一位美女的力量。她就是赵飞燕！

说起赵飞燕，青莲居士李太白有诗云：

一枝红艳露凝香，
云雨巫山枉断肠。
借问汉宫谁得似，
可怜飞燕倚红妆。

同为中国四大美女之列，杨贵妃见李白将自己比为赵飞燕，心中窃喜。

单说赵飞燕以美色倾倒汉成帝，逼走许皇后，自己做了皇后，又让妹妹赵合德封了昭仪，一手遮天。许皇后被废，心里不乐意啊，就去找自己的姐夫讨个主意。

许皇后的姐夫叫淳于长，官拜侍中。此人端的是情场中的高手，初时许皇后的姐姐寡居，被他花言巧语弄得服服帖帖，嫁给他为妾。许皇后来找淳于长，商量说再复职当皇后的可能性不大了，看能不能弄个婕妤什么的职位。

想那许皇后虽然不是名动史册的绝色，但她能够为一宫之首，姿容是绝对说得过去的。淳于长见这美貌的小姨子有求，大喜，百般调戏轻薄。说到底这是姐夫和小姨子的事儿，别人也管不着。

这个缺德的姐夫还从小姨子那里拿走了几千万的银子和礼物，声称通过活动要给小姨子弄一个“左皇后”的岗位。

这事不知怎么让“道德楷模”王莽知道了，他义愤填膺，举报了淳于长。结果，淳于长因作风不正派受到朝廷的通报批评，解除公职。

这边呢，王莽加官晋爵，升任了大司马。

却说赵飞燕当了皇后，不甘寂寞，找了两个俊俏后生。这事让妹妹赵合德知道了。

于是，赵合德就跑到汉成帝的面前，问：“你爱不爱我？”

汉成帝：“爱啊。”

赵合德：“那你还爱不爱我姐姐？”

汉成帝：“这个……也爱……”

于是赵合德放声大哭，说：“我姐姐品性高洁，纯真善良，性格又刚烈，如果现在有人陷害她的话，那我们赵家就没活路了……”

正哭着，有人跑来向汉成帝报告：“报告皇帝，皇后现在正和别的男人通奸……”

汉成帝一听就火了，当场把报信的人杀了。

从此赵飞燕敞开了玩，公然白昼宣淫，再也没人敢报告给皇帝了。

可赵合德稍一不留神，汉成帝就把别的宫人搞出孩子来了。赵合德大怒，对汉成帝展开了批判会。

赵合德：“你骗了我，你曾经说过你爱我的。”

汉成帝：“是说过……可这事也不能怪我……”

于是汉成帝勇于认错，亡羊补牢，掐死了自己的孩子，命人就地挖个坑埋了。

汉成帝至少掐死了自己搞出来的两个孩子。

当时汉宫里就是这么一团糟。突然有一天，汉成帝死掉了。

当时的舆论认为，这是因为赵合德为了不让汉成帝有机会和别的宫女好，就拉着汉成帝在床上没完没了，汉成帝不好意思不配合，就硬着头皮搞下去，结果搞啊搞，就生生给搞死了。汉成帝死在赵合德那雪白香腻的肚皮上。

皇太后大怒，让大司马王莽会同御史、丞相、廷尉共审赵合德，赵合德说不明白，就自杀了。还没查清怎么回事，这时候汉哀帝继位，上台第一件事，就是将王莽赶出朝廷。

有没有搞错？王莽可是道德楷模啊，这个汉哀帝连道德楷模都往外轰，岂不是太不道德了吗？果然，王莽被轰出朝廷，天下顿时怪事迭生。

公元前 3 年，出了这么一桩怪事。函谷关以东地区人民无故惊恐奔走，拿着禾秆或麻秆互相传递，说："将西王母的筹策传递天下。"在道路中相遇转手，多达1000余枝，经过26个郡国传到了京师。人们在街巷、田间小路上聚会赌博，唱歌跳舞，祭祀西王母，一直闹到秋天才停止。

要出事！或者说，人民群众静极思动，渴望着最好出点什么事。

实际上，事早就出了，这次事还是出在后宫，出在汉哀帝的性取向上。

汉哀帝这个人，与前任汉成帝风格迥异。汉成帝喜欢美女，汉哀帝偏偏喜欢美男。

史载，云阳人董贤最得哀帝的宠爱，出则陪同乘车，入则随侍左右，赏赐累积巨万。董贤常与哀帝睡在一张床上，有一次睡午觉，哀帝想起床，但董贤还没睡醒，身子压住了哀帝的袖子，哀帝不愿惊动他，于是就把袖子割断了再起床。"断袖之癖"这个典故就是这么来的。

如果有谁据此认为汉哀帝是同性恋，那就错了。史载，哀帝曾诏命董贤的妻子可以登记进入皇宫，住在董贤在宫中的住所；又召董贤的妹妹入宫，封昭仪，地位仅次于皇后。昭仪与董贤夫妻日夜侍奉哀帝，随同左右。

后来，哀帝在麒麟殿设酒宴，与董贤一大家子一起宴饮，侍中、中常侍在旁侍候。哀帝喝多了点，看着董贤笑道："我打算效法尧禅位于舜，怎么样？"

侍中王闳插话："天下乃高皇帝的天下，并非陛下所有！陛下承继宗庙，应当传子孙于无穷。王统帝业是至关重大的事情，天子不可戏言！"

哀帝默然不悦，命王闳出宫，回到郎署，不许再随侍禁中。

看明白了没有？老刘家人已经不想再要这个天下了。

可是老刘家不要这个天下了，你想给谁就给谁吗？这个汉哀帝说了可不算数。

天下禅让，是择贤而禅，那么现在普天之下谁的德行最深厚？

王莽的名字呼之欲出。

百姓万人上书，恳求王莽出山。汉哀帝没办法，只好让王莽回到朝廷。未几，汉哀帝死去，王莽问责董贤，董贤害怕，全家自杀。这时候郡国发生大旱灾、蝗灾，百姓流离失所，饿死于路。王莽立即要求宫中、朝中改穿粗布衣服，要艰苦朴素，同时他拿出百万钱的捐款和田地30顷，交付大司农以救助灾民。

一时间，朝廷掀起了轰轰烈烈的救灾捐款活动，有二三十名大臣捐献出了自己的田宅。朝廷把这些田宅按人口数分配给灾民，又在长安城中新盖民宅二百所。

此后王莽又宣布，但逢水旱蝗灾，他就不吃肉，只吃素。

王莽的这个决定，是历朝历代只有皇帝才有资格修的“德”；他现在把德行修到皇帝的程度，虽然不是皇帝，但别人也已经把他视为皇帝了。

公元1年，王莽封太傅，百官纷纷撰写文章朝贺。

公元5年，王莽祭神，号“假皇帝”。

公元8年，王莽正式登基，建立新朝。

王莽登基，是儒家士大夫合谋夺取皇家权力的一次尝试。

在王莽修德的过程中，他的身前身后追随着无数儒家学者，他们希望在中国这片土地上重现古老的禅让制度，终结中国政治体系中弥漫周天的血腥与杀戮气息。

但是，儒家士大夫的这个尝试注定得不到民众的支持。禅让制过于久远了，它能否解决中国政治体系中暴力色彩，效果是可疑的。最重要的是，中国传统文化始终未能摆脱原始思维的特点。平面化的原始思维缺乏逻辑力量的支持，无法对利益关系的调整作出动态的研判。也就是说，当王莽以古老的禅让制发动了不流血的政变，夺得权力之后，民众看不出他们能够得到什么好处，只是发现，王莽的篡位不符合他们“成王败寇”的理念——帝王之位让于异姓，在这个过程中不死上几百万人，那像话吗？

民众拒不承认王莽政权的威严，群起为盗。

王莽登基的前一年，东郡太守翟义起兵反叛，明确反对禅让。于是，王莽去社庙中祈祷，并大哭曰：“昔成王幼，周公摄政，而管、蔡挟禄父以畔。今翟义亦挟刘信而作乱。自古大圣犹惧此，况臣莽之斗筲！”

看王莽哭得鼻涕眼泪哗哗流，众儒臣急忙安慰他：“不遭此变，不彰圣德。”

这“以德服人”也管用，未几翟义兵败，尸体被剁成碎块。

这时王莽来了精神，“以德服人”硬是管用，那就“以德治国”吧。

这个“以德治国”怎么个治法呢？当此之时，又一个道德楷模横空出世——唐尊！

唐尊走的和王莽相同的路子，他说，国家空虚，人民贫困，灾祸的原因在于奢侈。应该身穿小袖短衣，乘坐母马拉的简陋车子，坐卧时用禾秆作衬垫，用瓦器作餐具，并将这些东西分赠给公卿。

王莽大喜，封唐尊为平化侯。

“以德治国”，基层的官员可以学习唐尊，就这么个搞法，那王莽应该干啥呢？

这个问题，让一个梓潼县人哀章给解决了。

哀章发现王莽“以德治国”缺乏一个实用性的理论，就搞了个大铜柜，做了两道标签，一道写作“天帝行玺金匮图”，另一道写作“赤帝行玺某传予黄帝金策书”。所谓某，就是高皇帝刘邦的名字。那策书说王莽是真天子，皇太后应遵照天意行事。图和策书写有王莽的大臣八人，又加上两个好名字——王兴和王盛。哀章乘机把自己的名字也塞在里面，共 11 人，都写明了官职和爵位。然后哀章把这只大铜柜献给了朝廷。

王莽喜形于色，把“天书”上提到的官员统统加官晋爵，然后宣布废除汉朝的货币制度，另铸新币。再按《禹贡》一书的记载，重新把全国划分为九州，全面恢复周王朝的制度。

复古！王莽做了一次比较彻底的复古实验。这次实验得到了儒家学者的支持，但百姓可就惨了。

首先是货币制度让民众吃尽了苦头。新铸的货币掺了很多铅，老百姓不乐意用，依然是偷着用老钱币。而王莽重定九州，地名都要改回到古代去，改就改吧，偏偏他搞出来的封国又太多，足足一万多个，名字变来变去，有的地方一年就变了五次地名，这样一来，老百姓们都弄不清楚自己住在什么地方了。

这个王莽真能搞。但是王莽是真的辛苦，他每天夜以继日，不停批阅奏章。后宫佳丽三千人，三千美女眼巴巴地等着他，可这老兄工作到深夜，就趴在案头上打个盹，醒了就用凉水洗洗脸，接着工作。碰到这么一个道德楷模，不近女色，可惜了那些美女们！

正当儒家士大夫们如醉如痴跟在王莽屁股后面一路狂奔，谁也没有注意到，王莽这厮跑着跑着，却偏离了儒家的金光大道，跑到邪路上去了。

王莽一共有两个儿子。大儿子打死了家奴，遭到王莽的严厉斥责，自杀了。可怜的王莽老婆，跟着王莽修德，把自己修成了老妈子不说，还连儿子都修没了，所以她悲愤，哭瞎了眼睛。于是王莽又让四儿子王临去照顾母亲。王临兴冲冲赶到，发现母亲身边有一婢女，名叫原碧，王临当即将原碧按倒在榻上……

之后，王临和原碧担心王莽知道了，会责罚他们，就琢磨找机会杀了王莽。结果事败，王临和原碧落到了司法官员的手中。这司法官员也狠，一顿审理，审出原碧不只是和王临通奸，而且还和王莽也有一腿。报告递交上来，王莽很生气，于是审案的司法官员就失踪了，家属到处找也找不到，后来才在监狱的地下给挖了出来。

至于王临，王莽赐他一杯毒酒，被断然拒绝。王临用剑自杀了。

王莽这么一个搞法，叫做大义灭亲，却是与儒家文化水火不相容。

《论语》上记载，有一次叶公与孔子聊天，叶公说起他们那里的一个优秀青年，该青年的父亲偷了一只羊，被青年不避嫌地举报投诉，于是老爹进监狱，儿子获嘉奖。

叶子说："这样的青年称得上品行优良了吧？"

孔子直摇头："我可不这么认为。我认为，当儿子的就是要替父亲隐瞒，当父亲的也要替儿子隐瞒。看起来这样好像不对，但只有这样才是维护社会安定的最好办法——子为父隐，父为子隐，直在曲中矣。"

有人也给孟子出难题，问："舜的亲爹瞽叟犯了法，舜该不该把他亲爹抓起来？"

孟子断然回答："不应该，这世上哪有儿子抓亲爹的道理？"

问："那难道舜还要包庇吗？"

孟子大怒："胡说，包庇罪犯，是舜能干得出来的吗？"

提问题的人晕了："……依你的意思，舜既不能抓他爹，又不能坐视不问，那他到底应该怎么办？"

孟子答曰："这太好办了，如果舜的亲爹犯了法，那么舜就应该丢了帝王的职位不干了，背起亲爹踏上逃亡之路，一直逃到荒无人烟之处，然后吃野草，啃树皮，和亲爹在一起过快乐的原始人生活……"

看到了吧？按照孔孟的观点，王莽大义灭亲，搞死了自己的两个儿子，不符合儒家所要求的规范，属于极尽恶毒之辈，理应诛之。

那么，孔子和孟子为啥要反对大义灭亲呢？

相信大义灭亲的人是可靠的，这是最典型的原始思维。一个人如果对自己的亲人都下得了毒手，那么他对别人就更不会客气了。

事实上，王莽对别人是有点不太客气。

翟义的党羽王孙庆被捕，押送到王莽这里。王莽大喜，聚集了太医、药剂师、屠夫等专家，将王孙庆捆在案板上，拿刀子慢慢解剖，一边解剖一边测量五脏，并用竹签贯通王孙庆的经脉，弄清来龙去脉——“来龙去脉”这个成语就是这么来的——据王莽说，他这样做是为了科学，为了治疗疾病。

鬼才信他！反正是人民群众坚决不信。

天下盗贼越来越多，渐成气候，王莽很生气，于是令太史公布了36000年的日历，意思是说：我的新朝有三万多年的历史呢，你们再闹也没用。

日历公布了之后，起义军就冲进了长安。

皇宫燃起了大火。王莽避火，来到未央宫宣室前殿。他穿着全套天青色的衣服，拿着匕首。天文官在前面按着占卜时日的星盘，王莽转动坐席随着斗柄所指的方向坐着，大哭道：“皇天授命于我，汉军能把我怎么样！”

起义军却不理会德不德的，只管一窝蜂地进攻。于是王莽转战渐台，一千多名大臣哭喊连天地跟在他的后面。

起义军向渐台发起冲锋，一千多名儒臣们抡起书本招架，顷刻间死尸满地。那位“以德服人”的唐尊也死在渐台上。大家拥了上来，开始肢解“道德楷模”王莽。商县人杜吴杀死了王莽，校尉东海人公宾就砍下了他的脑袋。王莽的身躯、四肢被切割成许多块，争着去砍杀的有几十人。

王莽的脑袋被送到了宛城，老百姓都跑去拿砖头砸，看谁砸得最准。也不晓得是谁，竟然把王莽的舌头割下来吃掉了。

就这样尘埃落定。

王莽的新朝，是中国历史上最具规模的一次儒学实验，也是旧经济制度全面复古的一次尝试，在这个过程中王莽以自己的经历验证了儒学那颠扑不灭的真理——“君子务本，本立而道生”。

第八章
刘秀愤而有志于天下的预言

泉中涌出光华主，
兴复江山久又长。

——《乾坤万年歌》

公元22年，南阳人刘秀起兵。三年后，公元25年，刘秀重建大汉国号，和他同一天登基的还有七八个皇帝。

"泉"字分开，为"白"、"水"二字。所谓"泉中涌出光华主"，是说刘秀从南阳白水乡出来，成为光明伟大的君主。再有个"兴复江山"口吻，此预言已经敲定了非刘秀而不可。

那么，刘秀又是个什么样的人呢？

几百年后的南北朝时期，羯族石勒出身奴隶，投身军伍，未几建立了后赵帝国，自己当上了皇帝。忆往昔，想未来，石勒心潮澎湃，就问手下人："你们说，朕可以跟古时代的哪一等帝王相比？"

众臣齐道："陛下的神武谋略超过汉高祖刘邦，前无古人，后无来者啊！"

石勒的脑子却是非常清醒："少你娘的给老子灌迷糊汤，我自己还不知道自己？我要是遇到汉高祖刘邦，最多能在他手下混口饭吃，跟韩信、彭越堪可比肩。如果我要是遇到光武帝刘秀，那老子可就不跟他客气了，跟他比试比试，说不定万里河山落到谁的手中呢？"

群臣听了，心服口服，齐声道："吾主圣明，真是圣明。"

这段历史告诉我们这样几件事：

第一，古往今来，让人佩服的帝王，唯有汉高祖刘邦，不管司马迁怎么忽悠，大家就是佩服他了。

第二，汉光武帝刘秀普遍不被大家看好，他的本事不过是在韩信和彭越之间——这两个倒霉蛋后来都让刘邦的老婆吕后给弄死了，可见这本事确实有限。

那么，这事就奇怪了，刘秀这么寻常，怎么还能够恢复汉室的江山呢？天下英雄都跑到哪儿去了？怎么到了刘秀的时代就一个都找不到了呢？

这个问题……很有可能是董仲舒帮了他。

早在春秋时，孔子推出以“仁”为主旨的儒学思想。这个思想是个怪东西，你拿放大镜去找都无法找到其本质的思想体系，这个思想体系被孔子这个大滑头给藏起来了。

为什么孔子要把他的思想体系隐藏起来呢？这是因为，儒学的思想精华是以“贬天子，退诸侯，讨大夫”为己任，总结起来又称“讥世卿”——把话说透了，就是专跟各级领导过不去，给领导添堵。所以孔子要想把思想传播出去，就一定要将他的思想精华隐藏起来，蒙混过关。可就这样都没瞒过秦始皇，《诗经》《尚书》《论语》等书还是被秦始皇烧了个烈焰腾空。

不唯是秦始皇看出了孔子这老头不怀好意，大多数帝王都察觉了这一点。孔子死后，门人分崩离析，分成了八个门派，都声称自己才真正得到了孔子的真传。而帝王们最厌恶的就是以仁德为主旨的儒学思想，所以这江湖八大门派都不是太好混。

当时的显学有墨家和法家。

墨家走的路线是：既然帝王们说什么也不肯委屈自己，非要恣意放纵心中的邪恶，那知识分子们就委屈一下自己吧，挑起拯救这个世界的重担来！墨家人身体力行，一个接一个地牺牲自己。

法家则不然。法家专为帝王提供思想服务。既然帝王非要放纵心中的邪恶，那好办，就让老百姓们再多做点牺牲就是了——“不要问帝王为你们做了什么，要问你为帝王们做了什么”。君贵民轻，民成草芥，必须要无条件地接受帝王的蹂躏和摧残。

法家人物出众的有许多，最杰出的当属商鞅，此人将民众的生存底线压断，民众彻底沦为了帝王的暴力对象。而将商鞅的做法思想化的则是韩非子。

这样一说就明白了：

儒家思想是帮助百姓对抗强权的；

法家思想是帮助帝王压制百姓的。

但这样一来，就出现了一个新问题：帝王喜欢死法家思想了，而法家思想因其过于凶暴而遭到百姓的厌恶，顶风臭出了十万八千公里，再喜欢法家思想的帝王也得装出讨厌这东西的样子，以忽悠百姓。他们渴望用法家思想钳制民众，又担心因此带给自己恶名，如何解决这个问题呢？

当此之时，自学成才的博士生董仲舒越众而出，献上一计：把法家思想改个名，别叫法家思想了。

改什么名呢？改成“儒家思想”！

什么？把法家思想改称为儒家思想？那儒家思想怎么办？

爱怎么办就怎么办，就这么定了！

“罢黜百家，独尊儒术”！这个儒术，史称“二代儒”，就是改头换面后的法家思想之精华，与儒家思想无半点干系。

这扯不扯！把法家思想改个名忽悠老百姓，这招管用吗？难道中国的老百姓就这么好糊弄？

说对了，百姓就是好糊弄，董仲舒这一手在中国成功运行了2000多年。许多人义愤填膺地批判孔子，批判来批判去，给孔子的罪名全都是法家干出来的事儿。

为什么董仲舒的愚民之术这么管用呢？

因为传统的原始思维！

我们一遍又一遍地重复，思想的构建莫不是建立在逻辑的基础之上，而原始思维是缺乏逻辑的，所以无法对思想进行认知，属于表象思维，只能看标签，看包装——只要看到标签上写的是儒家，不管里边装的是什么，反正就拿它当儒家了。

在思想面前，原始思维只认标签。

在行动面前，原始思维只认口号。

董仲舒将法家思想借儒家之壳而上市，开始了钳制百姓的思想，百姓在这个过程中表现得极为配合；百姓越配合智商越往后退，越配合思维越呈现初始化趋势。

百姓配合官家共同愚自己，到了西汉末年，百姓的思维已经彻底退化到了原始时代，再也不会有刘邦那样的人物出现了。

现在我们总算是弄清楚了：西汉末年、东汉之初，正是中国民间智商大幅跳水，向原始社会时代回落的低谷时期。不是退回到原始社会去，王莽也想不起古老的禅让制这茬。

所以，这一时代的民众起事，说起来那是相当没劲。而刘秀的对手更是乏善可陈，连刘秀自己都不好意思提——跟这样的对手过招，丢人，太丢人！

在王莽时代，最先闹腾起来的是东郡太守翟义。可怜老翟起灭于倏忽之间，尸体被剁成了肉末，被迫退出。

接下来有一个赵朋，闹得快，去得也快，还没等史官拿起笔来记载，已经被乱兵所杀。

再接下来还有好多人在各地闹事，闹来闹去，人就找不到了。

这样闹到了公元17年，王莽已经幸福地做了10年皇帝了，闹事的正赛选手终于出场了。

第一轮出场的是王匡、王凤兄弟。

当时荆州发生大面积的饥荒，百姓逃入到山野沼泽中挖野菜充饥。挖野菜这事也面临着激烈竞争——你把野菜挖走了，我就没得吃了——百姓一边挖野菜，一边打群架争地盘，赢了的将野菜加水煮，输了的就去找人评理。

找谁评理呢？找新市人王匡和王凤。由于这两个人天天给大家评理，久而久之就形成了民间权威，数百人在他们的庇护下挖野菜。这时候又跑来一江湖豪杰，建议说：有没有搞错，有这么多人马，还用得着挖野菜吗？

一句话提醒梦中人。于是王匡率众进入绿林山——这就是此后的江湖人士被称为绿林的来由——这批人马就号称“绿林军”。

绿林军这么一闹，莒城的一位老大坐不住了。

这位老大叫樊崇，端的是一位打架不要命的人士，此人带着一百来号人起兵，闹腾了一阵，逃入泰山。四荒八野的盗贼都知道樊崇打架凶，就纷纷来投，眨眼工夫就啸聚万人，风风火火地折腾了起来。

眼见得大家越闹越凶，王莽很忧虑，就下诏求贤，广泛招集有奇异人士。于是众家练气士纷纷出山，到朝廷报到。

这些奇异人士都有一手绝活：有人可以一苇渡江（这时候达摩还没来中国呢），有人可以施展法术让军队不饥饿，还有一个人自称能够飞行，一天可以飞一千里。

说一苇渡江，说辟谷之术，这些事验证起来比较麻烦，唯独这日飞千里可以当场测试，于是王莽便要求那会飞的老兄给大家飞飞看。那老兄拿大鸟的羽毛做成两扇翅膀，头上和身上都附上羽毛，翅膀用扣环纽带操纵，飞行几百米之后就听“啪”的一声，从空中跌了下来。

奇异倒是蛮奇异的，但是打仗靠不住。

于是王莽派了太师王匡——和绿林军头领王匡同名同姓，说不定还是叔伯兄弟——去山东把樊崇一伙干掉。

为了不混淆敌我，樊崇下令手下的兄弟都用朱砂涂抹双眉，抹得眉毛红红的——这就是历史上鼎鼎有名的赤眉军了。

太师王匡大战赤眉，结果惨败，逃之夭夭。

而绿林王匡也是时运不济，好端端地大家待在绿林山里，也没官兵来找麻烦，可是大家不注意卫生，随地大小便，结果搞得瘟疫流行，超过半数以上的绿林兄弟就躺在臭烘烘的脏水坑里，呻吟着离开了人世。绿林王匡只好逃离疫区，进入南阳，号称“平林军”。

两个王匡就够让大家心烦的了，这时候又来了两个刘秀。

一个刘秀是“老刘秀”，官拜国师公，是朝廷中的重要领导；另一个刘秀是长沙定王刘发的一脉，属于刘邦的远支一脉，比国师公刘秀年轻，我们称之为“小刘秀”。

小刘秀离皇位太远，原本是绝了念想；可现在王莽恢复禅让制，让小刘秀顿时野心勃勃，就跟着哥哥刘縯也起兵闹将起来。

不只是刘縯、刘秀兄弟投奔了绿林军，还有一位刘玄也在绿林军中吃饭，此人乃春陵戴侯刘熊渠的曾孙，人称“更始将军”。眼见刘邦的重重孙子儿辈都入了绿林道，绿林兄弟们就商量：刘邦家的孩子都跑咱这儿混饭吃来了，要不咱们选出一个皇帝来吧，也好玩得更开心？

于是两名皇帝候选人应声而出：刘秀的哥哥刘縯与更始将军刘玄。

就这两个人，大家投谁的票好呢？

刘縯的性格比较强硬，人缘不好；刘玄胆子比较小，大家非常喜欢。于是在初选之中，刘玄得票遥遥领先。

刘縯眼见情形不对，不甘心失败，就劝大家说："各位将军，你们看现在就竞选皇帝是不是有点早了呢？依我的意思吗，咱们应该先干掉王莽，再收服赤眉，那时候咱们再弄个皇帝当当，多爽啊！"

有人大怒，拔剑横在刘縯面前，说："少唧唧歪歪的，有本事你多拉两张选票！今天非得出来个结果不可，不然的话咱们就白刃相见！

刘縯闭了嘴，眼睁睁看着刘玄的得票压倒自己。刘玄称帝，史称"更始皇帝"，国号还是"汉"，史称"玄汉"——是刘玄的汉朝。

刘玄称帝，百官朝贺。可刘玄明显有人际交往障碍，最害怕的就是大家都盯着他看。当官吏们排着队鱼贯而入时，刘玄汗流浃背，羞愧惭怍，俯下头用手刮席，不敢看人。忽然看到绿林兄弟进来，刘玄大喜，站起来叫道："哈，这次又抢了什么好东西？"百官大骇。过后，绿林军这边的王匡被封为国师公。

再说刘秀的哥哥刘縯，在皇帝竞选中失败，又率领绿林军去和官兵交火。

这一次官兵出动的是精锐人马，有狮子有老虎，有豺狼有刺猬，有豹子有犀牛，而且是在一个叫巨毋霸的巨人率领下。可谁料战斗一打响，突然间风雨交加、电闪雷鸣，狮子老虎们被球状闪电吓得夹着尾巴趴在地上嗷嗷地哭。绿林军顺势一攻，官军大败，死者万人，溺死的士兵堵塞了河水。

绿林军大胜，更始帝刘玄对刘縯通令嘉奖，嘉奖之后，就把刘縯推出去砍了。

闻知哥哥被杀，刘秀急急赶回。众人看他的表情，只见刘秀咬牙跺脚，一个劲责备自己对更始皇帝不够忠；等见了更始帝刘玄，刘秀的言谈欢笑一如往常。刘玄好生过意不去，就任命刘秀为破虏将军，封武信侯。

看看刘玄，就是一个典型的原始人。

原始人是不会思考的。比如说，面对刘秀此时的态度，只要稍微有点脑子的人就会发现两种可能：第一种可能，哥哥被杀而刘秀谈笑自若，必是深沉机诈之人，当杀之；第二种可能，哥哥被杀了都没有感觉，此人冷血之至，留在身边迟早是个祸害，当杀之。无论怎么分析，都得不出应该给刘秀加官晋爵的结论，可刘玄偏偏干出了这不合逻辑的事，你说这人原始不原始？

有个道士叫西门惠，精研图谶，研究出来“刘秀合该做天子”，于是跑到长安找国师公老刘秀。老刘秀觉得上天既然安排自己做天子，那可不好推辞，上天最大嘛！于是老刘秀和大司马董忠商量。正商量着呢，王莽传董忠上朝；董忠进了宫，旋即被格杀，尸体被剁成肉酱。王莽又命人将董忠的全族杀掉，所有尸体剁碎，用浓醋、毒药、利刃及荆棘合成墓穴，再埋葬。老刘秀趁着这空赶紧自杀了。

刘秀只剩一个了，王匡还有俩。

王莽命王匡守护洛阳。刘玄命王匡进攻洛阳。

两个王匡大战洛阳，天下震恐。

此时，王莽亲率群臣到南郊，陈述他承受符命的首尾经过，仰天大哭，声嘶气绝，伏地磕头。王莽的眼泪感动了无数群众，众儒生和老百姓每天早晚都举行号哭集会，大家坐在一起对哭。王莽给他们准备了稀饭，哭累了，喝口稀饭接着哭。哭出水平、哭出风格的人，可任命为郎官。当郎官哭到有5000多人时，洛阳城中火光冲天，两个王匡之中一个干掉了另一个。

绿林王匡干掉了太师王匡，绿林军正式进入长安，王莽死了。

赤眉军樊崇得知汉室光复，就带了20多人来到洛阳拜见天子，刘玄封樊崇为列侯。但这个列侯没有采邑，跟大街上的乞丐没什么两样，于是樊崇又趁人不注意偷偷逃了回去。

樊崇逃了就逃了，刘玄才懒得管，他在考虑派一员大将巡行河北。派谁去好呢？

他派了刘秀。

《三国演义》中有一首写刘备的诗，放在刘秀这里却是正合适：

> 数年徒守困，空对旧山川；
> 龙岂池中物，乘雷欲上天。

此一去，刘秀彻底摆脱了绿林军的羁绊，如鱼儿入海，摇头摆尾便不回了。

刘秀在邯郸遇到王郎。

王郎本是个算卦先生，眼见得天下大乱，就对大家说，他实际上是汉成帝的亲生儿子，他的妈妈是汉成帝身边的歌女。众人一听，大惊，都说，那赶紧，别耽误事了，马上扶陛下登基吧。于是算命的王郎从此改行做了皇帝。

刘秀就手把王郎给灭了。

再说刘玄，他娶了个漂亮皇后。这个皇后生得貌美如花，而且酒量不是一般的大，从早喝到晚，又从晚喝到早。刘玄当然得陪着她喝，就这么一天天喝过来，有人上奏说事，皇后就气得破口大骂："什么人啊这是，偏偏挑人家喝酒的时候进来捣乱，陛下你可得给我做主。"

"给你做主！"刘玄拔剑，把进来说事的人砍死，然后夫妻俩继续喝。就这么喝来喝去，长安城中民谣四起：

灶下养，中郎将。
烂羊胃，骑都尉。
烂羊头，关内侯。

这首民谣单说更始的官吏选择标准，无论将军、王侯都是从厨师中选拔出来的。这时候的百姓无限怀念王莽的新朝。

而在颖川，有一群眉毛红红的怪人正在呜呜痛哭。这就是樊崇的赤眉军了。赤眉军从东打到西，又从西打回来，没头苍蝇一样到处乱撞，军士们都疲倦已极，日夜哭泣。于是樊崇就想：大家都很累了，要不然就去攻打长安吧，反正闲着也是闲着……赤眉军杀气腾腾向长安城开去，以一万人为一营，总计 30 营，旌旗战帜遮蔽天了星天。

眼见得赤眉军来势汹汹，长安城中的绿林军慌了神，就急忙和刘玄商量："启奏陛下，要不咱们先抢在赤眉军前面，在长安城中疯抢一阵子吧，抢完了咱们重返绿林，接着做强盗……"

刘玄当然不乐意，不乐意的结果是：赤眉军进城之前绿林军先自家窝里厮杀成一团，刘玄杀了一群绿林军后逃之夭夭。赤眉军进了长安城，发现天子逃了，很失望，就说："要不，咱们再选出一个皇帝来好了。"

先是初选，从红眉毛的兄弟中选择景王刘章的后代，70 多人入围。

然后是复选，选择与刘章血缘关系最近的，这次只剩下了三个人，是刘恭、刘茂和刘盆子三兄弟。

樊崇说："听说古时候天子亲自领兵称为上将军。"于是用一片木简做签，上写"上将军"三个字，又把两片未写字的木简也放在竹筒中，让兄弟三人掣签。

老大刘恭先抽，没抽中；老二刘茂再抽，也没中；老三刘盆子抽，中签。

于是，三军将士齐齐向刘盆子拜倒。

这时候的刘盆子只有15岁，他披散着头发，光着两只脏兮兮的脚，穿着破衣服，紫涨着脸，浑身冒汗。他看见众将跪拜，惊恐得要哭出来。刘茂对他说："把你的符藏好！"刘盆子却立即把木简放到口中咬断，然后扔掉。

三军跪拜后，刘盆子就要求出去玩，遭到了众将的严厉斥责。

之后，赤眉军追杀绿林军，逮住了刘玄。刘玄被赤眉军谢禄活活勒死。

现在能有资格与刘秀并争天下的，就剩下一个放牛娃刘盆子了。

这个放牛娃的领导能力又如何呢？

腊祭这一天，赤眉军安排奏乐，举行盛大宴会。还没开始喝酒，群臣就互相吵闹争斗。士兵纷纷跳墙或劈开宫门而入，掠夺酒肉，互相残杀。卫尉格杀一百余人，才平息了骚乱。刘盆子惶恐不安，日夜哭泣，左右侍从官都很可怜他。

刘恭看弟弟被赤眉军欺负得太过分了，就悄悄教给弟弟一番话。于是有一天，刘盆子下了宝座，解下玉玺绶带，跪下向各位老少爷们儿磕头，哭着说："你们都是英雄好汉，就不要难为我这个放牛娃了，求求你们放了我，让我回家放牛去吧……"

樊崇等人听了，泪如雨下，跪在刘盆子面前，说："陛下，都是我们不好。我们向陛下保证，从今以后，再也不敢有放纵的行为。"说罢，众人把刘盆子抱上宝座，再挂上玉玺绶带。刘盆子哭得跟杀猪一样，可是哭也没用，这皇帝他是干也得干，不干也得干。

然后赤眉军操起刀枪杀入百姓家中，在长安城中大肆抢掠。抢过之后，三军将士喜气洋洋地架着刘盆子，杀奔皇陵，把吕后的尸体掘了出来，辱弄过后丢下不管。三军齐行，大战刘秀的兵马。

刘秀的兵马是如何壮大起来的？刘玄、刘盆子的执政水平就是刘秀的优势了。有这样优势的刘秀，军队不壮大起来，那还有天理没？

赤眉军初战汉军，战败后丢弃了辎重逃走，汉军抢下辎重，忙不迭地打开看看是什么好东西，一瞧都是泥土，再一瞧还是泥土，再仔细一瞧……来不及了，赤眉军又杀了回来，汉军大败，死伤3000余人。

赤眉军二战汉军，正打得起劲，路边突然“哇”的一声冲出来无数红眉毛的怪人。赤眉军本就是红眉毛，哪见过别人也长红眉毛的？一时之间赤眉军阵脚大乱，搞不清楚谁才是自己人，遂大败，当场就有 8 万人投降。

赤眉军残余向宜阳一路狂逃，前方突见一支大军，领队的正是刘秀。赤眉军顿时傻了眼，不知所措。

于是刘盆子请降，问：“我们大家都投降，陛下如何对待我呀？”

刘秀回答说：“饶你不死罢了。”

于是刘盆子率赤眉军投降，此时的赤眉军尚有 10 多万人，堆积的武器有熊耳山那么高。

第二天刘秀在洛水边陈列大军，命刘盆子等人列方队观看。刘秀问樊崇：“你们该不会后悔投降吧？要不我今天再送你们回去，咱们再打如何？”

刘秀这话说得相当没劲。要知道樊崇其人水平不过相当于三国时蜀中廖化，单看他一听说刘玄登基自己就赴长安城投降这事来看就是证明。后期他之所以闹个不停，就是因为没个人能管住他，刘秀跟樊崇较劲，说明刘秀的水平也实在一般般。

总之，光武中兴是历史上最乏味的片段，纵然不中兴，也没什么大关系。

好玩的是刘盆子，这孩子老实，莫名其妙患了眼病，双目失明，刘秀就把荥阳土地都赏给了他，此后刘盆子终生靠收租为生。

刘恭替更始皇帝报仇，杀了勒死刘玄的赤眉军谢禄，然后投入监狱中自首。刘秀不好杀他，就赦免其罪。

东汉的历史就是这样乏味地开始了。

第九章

“苍天已死，黄天当立”的预言

四百年来事又败，

田上一共怀壬母。

——《乾坤万年歌》

从西汉到东汉，总共持续了400多年——公元前202年到公元220年。

“田”上有一个“共”，是一个“黄”字。

公元184年，钜鹿樵夫张角进山砍柴，遇一白发老人，老人授其三部天书后化清风而去。张角把天书拿回家，左琢磨右研究，终于弄明白了，于是舍施符水替人治病，等病人都到齐了，张角沉痛地宣布：“苍天已死，黄天当立。岁在甲子，天下大吉。”

于是聚众头裹黄巾，啸掠四方，这就是东汉末年的黄巾军大起义。

张角闹事的那一年是甲子年，甲子的地支“子”为水，而天干的“壬”为水，所以“怀壬母”是说这桩事发生在甲子年。

那么给张角那三部天书的白须老人是谁呢？

老人且白须，可见得道成仙已经有些年头了，可也不是太长，不过刚刚125年。125年前是东汉永平二年（公元59年）。这一年，29岁的江洲县令张陵辞官归乡，入洛阳附近的北邙山，修习长生之道。6年后，即永平八年（公元65年），东汉明帝刘庄夜梦高大的金人自空飘过，伴随着七彩的梵音，满天缤纷的流花。明帝诧异，从榻上爬起来，找见多识广的大臣问个究竟，此梦主何征兆。大臣说："闻说西域有神，其名曰佛，莫非陛下梦到的正是佛？"于是汉明帝遣郎中蔡音出使西域，求佛书。两年后，西域高僧进入中土，从此佛法在中国流传。

转眼20多年过去，先是汉明帝卒，后是汉章帝卒，公元88年东汉和帝刘肇即位，闻知北邙山中尽多异事，天降一只白虎口衔神符送到了静心修炼的练气士张陵的榻前……和帝大喜，封张陵为太傅，进冀县侯。张陵拒绝，和帝却是非封不可，黄门小太监拿着这诏书往北邙山奔跑了三趟。张陵推却不得，遂带弟子王长避往江西云锦山。

传说张陵师徒二人行至云锦山前，见一锦衣童子，口授两句真言：

> 左龙并右虎，
> 其中有天府。

到了锦云山，但见千峰竞秀、万壑争流、瀑布斜飞、藤萝倒挂，张陵恍然大悟，入山觅得上古仙人居住过的石洞，得天书《黄帝九鼎太清丹经》，从此这座锦云山便更名为龙虎山，成为了中国道教圣地。

明帝求佛，佛教从此传入中国；张陵入山，道教从此花开天下。所有这一切都昭示着一个奇异的征兆：人类的蒙昧时代行将结束，原始崇拜已无法适应人类文明的发展，以心灵警醒为特征的宗教时代来临了。

同一时间段，在奥林匹斯山上，希腊诸神也出现了麻烦：神垂死。

据普鲁塔克记载，公元14年，正值提图斯统治罗马，有水手从海上带来了一个可怕的消息。"大潘死了！大潘死了！"帆船上的人对岸上的人喊道。两岸悲泣的哭声阵阵："我们的神灭亡了……"

这个大潘指的是牧神，其名字的原意是"一切"。大潘负责掌管树林、田地和羊群，他长着人的躯干，山羊的腿、角和耳朵。大潘象征着情欲和原始力量，其主要的爱好就是在森林里追逐吓破了胆的女孩子们。

大潘是神话中唯一死去的神，之后奥林匹斯山上的诸神也都隐遁了，消失了，不见了，找不到了……这是因为，潘是宇宙的普遍性和完整性的抽象标志，具有着启迪奥林匹斯诸神的能力；大潘既然死亡，诸神再也没有存在下去的理由。

所以大潘的死亡，预示着一个以多神为表征的蒙昧时代的结束。

宗教的产生标志着人类智慧从原始状态向理性时代跨越。当圣子耶稣背负着十字架，带领着子民向前行进的时候，至少还要穿越中世纪的漫长而恐怖的黑夜，才能够抵达理性的彼岸。

可是不论宗教、多神崇拜，不都是相信神吗？这二者到底有什么区别？凭什么说宗教就走向理性、原始崇拜就远离理性了呢？

这是因为：原始崇拜是出于对外部力量的恐惧，祭神拜鬼的目的无非是为了消弭神灵的怨怒，也就是我们最熟知的“求神保佑”。而宗教是出自于对人类自身天性的残缺与心灵中的暗恶力量的警醒与防范，“求神保佑”是正式的宗教所不能容忍的，因为这意味着魔鬼的引诱。

实际上，死亡的大潘后来演化成基督教的魔鬼，正是表明了这二者的区别：原始崇拜是对人性心灵中暗黑力量的释放，如大潘享有着追逐女性的特权；宗教信仰是对人性心灵中暗黑力量的警觉，必然会有一个禁锢时代。

大潘神死的那一年，耶稣已经18岁了，16年后他将被钉在十字架上。耶稣被钉在十字架上后的30年里，基督徒在他们足迹所到达的每一个地方遭受到迫害，被活着抛给凶猛的狮子，被倒钉在十字架上，形形色色的酷刑昭示着宗教从原始蒙昧时代走来的艰难。

而早在佛道两教推出之前，中国官方已经推出了儒教！

正如我们所知道的，儒教其实是法家御民思想的集大成者，但原始思维是典型的偶像崇拜，一看到坐在神位上的是至圣先师孔子，大家磕头尚且不及，谁还有心思问个究竟？

这么一说，我们就明白了：儒教未走出原始崇拜，并不具有让信奉者内心深处产生灵性与警醒的可能，其实质只是御民之术，用来降低民众智商的最有效手段。

史载，当黄巾军啸聚四方时，汉灵帝急招老博士向栩，询其退贼之策。向栩奏曰：“只需派人在黄河边上，面对北方读《孝经》，则贼自退。”汉灵帝一听，这才恍然大悟：这儒术硬是管用，生生把个老儒生弄成了傻子。

儒术把人弄成了傻子是正常的，因为法家的刑民思想的功能就是愚民。

儒术是靠不住了，指望不上，那么道教又如何呢？

宗教的形成，标志着人类文明走出了对外在环境的恐惧，开始审视自我内心。但是原始思维却注定了无法走出偶像崇拜的桎梏，因为原始思维缺乏对环境的认识与思维能力，无法摆脱对外在环境的恐惧，只能停留在烧香磕头的初始阶段，指望着神佛拉自己一把。所以张陵修道，若是没有神仙出场，那远远无法满足广大人民的愿望。

于是神仙出场了。

《神仙传》记载，张陵得道成仙于四川鹄鸣山，是日也，突然之间数不清的神仙黑压压地跑来了，有的乘车骑马，有的驾龙驱虎。这些神仙的名字也殊是怪异，有的自称是柱下史，有的自称是东海小童，一次来这么多神仙，就是为了给张陵送副治病的药方。

张陵宣称："凡属张陵门下弟子，治病一律免费。"当天就有万人报名，成为了张陵的弟子。而张医生治病的方法也是简单易学，凡是有病之人只须拿一张白纸，在上面详细写清楚自己都干过什么坏事，写完了之后扔进水中，向天神发誓以后再也不这么干了……道教之所以能够成为宗教，跟这个忏悔仪式有着莫大的干系。这是将警觉的灵性力量转向内心，警惕人性残缺中的恶的影响。

张陵治病时收取的费用比较高，所以他迅速富了起来；他用这些钱买丹砂、水银等物事，未几就练成了仙丹。然后张陵谆谆教导大家："你们大都贪恋尘世的欢乐，所以不能超脱凡俗，如果按照我的炼气养精方法来控制引导男女的房事，再配合着服食草本，就可以活到几百岁了。"

有天，张陵对弟子王长说："有个人将于正月初七从东方而来，此人可得吾传承。"

初七那天中午，果然来了一个叫赵升的人，可他不是从东方来的。这说明张陵的修行肯定是出了 bug。

赵升一来到，就惨过张陵为他精心设计的七道关：

第一关，是赵升来到张道陵的门口，门人不给通报，并辱骂赵升，骂了 40 多天。赵升在门外露宿了 40 多天，张陵才让他进门。

第二关，赵升被派去田里看守庄稼，驱赶野兽。到了晚上，忽然有个绝色美女来敲门，说是走远路的过客，请求赵升收容一夜。赵升让她进来后，二人同床共枕，美女连续几天不肯走。赵升如果碰了这美女，那就是禽兽了；可是他禽兽不如，坚决不碰女生，终于过关。

第三关，赵升正走着，突然看见路边扔着 30 块金子；赵升用脚踩过，继续走他的路。

第四关，赵升进山砍柴，有三只老虎突然冲来，将他扑倒。赵升平静地劝道："虎兄，吾乃学道之人，你们这是干什么呢，有话好好说，好好说……"三虎诧异之，不好意思真将他吃掉。赵升再次过关。

第五关，赵升在街市上买了十几匹绢绸，付完钱后老板却诬蔑说他没有付钱；赵升就脱下自己的衣服卖掉，再买来绢绸还给老板，一点也没有生气怨恨。

第六关，赵升在看守粮仓，来了一个满身脓血的乞丐；赵升流下同情的泪，脱下自己的衣服给乞丐穿，让乞丐吃饱之后再赠送盘缠若干。

前六关赵升都过了，张陵非常满意，就带他登上悬崖绝壁，下面的石缝中长着一棵桃树，桃树下就是万丈深渊。张陵说："谁能够摘下桃子来给咱吃，咱就把仙家秘方传授给他。"赵升二话不说，嗖地就跳下去。

跳下去之后如何呢？不如何。跳下去就跳下去了，你自己爱跳关别人什么事？

赵升跳崖之后，张陵就把儿子叫来，把丹药、天师印、雌雄宝剑、道书等统统交给他，然后当众宣布："吾遇太上亲传至道，此文总领三五都功，正一枢要。世世一子绍吾之位，非吾宗亲子孙不得传。"

张陵所创的就是赫赫有名的"五斗米教"，官方的称呼为"米贼"。

张陵得道升天之后，大家再细研究张陵的操作，越看头脑越开窍。于是钜鹿樵夫张角声称他在山中遇到一神异老人，并仿效张陵的做法。他也是烧符化在水中，让患者喝下；患者正要喝，他说且慢，喝水之前先要忏悔，忏悔的内容主要是：我到底干了啥坏事呢？怎么老天不让别人得病，偏偏就挑上了我？我一定是缺德得有点过劲了……如此一番深挖狠批，患者的人格立即升华，心灵也得到了净化——这时候再说自己的病还没好，那就有点难为情了。

但是，是狐狸总是要露出尾巴来的。甭管张角怎么模仿张陵，由于他的心思并不在心灵的警醒上，所以张角及其广大患者势必要走到与宗教背离的邪路上。

我们知道，耶稣也搞过类似的神异之术，但是宗教的关注点终究是在自己的心灵上，这就导致了最终结果的不同。

公元30年，耶稣被钉上十字架，从正午到申初遍地黑暗。耶稣高喊："我的上帝，我的上帝，为什么离弃我？"有人以海绒蘸醋并捆在苇子上，耶稣喝完大叫："父啊，我将我的灵魂交在你手中！"说完便断了气。

耶稣之死正是宗教的必由之路，只有以自己的鲜血才能够唤醒那蛰伏已久的心灵。

可是张角并没有琢磨这事，他不愿意让谁把自己钉在十字架上，他与得道成仙的张陵一样，要的是人间的富贵、天上的尊荣。跟随耶稣的人必须要寻找自己的内心，跟随张角的人只要能找到柄砍人的刀子就算是齐活了。

于是，张角和张宝、张梁哥仨一人给自己弄了个封号：张角叫“天公将军”，张宝叫“地公将军”，张梁叫“人公将军”。置36方，每方患者万人，旬月之间啸聚百万，天下响应，洛阳震动。

让张角这么一闹，天下人都坐不住了，《三国演义》正是从这里开始。耶稣那边忏悔后，发现都是自己不好，被人钉到十字架上也不好意思抱怨；反观张角这伙人，忏悔了半天，都是别人的错，拎刀子出门就砍人，结果砍得草鞋贩子刘备坐不住了，丢下货摊不要，组织了关羽、张飞等人马来砍张角。

这边刘备人马还未行动，那边左中郎将皇甫嵩已将人公将军张梁的脑袋砍了下来。张角则因为操心过度牺牲在砍人的工作岗位上，可死了也不行，脑袋照样被砍下来，斩首传至洛阳。还剩下一个地公将军张宝孤掌难鸣，被困于曲阳，未几城下，他的脑袋也被砍了下来。

而在东汉灵帝中平元年（公元184年），五斗米教于巴郡起事，响应黄巾军。

现在我们终于弄清楚张角在山里遇到的那个奇异老人是谁了吧？张角，原就是张陵的关门弟子。张陵已经成仙，不能直呼其名，以后要尊之为“张道陵”。

面对“米贼”的汹汹起事，朝廷的意见就一条：抚！

益州牧刘焉招抚了五斗米教，朝廷加封张道陵的孙子张鲁为“督义司马”。此后，张鲁及母亲卢氏频繁出入于益州牧刘焉的家。而《后汉书》中则记载：“沛人张鲁，母有姿色，兼挟鬼道，往来焉家，遂任鲁以为督义司马……”此后张鲁率两万教众入东川，杀汉中太守苏固。这时候刘焉死了，其子刘璋下令：“张鲁擅杀部属，不遵军令，令斩其母及弟，以戒来者。”

张鲁和刘璋这就是结上仇了。双方战于巴郡，刘璋大败，张鲁复霸汉中。此后的汉中成了一个宗教王国。在汉中，遍布义舍，米食俱全，过路行人不费分文，尽可以随意食用。当地没有官吏，一应事务由天师道的“祭酒”来担任，当地人犯法不予追求，再犯法仍然不追求，第三次犯法那就要追究了，追究的后果也不是多么严重，无非是“命其修路百步”，其罪自除。

史载，张鲁雄居巴汉30年，民夷信向之。这个政教合一的王国旋即湮没在大三国时代的纷繁尘嚣中：曹操兵取汉中，张鲁手下教众虽多，却都是跑来吃不要钱的“义米”的，打仗指望不上，只有一个庞德原本是马超的部将，因为生病留在了汉中。

庞德引教众出战，降之。

庞德为什么要投降呢？一来是张鲁有令：“来日之战，不胜则斩。”二来像庞德这样有本事的人到哪儿吃不上饭，还缺张鲁那不要钱的义米吗？

庞德投降，就是世界上所有理想国破灭的因由了：盖因在所有的理想国度中，但凡有不用花钱的事，铁定是没本事的吃有本事的，有本事的不仅要白喂没本事的，还因为自己有本事落得个“不胜则斩”的下场，这是何苦来着？

唯一一个有本事的庞德投降了，张鲁只好跟着投降，不投降还能怎么办？

曹操封张鲁为镇南将军，将其迁到了长安。此后张鲁殁于长安，最终也没有机会像他的爷爷那样白日飞升。

第十章

魏蜀吴三分天下的预言

一枝流落去西川，
三分社稷传两代。

——《乾坤万年歌》

前半句，透着强烈的三国演义人文观念，隐含着一个前提——与绝世英雄曹操相比，刘备才是正统。天下江山本应该是人家大耳朵刘玄德的，可是让曹阿瞒这厮给抢走了一大半……

正统之分也就是好人、坏人之分。小孩子看电视，一定要先问清楚哪个是好人、哪个是坏人。如果你说这部电视剧里没有好人、坏人之分，那么孩子的眼神就会非常困惑——没有坏人，他不知道应该防范谁；没有好人，他就不知道应该依从谁。

儿童正是文明时代的野蛮人，他们心智未开化，对外界环境了解不足，思维中的未知范畴比较广，而未知就意味着危险和恐惧，所以他们一定要弄清楚谁是好人、谁是坏人，以保护自己。

相比儿童，成年人对现实世界的观察要充分得多、理性得多。但如果这种观察与认知仍停留在原始思维阶段，那我们的表现就会与孩子别无二致，反映在传统文化中就是简单的是非二分法、忠与奸的两个极端性认知。国粹京剧之中，人物一定要有忠奸之分，没有也要有，有忠奸对垒，忠奸不两立，冰炭不同炉，并且还要将这种观念直接体现在人物的外形上，奸臣必然是大花脸，忠臣就一定得是满脸正气。

陈寿一部《三国志》混杂在众史书中很难引起人们的注意，等罗贯中突发奇想以忠奸二分法将其修订为小说体《三国演义》，就立即走红大江南北，就是因为这简单分类方法正契合在我们传统文化的脉门上，最对我们脾胃。

说了这么多，刘备到底是不是正统的呢？

他凭什么正统？就因为他姓刘？那被他耍得泪流满面的刘表和刘璋又该怎么说？

把刘备当成正统，是最典型的“家天下”思维；实际上，刘备与曹操、孙权并无二致，都是乱世的枭雄。《世说新语》中有一段故事，可以形象贴切地为我们提供一个刘备的历史定位：

> 曹公谓裴潜曰：“卿昔与刘备共在荆州，卿以备才如何？”
>
> 潜曰：“使居中国，能乱人，不能为治。若乘边守险，足为一方之主。”

曹操问裴潜：“你以前在荆州时与刘备共处，你看刘备的才能怎么样？”裴潜回答：“倘若刘备在中原，只能扰乱人民，不能治理好一地；如果在边远险阻地方，他足够做一个独当一面的霸主。”看裴潜的话，可知所谓的“治世之奸贼”，原来说的是我们善良的大耳朵。

这个评价是什么意思呢？

意思是说：刘备这个人天生就是给人添麻烦的高手，把他放在中原，他只会给人民群众添麻烦，还谈何治理？把他放在边关，他就会给边关外的人添麻烦，这当然是好事了。

那么，刘玄德都是怎么给大家添麻烦的呢？

史载，刘备曾下令禁止百姓酿私酒，凡是在百姓家中搜出酿酒器具者，一律问罪。有一天，简雍与刘备一同出行。路上有男有女，简雍就对刘备说：“快，快逮住那一男一女，他们要当街野合！”刘备大惊，问：“你是怎么知道他们要干这种事儿呢？”简雍答道：“因为他们身上都带着干这事的工具啊！”刘备哈哈大笑，就废除了禁酒令。

其实酿酒这桩事只是小菜一碟，刘备攻取四川的时候还玩过更狠的。

刘备在攻刘璋之前，对士兵们宣布：“只要拿下四川，库府里的金银财宝你们随便拿，都归你们了，孤王不取一物。”重赏之下，必有勇夫。

为了库府里的金银财宝，三军将士拼了老命，顷刻之间成都拿下。士兵们抛下兵器，每人拎麻袋数十条，蜂拥冲入库府，霎时间就见原本充盈的库府只落了个白茫茫大地真干净。

等士兵们兴高采烈扛着一麻袋一麻袋的财宝出来，却见门外早有告示："为了统一市场，稳定物价，杜绝非法交易，维护广大消费者权益，自即日起禁止非法交易，所有的交易都要在官市中进行，违令者没收交易工具……"

士兵们扛着财宝到官市一瞧，嘿，这里还有一招更损的：官市交易，必须要使用刘备铸的大钱，别的货币统统无效；要想进行交易，你得先拿金银财宝去刘备那里换筹码……结果士兵疯抢了半天，白白落了个贼名，手中的财宝全部换成了筹码，而刘备发财了。

《三国演义》中说刘备逃亡时数十万老百姓哭爹喊妈地跟在后面，这就是罗贯中瞪大眼睛说瞎话了，老百姓跟着刘备干什么？还嫌被这厮玩得不够啊？

不过话说回来，刘备确实没给荆州人民添什么麻烦，倒是诸葛亮把荆州地带的游客给蹂躏惨了。史载，曹操水陆大军齐下，旌麾南指，刘琮束手……就在刘琮欲束未束之际，刘备考虑应战，可是当地百姓数目太少，都送上前线去也不够曹兵砍的。正发愁呢，诸葛亮献上一计。诸葛亮说："荆州的人口少，那是指有户口的固定人口，其实流动人口并不少；我们搞一个流动人口统计，命令所有流动人口都如实上报，然后再把他们组织起来，送到前线去让曹操砍，不信累不死他……"这就是荆州人民扶老携幼跟在刘备后面跑路的历史原貌了。不跟着刘备跑不行啊，你不跟着跑他宰了你。这就是裴潜所说的刘备不能治理人民的原因了——男女老幼都被他送到前线，把这种人放在边关，那他的对手岂不是活活为难死？

不过话又说回来，把群众组织起来送上战场是战国商鞅的首创，而且刘备玩这个还算不上是优秀的，曹操也是这方面的行家高手。

官渡之战后，曹操拿下了冀州，于是就兴冲冲赶去视察。到了冀州，当地名士崔琰来接待，拿出当地百姓的户口来一看，足足30万人。曹操大喜，立即吩咐道："马上把这30万人编成军队，组织训练，我带他们去拿下荆襄……"崔琰说："我反对。冀州百姓饱受袁绍的蹂躏，被迫拖家带口上前线去打仗，这是何等不人道的啊！冀州百姓盼星星盼月亮，就盼着朝廷来解放他们，可是你曹操来了，不说恩惠百姓，反倒想再把他们拖入战争中送死，这岂不是让他们失望？”曹操点头：“你说的有道理。”然后就把崔琰抓起来，削光头发，押到劳改营中做苦役。没过多久，曹操又说：“崔琰这厮不认真接受改造，天天捻着胡子，分明是抗拒劳动改造，杀之。”于是崔琰就被定点清除了。

我们注意到，刘备能够成为与曹操齐名的人物，那是因为他们都熟谙统御民众的策术，这使他们成为了继刘邦时代以后又一批风云人物，一个人能够把法家思想精华的御民之术运用得炉火纯青，就意味着脑子不简单，肯定不会停留在原始思维阶段。这样的人物放在任何一个时代都会有市场，在东汉末年的特定时期那就更免不了捞得盆满钵满。

那么，东汉末年这个时代又有什么特点呢？

此时，民众中暗潮涌动，知识界雄心勃勃想要问鼎权力，与太监集团展开了残酷血腥的对搏，结果是中国的知识精英与太监们同归于尽，最终迫使民众追随了天师教。

小吏张陵辞官不任，入山修习道术创天师道，固然是与人类文明的进展合上了拍，也与当时中国的政治特点有关。

汉光武帝刘秀以武力起家一统天下，加上边关匈奴人马跟着起哄，搞得文士书生纷纷投笔从戎，正所谓“宁为百夫长，勿为一书生”。

到了东汉第二代汉明帝时，理论上这个时期应该是狠抓思想教育了；文化舆论宣传阵地，你皇帝不去占领，知识分子就会跑上去趴窝。小吏张陵正是发现了这个问题，才躲入深山完成他的天师道理论建设；如果汉明帝脑子稍微明白一点，也会立即把儒术抓起来。

汉明帝舍近求远，放着钳制民众思想的儒术不用，跑到西域去求佛——求佛是好事，应该表扬，可是佛学刚刚进入中国，怎么也得有个适应期吧？这个适应期往少里说也得三两百年，汉明帝他等得及吗？

理论建设上一片空白，导致了民众思想混乱，知识精英们敏锐地抓住了这个难得的契机，跳了出来，企图问鼎权力。但是比知识精英更快一步抢占了权力真空的却是太监，因为他们距离权力最近。

东汉和帝厌恶窦太后之兄窦宪专权。窦氏专权到什么程度呢？窦宪看中了沁水公主的私宅，不由分说就把自己铺盖卷搬了进去，往沁水公主的榻上一铺，躺下便睡；沁水公主不敢吭声，只能偷偷跑掉。汉章帝得知，对窦宪进行了严肃的批评教育，下不为例。

汉章帝时，窦宪的妹妹只是皇后，他就把公主欺负得连哭都不敢；等到和帝即位，窦宪的妹妹成为了太后，窦宪的权势就扩张得更没边没沿了。最后发展到了窦宪去朝廷的时候，大臣们商量是不是对他下跪并三呼万岁。这时候的汉和帝形同傀儡，不唯是朝中官员都依附窦宪，连身边的太监都靠不住了。

从光武帝到和帝，不过四代人，就又回到了王莽时代的局面了，可知这刘秀打的底子是何等的糟糕！

窦宪威风凛凛地接受众臣的朝拜，汉和帝却孤零零地坐在深宫里，琢磨着能不能找个朋友来帮忙。他一个皇帝能找什么人？只能找太监。中常侍、钩盾令郑众谨慎而有心计，成为了汉和帝夺权力的唯一助手。

于是突然有一天，汉和帝在郑众的保护下出现在北宫，下诏命令执金吾和北军五校尉备战，驻守南宫和北宫，关闭城门，将朝中窦宪的亲信死党统统逮捕，送入监狱后处死，再逼令窦宪自杀，轻而易举夺回了权力。

从此，太监正式走入政坛，成为皇帝身边最可靠的力量。

汉和帝权力再大，迟早也是要死的。他死后儿子殇帝即位，听听这名字，就知道这孩子命太短——汉殇帝生下来不到100天就当皇帝，还没过200天就死了。于是大家找了汉和帝的侄子刘祜即位，是为汉安帝。

权力落入了太后邓氏及外戚手中，汉安帝忍啊忍，终于忍到了邓太后咽气，于是反攻倒算，将邓氏满门干掉。此役太监再立新功，宦官李闰、江京封侯。安帝的小舅子阎显、保姆王圣及王圣的女儿王伯荣也都荣立战功，获得嘉奖。

不久，汉安帝就死了，于是他的小舅子及保姆就商量说："要想保住我们手中的权力，最好是再立一个年幼的小皇帝。"于是拥立出生不久的北乡侯刘懿，刘懿摆了阎显等人一道，刚刚坐上龙椅就死了。安帝的儿子济阴王刘保杀入宫来，夺得皇位，是为顺帝。

于是汉顺帝进宫，逮住一群美貌的妃子幸御起来。后宫嫔妃如花，就等他这一个大男人，争宠之斗尤为激烈。佳丽三千，汉顺帝最喜欢的是一个姓梁的妃子，奇怪的是，梁妃对汉顺帝没什么感情，建议汉顺帝最好去找别的女人泄火——"夫阳以博施为德，阴以不专为义。螽斯则百福所由兴也。愿陛下思云雨之均泽，小妾得免于罪"——汉顺帝惊奇之，册封她为皇后。梁皇后的哥哥梁冀一路升官，眨眼升到了大将军之职。

梁冀此人是历史上少有的狠捞之主，别人捞钱弄钱好歹还有个名堂，梁冀连名堂都懒得搞。他朝一位大商人索要5000万钱，对方挤出3000万，梁冀大怒，当即将对方全家下狱，罪状上说商人80岁的老妈夜盗皇府，背着一麻袋珠宝翻墙而逃，这样的罪名摆明了逗你玩，存心让你憋气窝火。

没几年，顺帝死了，梁冀先是立了一个2岁的刘炳，是为冲帝，做了5个月的皇帝就死了；再立一个8岁的小朋友刘缵为帝，是为质帝，不想小朋友乱讲话，竟然有一次指着梁冀说："此跋扈将军也！"

梁冀大怒，不要以为你是皇帝就可以乱讲话，拿一块毒饼塞进刘缵的嘴里。之后梁冀再立15岁的刘志为帝，这就是汉桓帝了。

《三国演义》中经常提到的一句话是"自桓灵二帝以来……"意思是说天下事都是让汉桓帝和汉灵帝这两人搞坏了。实际上这是冤枉了汉桓帝，他不过是梁冀菜板上的鱼肉，活命尚且艰难，哪还有什么心思搞乱国家啊？汉桓帝委曲求全活到28岁，仍然生活在梁冀的阴影之下，朝不保夕。于是汉桓帝哭求太监帮忙，大太监单超表示愿意为国家分忧，桓帝激动之余狠狠地咬了单超的手腕一口，咬得鲜血直流。汉桓帝以太监的血发誓："我以你血荐轩辕，不惜一死夺皇权。"

公元159年，五名大太监唐衡、徐璜、具瑗、左倌、单超冲出皇宫，率兵包围了大将军梁冀的府邸，梁冀自杀，皇权回到汉桓帝的手上。于是，五名大太监得以封侯，此后又有多名太监的英勇事迹报了上来，统统封侯。从此宦官用事，朝政陷入混乱。等知识精英们兴冲冲出了书斋，跑来问鼎权力，却发现早已没有了他们的机会。

《世说新语》开篇："李元礼风格秀整，高自标持，欲以天下名教是非为己任。"这个李元礼又是谁呢？什么又叫以天下名教是非为己任呢？

李元礼名叫李膺，是当时的知识分子领袖，所谓的"以天下名教是非为己任"，就是说他要当官，要与恶势力不屈不挠作斗争。这恶势力当然就是太监了，李膺一出现在历史上就和太监们血拼了起来。

小黄门张让有个弟弟叫张朔，张朔贪污的事被李膺发现了。知道李膺这家伙专门跟太监过不去，张朔撒腿狂逃，一口气逃回洛阳，逃到了哥哥张让家里。还感觉到不安全，干脆躲进了夹壁墙里，心想：这次应该没事了吧？万万没想到，李膺追到长安，率吏卒破开张让家的墙壁，生生将张朔从里边掏了出来，当场刑讯，立即斩首。

张让是为汉桓帝夺权立过大功之人，当即哭诉于桓帝之前。桓帝恼怒，召李膺问话；李膺脖子一梗，明确告诉皇帝："我就是要跟天下的恶人过不去，只要触犯刑律，哪怕是他上天入地我也不会放过他！"

汉桓帝听了，眨眨眼，对身边的太监们说："你们闲着没事，就不要出去了，被李膺杀了，别怪我不管这事……"如此说起来，汉桓帝还是明白道理的。

太监们吓得不敢出门了，但恶势力却仍然在活动，这次是一个算卦的术士，河南人张成。

张成精研风角之术，尤其对《乾坤万年歌》有独到的研究。据他测算，汉桓帝马上就要大赦天下了，于是他带着儿子拎切菜刀一把，从大街这头直杀到那头，再从那头复又杀回来，大白天地公然杀人，被李膺率吏卒拿下。被押到堂上，张成笑曰："李膺，你杀不了我的，因为皇帝大赦天下的诏令已经下来了。"话音未落，诏令到了李膺的案头，诏令中明确要求，皇帝心慈，但凡有百姓杀人放火抢劫抢奸者，一概无罪，批评教育并立即释放。

当时李膺就急了，心说你恶势力邪恶咱不怕，怎么还带玩算卦的呢？这真是太不像话了！当即将诏书丢在一边，全当没看见，将杀人犯张成推出去砍了。张成的家属闻知，大怒，开始上访，控告李膺目无王法，于是李膺下狱，连带大批的知识精英一同去吃牢饭。

趁此机会，太监们疯狂反攻倒算，将反对他们的知识精英统统列为党人，掀起了一场清剿运动，举凡有点名气的读书人都进了监狱。

单说那位后来大破黄巾军、砍下张角哥仨脑袋的皇甫嵩，此人素以名士自居，这次大批的精英落网，他琢磨着怎么也得算他一个，不曾想抓到最后名单上竟然没有他，这让他没面子，认为这是朝廷对他的污辱，于是愤然上书，力证自己也是知识精英，也要坐牢。汉桓帝看他的奏折，怎么看也看不明白，一费脑子，就死掉了。

汉桓帝退场，汉灵帝走上了前台。与此同时，另一个知识分子领袖陈蕃出场了。

《世说新语》开篇第一句："陈仲举言为士则，行为世范，登车揽辔，有澄清天下之志。"这个陈仲举就是陈蕃了，因为和窦太后一家关系友善，所以他被推到了政治斗争的最前沿。而陈蕃不负世人所望，上演了一出轰轰烈烈的宫门血战。

起因是出在窦太后身上。汉灵帝刘宏是她千挑万选选出来的皇帝。窦太后的哥哥窦武身为大将军，要求解除党锢，重用知识精英；窦太后却觉得太监更好玩、更乖巧，不喜欢知识分子。于是窦武就去找陈蕃商量，陈蕃既然有澄清天下之志，当然要出个狠主意。于是陈蕃建议：大家趁夜进宫，将太监杀得光光，则天下自然而然就澄清了。

窦武就去宫中再找窦太后商量，而窦太后是绝无可能答应这种建议的——噢，把太监杀光，难道知识精英们愿意割了自己进宫给太后她老人家倒尿罐吗？

工作没做通。做不通倒也罢了，偏偏窦太后还把窦武的意见泄露给太监了。

168 年九月初七夜，窦武、陈蕃纠合了知识精英计 80 余人，各拎利斧一柄，摸入宫中，不料太监早有所备，也纠合了一批队伍，迎战于金水桥边。窦武作为大将军，命令军马助战，太监则大搞政策攻心，向士兵们喊话："过来吧，不要跟着窦武干，跟着窦武是没有前途的，要干就跟着太监干……"这喊话硬是灵光，窦武手下的士兵哗啦一下子都投奔了太监，窦武和陈蕃当场被捉——还没等天下澄清，这两个人先掉了脑袋。

此战过后，大批知识分子遭到整肃，被定点清除。

知识精英被杀干净了，东汉灭亡进入了倒计时。窦太后傻眼了，才知道太监的厉害。此后窦太后落入太监之手，如何被修理不清楚，未及两年就忧死，太监不许其用棺木下葬，就丢在一间阴暗潮湿的房间里。

知识精英以鲜血和生命为代价和太监集团搏杀是相当不理智的，至少他们的行为得不到孔子的认可。子曰："邦有道，则仕。邦无道，则隐。"意思是说，作为一个知识分子，如果国家政治清明，那就出来做大官；如国家政治混乱不堪，那就快躲起来，千万别让人找到你。

知识精英都躲藏起来，那谁来担当拯救国家的重任呢？这个答案，不需要打开儒家经典我们就会知道。在我们之中，有谁不知道曹操与刘备？在我们之中，又有几个知道李膺和陈蕃是何许人也？

传统文化崇拜的是暴力英雄，如曹操、刘备，他们有着把老百姓从床上拖起来，送到战场上去送死的本事，所以他们就流芳千古。陈蕃敢带 80 多人杀入皇宫"澄清四海"，那就为天下笑。

原始思维崇尚暴力，而暴力的崇尚者势必会沦为暴力工具。

既然太监集团战胜了知识精英，掌握了国家资源，就必然会有优秀人物从他们之中走出来：曹操！

曹操虽不是太监，但他的父亲却是大太监曹腾的养子，这么算起来，曹操就是从太监的阵营中出现的精英人物。

曹操早期的仕途之路是四平八稳的，如大太监蹇硕置西园八校尉，曹操和袁绍这哥俩同时入选，而刘备却在大街上卖他的草鞋。

此后汉灵帝死，子刘辨嗣位，为少帝，政权掌握在刘辨生母何太后的手中。也就是说，何太后的哥哥何进现在是朝廷中说话算数的人。抗击太监集团的历史重任落到了何进的肩膀上。

何进欲诛太监集团，曹操和袁绍都参与了这一密谋。一日，何太后传何进入宫，何进晃悠晃悠去了，一进去就被太监逮捕，脑袋被砍，然后当皮球扔给了等候在宫外的袁绍。

袁绍大惊。他可不是陈蕃，当即下令士兵杀入皇宫，大杀宦官。大太监带着皇帝跑路，没权没势的小太监们被砍得一个不剩。

我们注意到，袁绍手下的士兵就没有像陈蕃手下的士兵那样投奔到太监阵营去。与知识精英相比，民众更愿意接受一个像袁绍这样的人物。

这时候董卓来了，杀光了太监，挟持了少帝刘辨。董卓琢磨得干点什么事扩大自己的影响力。于是刘辨被废，他的弟弟刘协被立为新皇帝，是为汉献帝。

再往后，是曹操"挟天子以令诸侯"的时代。"挟天子以令诸侯"，是传统文化思维给曹操定的一大罪状，可这条罪状禁不住逻辑思维的推敲。曹操"挟天子以令诸侯"，那就是说大家承认汉献帝的权威；既然承认汉献帝的权威，那董卓扶立汉献帝有错吗？如果董卓是对的，那大家纷纷起兵讨董卓，这岂不是大错特错？如果大家都错了，那曹操挟一个错误的皇帝，又如何来"令诸侯"呢？

面对这些问题，原始思维的人会疯掉。何以董卓挟天子就令不得诸侯，诸侯该打就打，该杀就杀，等轮到曹操干这活的时候，唯有刘备与孙权不服，与之一论长短呢？

曹操与董卓的区别又何在呢？我们来看看董卓干的事情吧。

立了新皇帝后，董卓率众大臣上书，要求重新审理陈蕃窦武案，为知识精英平反。这是对头的，但问题是董卓在以德治国的道路上走得比任何人更远。

董卓下令：将官员和百姓中儿女不孝顺父母者、臣属不忠于长官者、官吏不清廉者，以及弟弟不尊敬哥哥的，统统杀掉。

不像刑事犯罪，刑事犯罪是需要证据的，这几条罪名什么证据都不需要，说你不孝你就不孝了，先杀了再说。京城飞血，冤死者数以千计。

董卓的智商，进化程度远不适应他所在的位置。而这就意味着曹操的机会。

第十一章

“三马同槽”的预言

四十年来又一变，

相传马上同无半。

——《乾坤万年歌》

公元220年，东汉献帝禅位于曹丕，曹氏建国号魏，史称曹魏。

公元260年，高贵乡公曹髦不满司马氏专权，亲率殿中宿卫及官僮，浩浩荡荡杀奔司马昭府上。司马昭遣中护军贾充，迎战曹髦于南阙。太子舍人成济一戟挑翻了曹髦，自此曹魏帝国可以已经不复存在了。这段时间整整是40年，所以有“四十年来又一变”之说。

那么“相传马上同无半”又是什么意思呢？“同”字去了一半，是“司”。再套上前面那匹“马”，这就是司马氏了。说有一天，曹操做了一个梦，梦见有三匹马在同一个槽里吃食，醒来后心中便十分不快。起初曹操以为是马腾、马超一家，后来想到了司马懿、司马师、司马昭父子三人，而“槽”谐音“曹”，“三马同槽”不正意味着司马氏要吃掉曹氏吗？曹操觉得这是不祥之兆，便把曹丕叫来，说：“司马懿不是个甘做人臣的人，要当心他。”后来，司马氏父子三人果真相继专擅曹魏朝政。

后面还有两句：

两头点火上长安，

魏鬼山河通一占。

“两头点火”，那就是一个“炎”字。这说的是司马炎。

司马炎是如何做到将曹魏山“河通一占”的呢？

这个责任真要是追究起来，都怪曹操太尊重别人了。

难道尊重人有错吗？尊重别人是没错的，尊重别人是文明进步的标志，但皇家权力这东西有一套与文明相悖的社会游戏法则，意味着是对他人人格的彻底否认，“陛下圣明兮臣罪当诛”，这其中哪有半点对他人的尊重？

理论上来说，一个尊重他人的人更容易受到公众的信任，但这是建立在公众的理性思维基础之上的。如果公众的思维水平局限于原始状态，奉行以暴力法则而不认可公理，那么结果就是反的。以曹操为例，与他同时代的有个宗世林，他不明缘故地仇恨曹操，拒绝与曹操来往。后来曹操总揽朝廷政务，就问宗世林：“可以交个朋友吗？”宗世林仰天长啸，答曰：“松柏的志气依然还在。”曹操郁闷至极，却没碰宗世林一根毫毛。就这样朝野上下已经是议论纷纷了，大家都认为宗世林的德行与他的官职极不相称。后来曹丕和曹植每次登门拜访，都跪拜在宗世林的榻下，行晚辈礼。于是宗世林名声大振。

也许有人会认为，曹操这种做法是礼贤下士、收买人心。持这种想法的人不晓得人心的价格是多么昂贵，根本不是你不杀他就买得起的。人心是无限欲求的，坐在马桶上你的思维能够囊括整个宇宙，你有多少本钱能够把这无限的欲望买断？

所以古代帝王对于人心的收买向来是采取成本最低的方法：杀！

姜子牙随从周文王入朝为官，打听到终南山有一位高士，就派人去请他出来做官。一连去了三批使者都无功而返，隐士拒绝出仕。于是，姜子牙就派了兵将将那隐士从河边逮来，折断钓鱼竿，将人一刀砍了。周文王看到这情形吓了一跳，就问：“杀掉隐逸的士人，这种做法妥当吗？”周文王言下之意是说，姜子牙，别忘了你也曾是隐士。姜子牙笑着答道：“三次敦请，此人仍然拒不出山，那么此人就是打定主意不做我们的朋友，也不做我们的臣子，如果不杀掉他，那么人人就会效仿他博取清名，那我们还能有朋友和臣子吗？”

姜子牙如此做法确实太狠了点，但所谓帝王之术走的正是阴毒路线。

以曹操为例，他不杀宗世林，难道宗世林就会感激他不成？事实相反，宗世林不会领曹操的人情。宗世林会这么想：你没有杀我，不是你不想杀，是你畏惧清名，不敢杀我。既然你想杀我，我又何须感谢你？既然你连杀我都不敢，我又有什么理由瞧得起你？”

瞧瞧，这就是结果：曹操尊重宗世林，换来的却是士林对他的鄙夷。

被士林瞧不起，那曹家的后人落得这种地步，又有什么奇怪的呢？

但是，在《世说新语》一书中记载了大量的曹操杀人传闻。

曹操为了防止别人谋害他，悄悄叫来一个卫士，吩咐道：“明天你胸怀一柄利刃，跟在队伍中，我就假装心灵感应，说是有人要谋害我，命令人将你身上的利刃搜出来。你不用害怕，我不会杀你，如果你在表演中配合得好，还重重赏你。”那个卫士脑子明显不够用，听了曹操的话，第二天果然胸藏一柄利刃，混杂在队伍之中。曹操也按照预先约定的台词，假装一摸胸口：“哎哟不好，我的心脏怦怦乱跳，有刺客，左右快快给我搜……”一搜身，就把那卫士怀中的利刃搜了出来。然后就听曹操吩咐道：“将这个刺客推出去，砍了！”那卫士正要提醒曹操台词说错了，可哪还来得及，顷刻之间脑袋搬了家。

类似的事还有一桩。曹操经常对身边的人说，他有梦游的毛病，一旦于夜梦中突然醒来，就会举刀杀人。这话说过了也就算了，没人放在心上。一天，曹操午睡时蹬掉了盖在身上的被子，一名近侍就走过去替首长把被子重新盖上，不曾想曹操突然一翻身，尖叫一声：“拿命来！”“扑哧”一刀，就把个近侍脑袋砍掉了。然后曹操继续蒙被大睡，装作什么也不知道的样子。等到曹操“睡醒”了，爬起来，失声怪叫道：“何人大胆，竟敢杀我的近侍？”手下人忙告诉他，那近侍就是他自己杀的。曹操现出恍然大悟的神情：“怪不得。我跟你们说过的，我一旦从睡梦中惊醒就会杀人的，可是你们不听，现在你看看……”

这样的故事未必是真，但曹操杀人的事确实是真的，比如说我们在前面讲到曹操杀冀州名士崔琰，以及杀孔融。

说起孔融来，那可是老革命了。东汉末年，名士张俭因为获罪于太监而被迫亡命，张俭逃亡，望门投止，但凡看到门就上前敲，恳求收容留宿，所有的人家都开门迎接他，把他藏起来。朝廷的缉捕一路追杀，沿途收容张俭的人遭受牵连，枉死者竟达万人。张俭就这么逃啊逃，逃到了曲阜孔府，当时孔融的哥哥孔褒和母亲都不在家，孔融只有10岁，就开门藏起了张俭。后来朝廷得知，问罪于孔家——不要以为你们是圣人的后代就可以逃避刑事责任了。过堂审问时，孔融的母亲说张俭是她藏起来，孔褒则说张俭是他藏起来的，孔融也承认张俭是他藏起来的，地方官不好判决。后来一研究，认罪伏法这事就让孔褒来承担吧。于是孔褒被押赴刑场，一刀斩了。张俭一路潜逃到塞外，后来风头过去了，他又返回来，终老于家。

孔融见人就让，偏偏遇到曹操却是一步也不退让。

为什么孔融不肯退让呢？前面说的曹操杀卫士、杀近侍，都是些可疑的传说，由于没名没姓，让你调查都无从着手。实际上，这些故事有可能是宗世林、孔融等名士们的文学创作，无非是向世人证明曹操不是个好人。

那么，曹操到底是不是个好人呢？

这很难说，曹操就是曹操，他有着绝不亚于刘邦的能力与智慧，但心态上却完全不同，所以才会在他的身上有了那奇特故事：击鼓骂曹。

击鼓骂曹，是中国历史上绝无仅有的离奇段子。说离奇，是因为中国历史上的暴力人物有很多，但从未有一个人享受过曹操这种待遇——他还活着，就被人当面破口大骂，而他竟然莫可奈何。

祢衡被魏武谪为鼓吏，正月半试鼓，衡扬枹为渔阳掺挝，渊渊有金石声，四座为之改容。孔融曰：“祢衡罪同胥靡，不能发明王之梦。”魏武惭而赦之。

名士祢衡才华横溢，偏要跟曹操较劲，指着曹操的鼻子痛骂了一顿，连替曹操打工的兄弟他一个也没放过，统统骂了个遍。最恼恨的是，祢衡击鼓时故意穿得破破烂烂的。有人质问他，他就当场脱光衣服；有人骂他无耻，祢衡反唇相讥，说：“什么叫无耻？欺君才是无耻！我光着身子，就是让你们大家瞧瞧我的清白……”

那么，祢衡何故要骂曹操呢？传统的解释是说，祢衡看不惯曹操欺压汉室、挟制天子的行为。这个解释说出来，也只有没脑子的人才信。你祢衡如此正义，怎么董卓在的时候没听到你出来骂呢？那董卓岂止是挟天子，他连天子都给废了，你怎么就不吭一声呢？

实际上，祢衡看不惯曹操的原因就一个——曹操不忍杀他。不唯是祢衡这种人曹操舍不得杀，但凡有一技之长者曹操莫不爱之惜之。

曹操身边有一歌女，歌喉最是动人，可这丫头也不知吃错什么药了，居然“情性酷恶”，不是一般的耍耍小脾气。曹操要杀她，又舍不得，留着她，又受不了她。于是曹操找来100多个歌女，同时教练她们唱歌，终于找到了一个歌喉超过那个“情性酷恶”丫头的，于是立即将她拖出去砍了。

一个歌女情性如此酷恶，摆明是吃准曹操爱才这个“弱点”——反正我歌唱得好，你舍不得杀我，那我就酷恶一个给你瞧瞧。

文人的心眼跟女人的比较贴近，至少在祢衡，他的心计玩得并不比一个歌女更高，他不敢招惹董卓，偏要揪住曹操不放，原因只有一点：曹操既爱才，又爱惜自己的名声。

雄才大略的曹操被名声捆住了手脚，没有杀祢衡，而是将祢衡送到了荆州刘表那里。祢衡这时候也难办了，如果他不骂刘表，那岂不成了势力小人了？所以他只好硬着头皮一路骂下去，一直骂到黄祖那里，被一刀砍了。

祢衡死了，有没有人怪罪黄祖呢？没有，没有人责怪黄祖，传统文化为我们提供了一个现成的罪人：曹操。曹操被指借刀杀人。这实际上是很典型的“欲加之罪，何患无辞”。

既然祢衡开了头，曹操没有杀他，后面肯定会有人跟上来，进一步挑战曹操的忍耐极限。这位跟上来的就是幼时让梨的孔融。

孔融起初还是小心翼翼的，但随着他对曹操的鄙夷之心滋长，越来越控制不住自己的挑衅欲望，到了曹操下令禁酒时，他终于忍不住跳了出来，写了篇洋洋洒洒的文章，跟曹操较劲，说：“天上有酒旗之星，地下有酒泉之地，正因为人们崇尚饮酒的美德，才成就了帝尧的万世之名……”

闹到这一步，曹操咬牙忍，还是不肯动手。

到了建安十三年，曹操正沿江狂追刘备，追得刘备丢了老婆孩子不要。正在节骨眼上，孔融又跳将出来，对东吴来使表明政治态度，再一次指责曹操欺君罔上。这一次，曹操的忍耐终于到了头。孔融死了，而曹操的威信遭受到了毁灭性的打击。

实际上，曹操是非常洞察人性的。就在杀了孔融之后的第五年，建安十九年（公元214年），刘备忽悠士兵替他拿下了成都，然后搞官市垄断，让士兵们欲哭无泪。同一年，安定太守毌丘兴将要赴任，曹操专门把他叫来谈话："安定一带是羌人的集居区，羌人早已打算与中原交往，你要记住，如果有这样的事情发生，必须要让羌族人派使者来，万不可派人去羌族人那里。现在这年头，碰上一个好人的概率实在是太低了，人心险恶啊！如果你派了人去，派去的人一定会教羌族人提出非分的要求。到时候你要是不答应，就会失去羌人之心；你要是答应，就会不利于中国。

毌丘兴答道："领导放心，我一定按照领导的吩咐去做。"等出了门，毌丘兴却想：这领导是不是把人看得太阴暗了？照他这种说法，这世上还没好人了？毌丘兴不信，到了安定之后就派了校尉范陵去羌人那里谈判。范陵到了羌人那里，立即与之打成一片，唆使羌人要求他出任属国都尉。毌丘兴看到这情形傻眼了，只好对曹操说："领导，你真是圣人啊！"曹操说："我哪里是什么圣人，我只是吃这些坏蛋的亏太多了而已。"

拥有这样智慧的曹操，创建一个曹魏帝国是不在话下的。但曹魏帝国不过40年就稀里哗啦了，这又是什么原因呢？

之前说了，曹操爱才惜才，却遭受到了人性阴暗面的抵制，这只是一个原因。最主要的原因是，曹操太聪明，太有智慧了。

曹操过于聪明，所以他花的成本比别人低得多，就轻易得到了一个帝国，这与戎马生涯的刘邦、刘秀等比起来，实在不可比拟。

先说刘邦，他无数次被项羽追得亡命飞逃，为了自己跑得快、活命，途中甚至把女儿、儿子从车上推下去。他有过鸿门宴的惊险逃亡经历，还曾面对项羽烹煮其父亲的威胁。历尽了如此多的磨难，等他坐在龙椅上时，大家心里只能这样想：唉，刘邦真是不容易啊，太不容易了，花这么大血本，就算做个皇帝，好像也应该吧？

再说刘秀，虽然遭遇到的对手不算高明，可他自己水平也不够，与王郎一战，他被人追得跳了崖。刘秀还搭上了自己的亲哥哥刘縯，费尽周折才算搞定天下，这个过程颇有点"天降大任于他，必先狠狠折磨他"的意思，所以对于刘秀当皇帝，大家也都服气。

还有一个刘备可以拿出来比一比。历史上于四川建国的情形并不少见，传至三四代人的也有，但那些人物如过眼烟云，唯独刘备吸引了无数人的眼珠，何故？就是因为刘备太不容易了。

我们来看看刘备的艰苦创业历程吧——

刘备，少年丧父，和母亲靠贩草鞋和织席为生。15岁，刘备赴九江太守卢植处求职，与辽西公孙瓒是同事，他对公孙瓒极尽奉承恭敬，以兄长之礼事之。此后刘备捞到了他人生的第一桶金，据说是两个善良的大商人赠送的。刘备有了钱，就有了自己的人马，包括关羽和张飞都是在这时候去那里谋职的。

战黄巾，刘备立功，朝廷封他为安喜县尉。刘备去求见督邮，督邮要求预约，刘备大怒，冲进去把督邮暴打了一顿——《三国演义》把打督邮的事儿算到了张飞的身上，实际刘备才是一个暴脾气。

打了督邮，刘备弃职而逃，后来转入下密县，当上了一名衙役，这职位太小了，不对胃口，他再次弃官而走。刘备时来运转，当上了高唐县令。可是黄巾军又杀来了，刘备一路狂奔，黄巾军硬是没能追上他，可见脚程之快。

逃得性命后，刘备就去找前同事公孙瓒，公孙瓒帮他找了份平原县县令的工作。可当地有个叫刘平的，认为被这个大耳朵管着是人生最大的耻辱，就花钱雇请刺客去刺杀刘备。那刺客拿了钱，又来到刘备这里做了个人情，估计刺客走时刘备送他的礼钱少不了。

此后刘备又神秘地弄到人生的第二桶金，招募了一千名士兵，活捉了几千名老百姓，这些倒霉的百姓被枪尖顶着冲锋陷战，于是刘备就有了几千人马。有了人马，也就有了野心，刘备一口气杀到徐州；不幸遭遇到悍将吕布，他的老婆孩子被吕布逮了去。

老婆孩子丢了，但这时刘备活捉老百姓的本事越来越大，一口气逮了10000多名老百姓，强迫他们向吕布发起自杀式冲锋。冲锋的结果，是刘备单身逃走，跑到了曹操那里求职。

曹操替刘备杀掉了吕布，夺回了老婆孩子，然后又替刘备申请了左将军的工作岗位。汉献帝密写衣带诏，想让刘备替他干掉曹操。刘备也不傻，当即借出差的机会跑掉了，参与衣带诏的另几人伏法。

此后刘备就在徐州地带流窜，杀死徐州刺史车胄，抓了几万老百姓当部下，闹得越来越大，结果引来了曹操。曹操一到，数万百姓趁机逃之夭夭，刘备的老婆孩子并关羽都成了曹操的俘虏。此后刘备在袁绍处吃饭，日子过得相当艰难。

袁绍被曹操攻破，这时候刘备已逃到了刘表处。这期间刘备找来了诸葛亮帮忙，诸葛亮也是抓老百姓的天才，两人凑在一起，逮了十数万的老百姓。这十数万人迎战曹操的五千骑兵，战斗一打响，老百姓就炸了窝。刘备再次扔下老婆孩子，只带了诸葛亮、张飞和赵云，夺命狂逃，逃到汉津。后面曹操追来，刘备眼见得上天无路，入地无门，幸好这时千里走单骑回来的关羽带水军打此经过，救了众人一命。

《魏略》上说，刘备的儿子阿斗于乱军之中被人贩子捡到，卖给了扶风人刘括；刘括拿阿斗当自己的儿子，还给他娶媳妇，生下孩子……这段记载导致了赵云无功可立，不利于蜀汉英雄的形象塑造，因而被罗贯中舍弃。

《魏略》还否认了三顾茅庐的真实性，说是诸葛亮自己找到刘备处求职，刘备和他不熟，就让诸葛亮跟一群服务生打杂，后来偶然交谈，“备由此知亮有英略，乃以上客礼之”。这段记载和诸葛亮的个人简历合不上，从此也再无人提起。

再后来，孙权发威，火焚曹操战船，逼退曹操，刘备趁机进入西川，一路攻城略地，割据川蜀。

这就是刘备的创业历程，其实际艰难程度比小说《三国演义》中所渲染的有过而无不及。这是地地道道的英雄创业史、血泪史，付出这么大的代价，当个皇帝还不行吗？

反观曹操，这厮顺风顺水，让人看得气苦憋心。

曹操一出世，父亲曹嵩就已经是费亭侯了，曹操属于地地道道的高干子弟。20岁时，曹操举孝廉，做郎官，升县令，任骑都尉。此后冀州刺史王芬秘密联系人马，想要废掉汉灵帝，曹操也是这个集团中的一分子；未几事败，王芬等人被杀，曹操却加官进晋爵，升典军校尉。董卓入京，废旧天子，挟新天子以令诸侯，于是曹操潜逃回乡，变卖家产，组织起了自己的军队，与各地诸侯合兵一处，进攻长安。

曹操进入山东境内，于兖州俘获了一批黄巾义军；曹操收编了其中的精锐，号“青州兵”。几年后，长安乱，献帝东迁，过黄河逃到安邑。曹操迎驾，从此“挟天子以令诸侯”。

曹操的个人简历写到这里就已经到达了事业的顶峰，这时候刘备正惶惶如丧家犬满世界流窜呢。

看看刘备的历程，多不容易。再瞧瞧曹操的发展，实在是太容易了。正因为曹操付出的成本太低，所以其德行不足。若不能够挥师百万，杀人盈野，这天下之人是万万不肯心服他的。一面是孙权割据江东，一边是刘备自立于西川，而曹操要想继续修德，就必须要击溃这两支武装力量。

这个活不好干。

现在我们知道，发布曹操“挟天子以令诸侯”这种舆论的，正是刘备和孙权这俩活宝，因为他们希望这个世道混乱，唯其混乱才是他们的机会。他们必然要否定曹操的权威，否则，他们自己就是叛乱者了。

民众在这一点的选择上是非常具有理性的。只要能够击败曹操迈向皇权之路，就意味着民众的自由和成功。归根到底，是出自于对皇权的恐惧与不认可。

曹操对此是心知肚明的，所以他在死前说：“获罪于天，无可祷也。”于是曹操散履分香，从此辞世。

曹操死了，其子曹丕接掌了军政大权。考虑到曹操对朝野的压制，要想逃过政治清算带来的倾家灭门之惨祸，曹丕只能是一条道走到黑——登基称帝！

曹丕基登得实在太仓促了，摆明了的是德行不够；更让人闹心的是，曹丕的心思还不在正地方。

> 魏武帝崩，文帝悉取武帝宫人自侍。及帝病困，卞后出看疾。太后入户，见直侍并是昔日所爱幸者。太后问：“何时来邪？”云：“正伏魄时过。”因不复前而叹曰：“狗鼠不食汝余，死故应尔！”至山陵，亦竟不临。

看看这个曹丕，父亲一死，他就把父亲宠爱的美姬妃子全部接收了过去。

越是心理肮脏的人，对别人的要求也就越苛刻。曹丕自己这样倒也罢了，偏偏他容不下别人。左将军于禁战败被关羽俘虏，后来孙权夺取荆州，放出于禁，让他回去。于禁须发皓白，形容憔悴，曹丕安抚了几句，就打发他去曹操的祠堂看看。于禁到了一看，发现墙壁上绘着关羽水淹七军、于禁跪地乞求饶命的图画，最后郁闷而死。

这个皇帝心眼实在是太小了。虽然心眼小，可曹丕也做了 7 年的皇帝，然后轮到了他的儿子明帝曹叡。这个皇帝是个典型的人格分裂。当年，曹丕带着他一起狩猎，见一只母鹿正带着小鹿，于是曹丕自己射母鹿，让曹叡射小鹿。曹叡当场落下了眼泪，曰："陛下已杀其母，臣不忍复杀其子。"曹丕大惊，丢弓在地，就下决心把皇帝宝座传给这个善良的孩子。可曹叡一旦有了权力，却是一点也不善良了：

> （曹叡）性严急，常以轻微之过而致人死罪。督修宫室，限期完成，至期未成者，亲自召问，或有言犹在口，身首已分。
>
> 景初元年，与郭夫人同游后园，禁左右不得宣。毛后知之，问曰："昨日游宴北园，乐乎？"叡以左右泄之，所杀十余人，赐毛后死。

这个魏明帝，分明是个反社会性人格，对别人怀有强烈的仇恨，每天只管恣行杀戮。文帝不文，明帝不明，曹操的后人都有点败家子的风度。

曹叡死后，他 8 岁的儿子曹芳在司马懿的辅佐下登基，这孩子 10 岁就已通读《论语》，可他白读了，每天从宫外找来一大群男男女女，一起玩变态色情游戏。也不想想，曹操辛辛苦苦积攒的那点德行家底，经过前面两代人的祸害，早已空无一物，他哪还来得本钱腐化？家里的德行消耗光了，别人不再拿你当回事，遂有司马懿发动军事政变，废掉了曹芳，扶立曹髦。

曹髦有个打破沙锅问到底的习惯，最喜欢的就是找来儒生提问，一直把儒生们问得翻白眼为止。

曹髦："为什么会有《易经》这样的书？"

儒生："易是变易的意思，这本书是刻画万事万物规律的。"

曹髦："《易经》是怎么来的？"

儒生："是伏羲氏在燧人氏的图上找到了灵感……"

曹髦："那为什么不说是燧人氏制作了易，却说是伏羲氏呢？"

儒生："……这个……不清楚。"

曹髦："圣人也有不足吗？"

儒生："知人者智，圣人也是有不足的。"

曹髦："有不足那还叫圣人吗？"

儒生："圣人之所以被称为圣人，不是他们没有过错，而是因为……"

曹髦："既然有过错了，就不能再说他们是圣人了，对不对？"

儒生："……可能……也许……恕臣下愚昧，玩不过陛下……"

曹髦在历史上留下来的就是这样一些非常有意思的问题，他不知道的是，这些问题的答案需要在他的人生中去寻找。既然他不肯这样做，必然就会发现这样一条游戏规则：给别人添麻烦，远比自己解决麻烦更有趣得多。

有一天，曹髦给大将军司马昭添个大麻烦。于是，后来司马昭这样说道："高贵乡公率领侍从兵马，拔出刀剑，擂动战鼓，向我的住处冲去。我害怕，害怕高贵乡公有意外，严令将士不许伤害他，但是意外还是发生了——太子舍人成济冲入兵阵刺伤高贵乡公，使他致死……闻讯后，臣惊痛哀伤，心中如绞，不知该去死于何地……"看这司马昭真是太痛苦了，他痛苦得连死的地方都找不到了。

公元 265 年，司马昭终于找到了一个合适的地方去死——他家中那张最舒适的榻上。

这年，魏元帝曹奂强烈要求禅位于司马昭的儿子司马炎，司马炎拒绝了三次之后，才勉为其难地登基，是为西晋开国皇帝——晋武帝。

第十二章
八王之乱与五胡乱华的预言

山河既属普无头，
离乱中分数十秋。
子中一夫不能保，
江东复立作皇州。

——《乾坤万年歌》

“山河既属普无头”，“普”字没有了头，是一个“晋”字。

“子中一夫”，是一个“衷”字。

这是说西晋王朝从创建到分崩，兴亡于倏忽之间。

说西晋，还要从《三国演义》说起。那里面诸葛亮以空城计吓退司马懿，从此司马懿就成为神化诸葛亮的材料之一，再往后还有“死诸葛吓走活仲达”，越发把司马懿蹂躏得面目全非。实际上，三国时空城计真的有，不过玩这个的不是诸葛亮，而是曹丕手下的大将文聘。

孙权亲率精兵 5 万突袭江夏。其时江夏守军正在田里耕作，无论是守是逃都来不及，于是文聘索性命令城中百姓全躲藏起来，而他自己则卧床大睡。孙权来到，一看大惊，说：“此城如此空虚，定然是假象，若非是城中早有埋伏，便是有外援行将袭来，我们快撤……”文聘睡醒了，孙权也逃远了。

至于草船借箭，也是确有其事，而当事人是孙权，同样也跟诸葛亮无关。

孙权乘船观察曹魏兵营，曹操命将士万箭齐发，顷刻间孙权的船上钉上了密密麻麻的箭簇，战船倾斜，于是孙权吩咐将船扭过来，再用另一面接箭，等另一边也钉满了箭簇，战船就恢复了平衡，施施然回自己军营了。

把别人的成绩都算到诸葛亮的身上，让其智近于妖，导致司马家族形象的严重失真。

司马氏的崛起，责任在曹操的身上。

司马懿，少聪达，多大略。崔琰谓其兄朗曰：“君弟聪亮明允，刚断英特，非子所及也！”操闻而辟之，懿辞以风痹。操怒，欲收之，懿惧，就职。

这件事发生在公元208年。曹操听说司马懿有才干，就命令他前来报到，司马懿假称患有风湿病推拖再三，结果惹火了曹操，差点直接将他下狱，从此司马懿就为曹操效力。但有曹操这样的人杰在，司马懿断无可能取得什么大的成就，充其量是个称职的参谋。但等曹操一死，曹丕废除汉室，建立曹魏，这时候司马懿的本事就越来越显示出来了。

曹丕这个人久与名士在一起，染上了许多怪毛病。王粲生平喜爱驴叫，在他死后，朝廷给他举办追悼会时，就发生了这么离奇的一幕：曹丕亲自参加王粲的追悼会，并要求与会人员每人学一声驴叫，以表示大家沉痛的心情……

可以看出来，曹丕身为皇帝，却全然没有帝王心机，考虑的是怎么玩才够标新立异。他是个优秀的文学青年，在文学上的造就也非同一般，当了皇帝真是可惜了。

曹丕热爱文学，国家政事及对吴蜀的战争就成了司马懿的责任，等到了明帝曹叡时代，司马懿已经成为了国之重臣，掌握了绝对的兵权。

曹叡患有严重的反社会人格，一门心思宰杀身边的工作人员，这期间国家的政权继续向司马懿手中倾斜。曹叡死时前将8岁的儿子托孤给司马懿和本家曹真，此后司马懿以太尉之职辅导新主。同受顾命的大将军曹爽在琢磨怎么把兵权弄到手。

兵权相争，是司马家族迈向皇权之路所遭遇到的最严峻挑战。司马懿似乎无力对抗这一挑战。他病倒了，瘫痪在床。

一天，家里晒书，忽然下起了雨，只听司马懿“哎哟”一声从床上跳起来，冲到暴雨中将图书收回来。恰好被一个婢女看到，那婢女目瞪口呆。眼见就要露馅，这时候就见司马懿的老婆张氏手提一柄明晃晃的利剑冲了出来，一剑将那婢女砍死，然后对司马懿说："现在没人知道这事了，你快回到床上去，继续瘫痪。"

确信司马懿已经瘫痪，再也不会对自己形成威胁，大将军曹爽兴高采烈带着一票人马出城游猎。他们前脚刚出门，司马懿的大儿子司马师出现在一条街道上，只见他一举手，四面八方，穿形形色色衣服的悍勇之士立即聚集了三千之众。司马师暗蓄死士三千，此事竟然无人知晓，直到此时，朝中百官无不震惶。

现在司马懿不瘫痪了，带这三千死士入宫，以小皇帝的名义下诏，敦促曹爽一伙悬崖勒马，万不可走到与正义为敌的错误道路上去。曹爽这下傻了眼，前思后想，最终选择与司马懿和解。于是曹爽返回城中，面见小皇帝谢罪，然后回家反省。司马懿派兵士包围了曹府日夜看守，府宅的四角搭起了高楼，楼上有人 24 小时监视曹爽的举动。曹爽若是挟着弹弓到后园去，楼上的人就高声叫喊："故大将军向东南去了！"弄得曹爽愁闷不已，不知如何是好。

又过了几天，司马懿批评曹爽的检讨不深刻，于是斩曹爽，诛其三族。

司马懿死后，曹魏帝国的政权就落入了司马师的手中。隔了几年，司马师也死了，司马昭终于闪亮出场。

"司马昭之心，路人皆知。"这句成语就是小皇帝曹髦的创作。高贵乡公曹髦在说了这句名言之后，就率领僮仆，摇旗呐喊，杀向司马昭家。行至半路，遭遇太子舍人成济，小皇帝曹髦不幸以身殉职。此后司马昭又扶立了常道乡公曹奂为帝，是为元帝。此时司马昭手中的魏元帝一如曹操手中的汉献帝。

于是司马昭考虑修德。一定要修德，不修德无以服天下之人。

修什么德呢？当然是灭蜀！

《三国演义》中，诸葛亮六出祁山，姜维又来了个九伐中原，带给我们强烈的错觉，好像蜀国非常之强大，强大到了要问鼎中原的程度。实际上蜀国的实力非常之弱小，弱小到与曹魏帝国严重不成比例的程度。而诸葛亮的多次征讨不过是小股游击队式的骚扰，对曹魏帝国根本就没有实质性影响。只不过，传统的原始思维非要把刘备当做正统，这就要求小说家必须要从正面刻画这支游击队的英勇；英勇是不假，可游击队终究难成大气候，只能依据山关之险，关起门来做自己的皇帝。

曹魏帝国这边，虽然曹操、曹丕父子两代人宽待士人，最终埋下了权力流失的种子。但这种宽和形成了中原人才辈出的局面，司马昭这边派出了一个在名士圈里最没出息的钟会，翻越山川之险，就轻松将蜀汉帝国拿下了。

说钟会在名士圈里最没出息，这是公论。钟会曾写有一部名为《四本论》的书，非常想请大名士嵇康指导一下，就拿着书稿去找嵇康，可到了嵇康家的门外他突然害怕起来，害怕遭到嵇康的拒绝，让自己大失面子。于是钟会就想到了一个不丢面子的好办法。他拿着书稿蹑手蹑脚走到嵇康的门前，远远地把书稿扔进去，然后掉头就走。

看清楚了没有？钟会就这水平。

钟会与邓艾分兵，钟会出斜谷，邓艾出狄道。趁钟会与姜维斜谷大战之机，邓艾越过险隘，进入成都。后主刘禅拉着灵车，拖着棺材，反绑了自己出城投降。全城百姓官民无伤，独独可怜了关羽全家。因为关羽水淹七军，杀死了庞德，这时庞德的儿子庞会随邓艾入城，将关家满门杀了个精光。

此后，缺心眼的钟会听了诈降的姜维忽悠，想割据四川，学刘备关门做皇帝。也不想想，刘备是能与曹操齐名的人物，岂是你说学就能学会的？未几，魏军大队人马赶到，钟会与姜维俱被杀，蜀汉复辟的希望就这么破灭了。

拿下蜀汉，眼见这德也修得差不多了，司马昭就幸福地闭上了眼睛，其子司马炎接位。魏元帝曹奂哭求禅位，司马炎不好推辞，于 265 年正式称帝，建立晋朝。

273 年，晋武帝司马炎下诏，禁止民间女子私自乱嫁，须待他一个个地挑选过，但凡美貌的一律入宫，他不喜欢的才可以找其他男人嫁。

修德，继续修德。照司马炎这么个修德法，恐怕事情会糟糕。

没关系，就凭司马炎这德行，已经足以战胜东吴了。

要说东吴的末代领导班子，足可以与刘禅作个比较。刘禅之所以成为千古笑料，一个重要的原因是他善良。他在历史上未曾有过伤害别人的不良记录，所以大家尽情取笑他。反观东吴末帝孙皓，从未曾有人敢取笑他，不唯他在位时没人敢，即使他成了俘虏也仍然没有人敢。甚至到了今天，我们仍然能够感受到穿透时光帷幕袭来的那邪恶气息，还是没有勇气取笑他。

说起孙皓这人，实乃天地之间的邪恶之气所钟。此人心理之邪恶之扭曲到了无法想象的程度，他杀人无数，从没有重样的杀法，把他杀人的招术汇总起来，堪称世上第一恐怖之书。

中书令贺邵中风了，不能说话，可是孙皓非要逼他开口不可，皮鞭、木棒、老虎凳，能想出来的刑法全都用上了，贺邵痛得七扭八歪，还是说不出话来。孙皓生气了，就用烧红了的锯子将贺邵的脑袋锯了下来。

尚书熊睦见孙皓酷虐便婉转地劝谏，被孙皓用刀环活活撞死，体无全肤。

孙皓最爱召集群臣喝酒，不喝的杀，喝多了的也杀。他设置黄门侍郎十人，专门搜集大臣们的过错，抓住过错之后，有的被剥下脸上的皮，有的被挖去眼珠，总之是变着花样杀人，其心理扭曲变态可见一斑。

江东有个叫刁玄的，伪造谶文说："黄旗紫盖，见于东南，终有天下者，荆扬之君。"这话一般人听不明白，偏偏孙皓就听明白了，认为这个预言是说他要做天下之主，就真的行动了起来，把太后、皇后、几千名宫娥彩女全都装上车，从牛渚出发，浩浩荡荡准备去接收西晋政权。

看孙皓的表现，分明是弱智，大家象征性拦了一下，就让他继续前行。孙皓就真的往前走，走着走着，就遭遇到了大风雪，道路塌陷损毁。士兵们一个个冻得半死，一只手拿着兵器，另一只手还要替宫娥们拉车，气得大家都说："如果遇到敌兵，我们就临阵倒戈。"这话被孙皓听到了，他这才不甘心地返回去。

和心理变态的孙皓比较起来，司马炎只是不允许女青年出嫁，这绝对是明君圣主了。

唐人刘禹锡有诗云：

王濬楼船下益州，金陵王气黯然收。
千寻铁索沉江底，一片降幡出石头。
人世几回伤往事，山形依旧枕寒流。
从今四海为家日，故垒萧萧芦荻秋。

这首诗说的是公元280年晋将王濬驱船而下，兵至石头城，孙皓面缚而降。

孙皓被押解回洛阳，司马炎大喜，于是召开了盛大的国际会议，与会的包括有爵位的文武官员以及四方来晋的使者，孙皓参加了这次会议。

孙皓向晋武帝磕头，晋武帝请他入座，兴奋地说："朕设了座位给你，等你已经很久很久了。"

孙皓笑答："我在南方，也设了这么一个座位等待陛下。"

唇枪舌剑，丝毫不让，可见孙皓既然能当皇上，确有其过人之处。

大臣贾充上前对孙皓挑衅："听说你在南方，凿人的眼睛，剥人的脸皮，这是哪一等级的刑法？"

孙皓冷笑道："为人臣子的，杀了他的君王以及邪恶不忠的，就处以这种刑法。"

贾充沉默无语，非常羞愧。

他为什么羞愧呢？我们马上就会知道，这个不甚牢固的西晋王朝就是毁在他的手上的。

完成了统一大业，晋武帝想，自己的德行如此之深厚，统一中国啊，第一个是秦始皇，第二个是刘邦，第三个就是他司马炎了，如此劳苦功高，要好好犒劳犒劳自己。

于是司马炎精选东吴宫女 5000 人，再加上宫中原有的，足足有几万人都在热切盼着皇帝的幸御。司马炎不知先幸御哪一个好，就搞了辆羊车，自己往车上一躺，羊把自己拉到哪个美女面前，这晚他就归这位美女享用了。就有聪明的女孩用竹叶插在门前，地上撒上盐末，拉车的羊贪吃喜咸，拉着晋武帝就进去了……

美女虽然多多，但皇后只有一位，姓杨，乃朝中重臣杨骏的女儿。

杨骏有个弟弟杨珧，他向晋武帝司马炎提了一个怪异的要求："请求陛下先下一道诏书，日后皇后惹出事来，要杀要剐的话，千万别连累我们一家。"

司马炎觉得这人可真逗，一个皇后能惹出什么事儿来，就答应了杨珧。

这时候朝中众臣争斗倾轧正在惨烈之间。最惨的就是那位被孙皓顶回来的贾充了，眼看就要被挤出朝廷，弄到边关去。贾充不想去边关，就想办法。想来想去，想出来一个好办法——把女儿嫁给太子，这样自己就不用走了。

于是，贾充向晋武帝热切地提出了联姻的要求。司马炎躺在羊车上顾不过来，就打发皇后过去看看。杨皇后过去看了后，回来说："贾充之女美姿色，有才情又贤惠，实是在天生的一个太子妃。"司马炎大喜，就让儿子娶了贾充的女儿贾南风。

等贾南风过了门，司马炎拿眼一瞧，大吃一惊。他看到的是一个肥矮黑胖、头发稀疏干枯、满脸戾气的丑丫头。

司马炎也不是没见过丑丫头，但丑到贾南风这分上是史无前例的。此女堪称人类历史上最丑最丑的，而且性情暴戾、脾气古怪，更兼生性淫荡、醋劲奇大。

给儿子弄来这么一个丑八怪做老婆，那杨皇后什么眼神啊？

不过话说回来，太子妃是丑了点，可是那位太子的傻在中国历史上也是鼎鼎大名的，他就是白痴皇帝司马衷。

司马衷是历史上独占鳌头的傻皇帝，听到青蛙叫声，就问身边的人："这青蛙的叫声，是为公，还是为私？"

那内侍也狠，答道："青蛙在公家的田里叫，就是为公；要是在私人的田里叫，那就是为私了。"

司马衷最经典的段子是——天下大饥，他诧异地问："没有粮食吃，怎么不去吃肉呢？"

这样一个傻子是如何当上皇帝的呢？难道说晋武帝别无选择？

非也。晋武帝乃天下第一大淫虫，后宫美少女数万名，儿子车载斗量。但晋武帝就相中了这个傻儿子，非要让这个傻儿子当皇帝不可。群臣尽了最大力量想要阻止这事发生，但没有用，司马炎已经拿定了主意。

司马炎为什么非要让这个傻儿子当皇帝呢？原来司马衷虽是智障人士，却和宫女谢淑媛生出一个聪明孩子叫司马遹。有一次宫中起火，司马炎正要兴奋地跑去看热闹，却被司马遹揪住衣襟，曰："不可使人于火光中看见人主。"意思是说，爷爷，小心别人给你放黑枪。

当时司马炎大喜，更加疼爱这个懂事的小孙子了。司马炎的想法是：我儿子是有点厚道，但是他的儿子可聪明啊，等我儿子再把江山传给我那聪明的孙子，这江山岂不稳固？

枉司马炎活捉了孙皓，统一了全国，可他的思维和孙皓一样，都是停留在原始状态，丝毫未曾有过进化的痕迹。司马炎所理解的世界完全是主观的，是他自己脑中想象出来的。位传子，子传孙，这种主观思维完全不考虑外界的变量，完全是他想怎么样就怎么样。不错，你是皇帝，你活着想怎么样就怎么样，可你死后难道这世界还随你摆弄啊？

司马炎的脑子确实这么原始，不原始的话，中国也进入不到又一个杀戮时代。

最初的杀戮是在太子宫中。

贾南风这个女人，丑则丑矣，醋性奇大；而司马衷傻则傻矣，与异性交配的原始本能却愈发强烈，贾南风稍一不留神，一个宫女的肚皮就已经被他搞大了。发现这事，贾南风二话不说，夺过卫士手中的铁戟，冲过去一戟将那宫女的肚子挑开，生生将婴儿挑了出来。

酷毒！原来这女人不仅貌丑，而且生性残忍邪恶。

晋武帝大怒，当即将贾南风囚禁在金墉城中，打算废掉她。这时候杨皇后挺身而出，仗义执言，替贾南风抱打不平。

杨皇后说："孩子小，不懂事，犯点错误在所难免，批评一下就是了，何必搞得那么严重……"

司马炎正在病榻上，听得直翻白眼，一口气没上来，就死掉了。

于是杨皇后将贾南风从金墉城中放出来，让她当了中国第一丑皇后，自己则晋级为皇太后。这时候朝中的车骑将军叫杨骏，是杨太后的父亲，所以这朝中之事概由杨骏与杨太后说了算。贾南风不高兴，就抓住傻丈夫的手写了封诏书，密召汝南王司马亮及楚王司马玮入国都，杀掉了杨骏。

杨太后的叔父杨珧也被拉去了刑场。杨珧疾声大呼："我早就知道会出这事……我有先帝遗诏的，你们不能杀我！"司马玮斥责道："说这些没用的干啥？"一刀劈下，连杨珧的头骨都给劈裂了。然后贾南风将杨太后逮起来，关进金墉城中，将她活活饿死。

这就是历史上的"八王之乱"之开端。

清除了太后一党，贾南风再下诏，让司马玮杀司马亮，然后再指责司马玮专杀之罪，把司马玮也杀掉。此后权力落入贾南风手中，这丑女人更疯狂了。

贾南风秘密派人出宫，专门劫掠美少年，用竹箱运入宫中，由她恣意享用，等这些少年身体被榨干，贾南风就派人将他们秘密杀掉。总之，贾南风玩得极尽开心。

接下来，贾南风又找了中国历史上第一美男子潘安入宫，两人合谋拿酒灌醉太子司马遹，然后捉着司马遹的手写了篇意图谋反的文章，以此废太子为平民，并杀太子生母谢淑媛。为杜绝后患，再后来索性把司马遹杀了。

贾南风志得意满，正准备放手开心地大玩特玩，不曾想赵王司马伦招呼也不打一个，就气势汹汹杀入宫来，追砍她。贾南风情急之下飞跑去喊司马衷："陛下救我！"

这时候傻皇帝司马衷说了句明白话："以前你杀别人，我不管；现在别人杀你，我当然也不能管。"贾南风被士兵捉住，关进金墉城，未几，赵王司马伦派人送去金屑酒，打发她上路了。

贾南风虽然死了，但不能让傻皇帝打光棍啊，于是大家一合计，找来了一个叫羊献容的女子，让她去陪傻皇帝睡觉，这就是羊皇后了。

如果说西晋前一半是贾南风的历史，那么后一半就是羊献容的历史了。

话说羊献容入宫当天，她身上的衣服突然无故燃起来，人们急忙将火扑灭，发现羊献容安然无恙。这征兆是凶还是吉，人们心里就费了猜疑。

羊献容皇后没当几天，赵王司马伦心里就嘀咕起来，心说我是司马懿的亲儿子，也有做皇帝的资格，凭什么这位子要让一个傻子坐啊？于是司马伦一脚踢开司马衷，自己当了皇帝。如此一来，羊献容的皇后自然也就不算数了。这是羊献容第一次被废。

司马伦篡位，引起了齐王司马冏的无比愤慨，于是驱兵赶来，将司马伦杀掉，再扶司马衷登基，羊献容又恢复了皇后之位。

齐王杀赵王，长沙王又看不下去了。长沙王司马乂起兵杀齐王司马冏，这样八王就已经挂掉了一半，还剩下四个了。

再接着是成都王司马颖、河间王司马颙起兵讨长沙王司马乂，双方于洛阳城下，好一番血战！混战中，东海王司马越斜刺里杀将出来，逮住长沙王司马乂，把他当礼物送给河间王司马颙。

战后，大家认真反思，认为都是羊献容这个女人惹下来的祸，遂第二次废羊献容，并囚于金墉城中。

之后，大家觉得羊献容太冤，又为她复了位。没几个月，河间王司马颙攻进洛阳，羊献容的皇后位子第三次被废。

不多久，大家再次为羊献容喊冤。大家一次又一次废掉她的皇后位子，也不是非要和她过不去，而是大家好歹打到了皇帝面前，怎么也得给世人一个交代吧？偏偏这起兵真的没什么好理由，于是废个皇后，表示大家师出有名。

羊献容又遭到了第四次废黜，这一次废黜她的是河间王司马颙手下都督张方。

等到羊献容的皇后位子第五次被废黜时，主持工作的是洛阳县令何乔，这一次准备杀羊献容。

群臣们终于看不下去了，联名上书："羊庶人门户残破，废放空宫，门禁峻密，无缘得与奸人构乱；众无愚智，皆谓其冤。今杀一枯穷之人，而令天下伤惨，何益于治！"

闹了一场后，羊献容逃得一死，很快又复位，第五次当上了皇后。

不久，傻皇帝司马衷吃麦饼中毒死掉，羊献容晋级太后。

这女人天生就是做皇后的命，皇后她是做定了——西晋这个破王朝在，她做她的皇后，哪怕西晋灭亡了，皇帝灰飞烟灭了，而她的皇后地位却坚如泰山不可撼！

没过多久，羊献容再次成为皇后。这次她的丈夫不再是那个如玩物一样被大家争来夺去的傻皇帝，而是一位大英雄：匈奴人刘曜。

怎么连匈奴人也冒出来了呢？这是因为，就在晋王朝折腾时，匈奴、鲜卑、羯、氐、羌这五支少数民族兄弟看不下去了，站出来主持局面：五胡乱中华。

话说塞外匈奴早已是一蹶不振，但西晋皇室杀成一团，赵王司马伦遣匈奴五部大都督刘渊去塞外组织匈奴义勇军，来中原跟大家一块打。刘渊到了塞外，受到热烈欢迎，于离石重建匈奴之国。因仰慕中华大汉文化，就起国名叫大汉。

这时司马衷被毒死，大家推举他的弟弟司马炽为帝，是为西晋怀帝。

这个怀帝端的智慧过人，天姿优美。他自幼好学，当了皇帝后更是勤于政务，每天听政于东堂。黄门侍郎傅宣因此而感叹："今日复见武帝之世矣！"

辅政的是东海王司马越，却是越瞧怀帝越不顺眼，就离开洛阳去了许昌，走没多久就回来了，率三千人入宫将怀帝身边的大臣一口气杀了十几个。怀帝气得半死，却拿司马越没办法。就这样，东海王司马越还是"忧愤而死"。他前脚刚死，大汉的人马就杀来了。

来的是刘渊的儿子刘聪，端的凶狠，冲入洛阳城后将怀帝俘虏，并把洛阳宫殿烧成了灰。

怀帝就这样下岗了，被刘聪封为会稽郡公。

刘聪亲切地问下岗皇帝司马炽：“你们汉人为什么这么喜欢自相残杀呢？”

司马炽答曰：“上天要让大汉接掌天下，所以先替陛下扫平四海，如果我们不自相残杀的话，那不是给陛下您添麻烦吗？”

刘聪认为司马炽的回答非常有水平，就安排他担任服务生工作，主要职责是在宴会时替大家端茶倒酒。晋怀帝能上能下，无论是当皇帝还是端茶倒酒，都非常专业。与会的降臣发现给他们倒酒的小服务生竟是皇帝，伤感于心，抱着怀帝的脑袋号啕，直哭得刘聪心烦，就杀了怀帝。

闻知晋怀帝被刘聪杀掉，西晋流亡政府推举了司马炎的孙子司马邺做皇帝，是为西晋愍帝。此时长安城经过了连年兵火劫难，百姓稀少，蒿棘成林，一片荒凉。朝中百官每天提着小篮子，到处挖野菜，还经常为了争夺挖野菜的地盘大打出手。

匈奴汉国得知西晋死灰复燃，大怒，派大司马刘曜驱兵进逼长安，彻底封锁长安城与外界的联系。长安城陷入绝望，人相食，大多数人活活饿死。司马邺还是坚持到了最后，因为太仓中还有十几张饼，大家就把这些饼熬成了稀粥，一人一口对付着。这锅粥足足让大家坚持了三个月，司马邺这才乘坐羊车，光着膀子，嘴里叼着一块玉璧，拉着棺材，无奈出城投降。

司马邺，是西晋的最后一个下岗皇帝了。

西晋经历了四任皇帝计52年，就这么没了。

和怀帝一样，司马邺在大汉朝获得一份新的工作。公元316年，大汉国主刘聪出行打猎，司马邺一身戎装，手持铁戟，威风凛凛在前面替刘聪开道，百姓蜂拥而来围观。

又过了一个月，刘聪大宴群臣，司马邺负责清洗酒器。他的工作态度认真负责，于是引发了群臣又一轮的号啕，尚书郎辛宾抱着司马邺不肯撒手。刘聪大怒，把司马邺推出门外斩了。

早在怀帝司马炽被俘的那一次，羊献容也进了战俘营，因为她姿容美貌，刘曜热情地向她发出求爱信号——直接拖到自己床上去了。此后刘曜出任大汉的国主，选羊献容任皇后。这是羊献容第六次出任皇后了。

羊献容替刘曜生了三个大胖儿子。

有一天，刘曜问羊献容：“我跟司马衷相比，谁最能让你快乐？”

羊献容羞涩地回答：“你是当世的大英雄，岂是那白痴比得了的？”

刘曜大悦，因为他知道羊妹妹说的绝对是真心话。

第十三章
“王与马，共天下”的预言

相传一百五十载，
钊上生兔平四海。

——《乾坤万年歌》

西晋灭亡，司马睿逃到了江东，建立东晋。

东晋的皇家权力被剥夺，直接效果是东晋比曹魏及西晋的寿命更长久——没有太大的权力，自然就不会添太多的麻烦，大家也就没有理由非要解决掉你，直到刘裕横空出世，亡了东晋，终结了这难得的自由与理性的时代，将中国带到一个更为混乱的时代。

为什么这段时间中国会不停地陷入混乱之中呢?

这个答案大概曹操最清楚。曹操曾提醒安定太守毌丘兴不要派人到羌人那里去，因为好人很难找到，派去的人会趁机干坏事。这世道，人心大大地坏啦。

事实证明曹操说得一点也不假。人心大大地坏，也就是人心思乱，都盼着别人倒霉。

可好端端的人心为什么会思乱呢？因为原始思维。

原始时代的人有今天没明天，活一会儿算一会儿，快把能吃的吃掉，能玩的玩了，万一你“从长计议”，那可就亏大了。原始思维注定了是不会思考的，更不会长远思考，也绝无可能为子孙后代考虑什么。晋武帝和贾南风这些人，哪一个想过明天？清一色原始人的行为标准，只要今天活着，就拼了命地祸害，不祸害到让别人宰了自己，绝不停止祸害。

生命不息，祸害不止——这就是原始思维。

原始思维的人是不会收敛的，他们的思维停顿在眼前的贪婪欲望。罗贯中在《三国演义》中借曹操之口说出了这样一句话：

宁教我负天下人，休教天下人负我。

这句话是最典型不过的原始思维、最典型的强盗逻辑。

持这样观点的人将自己居身的社会改造为一个奉行杀戮法则的可怕地狱。今天你有刀有枪，可以砍人扎人，可你的子孙后代未必还能够占据到权力的顶峰，那么别人就以此法则对你的后人实施奴役。一个人为了今天的享受，处心积虑地将自己后人置入于一个可怕的杀戮陷阱中，是何等愚蠢！

法国国王路易十五也有一句话：

我死后，哪怕洪水滔天！

这句话比曹操的那句名言更贴切、更到位。比较一下会发现，曹操的话是纯粹的原始思维，而路易十五的话则是建立在逻辑思考之上的不负责任。

曹操的“天下人”特指与他同时代的人。在与他同时代的人相处中，他不择手段，占尽便宜，只要获得尽可能多的利益，那他就赢了。而路易十五却非常清楚，你之所谓天下人不过是你自己的子孙后代，所以这洪水滔天，他的后人首当其冲。今天你为了占便宜而不择手段，生生把社会搞乱，等到你的子孙后代，要付出被奴役遭屠戮的惨烈后果。

如果一个社会里原始思维大行其道，那社会法则就会陷入混乱，比如东晋。

东晋时代的大将军桓温也有一句名言：

既不能流芳百世，不足复遗臭万载耶？

你遗臭万年了，那你的儿孙怎么办？连自己的儿孙都不予考虑，其目光之短浅，恐怕连原始人都望尘莫及。

东晋的历史，就在这浓烈的原始思维味道中徐徐拉开了帷幕。

西晋八王之乱中，司马懿的一个重孙子、琅琊王司马睿担心被害，乘一个暴风雨之夜逃到江南。等西晋正式灭亡，司马睿的好友、江南名士王导就跑了来。他请司马睿登车，自己毕恭毕敬地跟随在一旁。江南人不识得司马睿，却都认识王导，见他对司马睿如此恭敬，大惊，纷纷在路上站成排，向司马睿行礼。这样，司马睿就算是有了群众基础，因此宣布在建康登基，建立东晋。

东晋是个小帝国，所统治地盘不过是江苏、安徽、湖北等地。司马睿登基之日，感激不尽地拉着王导的手，和他并排坐在龙椅上。时人称："王与马，共天下。"也就是说，这个天下，有王导家的一半。所以王导的弟弟王敦就想把这份产权明确一下。

王敦是个非常另类的人，惯以大杀风景留名青史。王敦刚娶了晋武帝司马炎的女儿舞阳公主，初次去厕所方便，看到用来塞鼻孔的干枣，他抓起来呱唧呱唧全给吃了。出来时婢女端来水洗手，他拿起水，咕嘟咕嘟喝了个饱。他对自己的评价却很高，自认为"高朗疏率，学通左氏"，是说自己是很纯情很率真，而且精熟《左传》。

王敦要起兵造反，推翻他哥哥王导扶立的晋元帝司马睿。

为什么王敦要造反呢？

> 元皇初见贺司空，言及吴时事，问："孙皓烧锯截一贺头，是谁？"
> 司空未得言，元皇自忆道："是贺邵。"
> 司空流涕曰："臣父遭遇无道，创巨痛深，无以仰答圣诏。"
> 元皇愧惭，三日不出。

东吴时，中书令贺邵中风，不会说话了，孙皓非要治好贺邵的病。皮鞭抽、木棍打，种种方法都用过后，贺邵还是不会说话。孙皓一生气，就用烧红了的刀锯把贺邵的脑袋锯了下来。现在晋室东迁，贺邵的儿子贺循任司空，晋元帝忽然想起这茬事来，就问贺循："哎，听说孙皓曾经用烧红的刀锯锯掉了一个姓贺的脑袋，那个倒霉蛋是谁啊？"贺循泪流满面，臊得晋元帝躲起来，三天不敢出来见人。

皇帝连人都不敢见，那王敦还跟他客气什么？于是王敦风风火火地干了起来。几名亲信大臣四散而逃，晋元帝司马睿手下连个兵都没有，只能坐在宫殿中等着王敦高呼口号冲进城来。王敦进去后，东看看西瞧瞧，就回来了。

这次造反就算是胜利结束了。看看王敦干的事！既然要造反，那就应该有个明确目的，都说不清楚自己闹腾什么，这人的脑子能靠得住吗？

弟弟在造反，当哥哥的王导在干什么呢？

王导妻曹氏甚妒忌，制丞相不得有侍御，乃至左右小人。有姘少者，必加诮责。乃密营别馆，众妾罗列，有数男。曹氏知，大惊恚，乃将黄门及婢二十人，人持食刀，欲出讨寻。王公遽命驾，患迟，乃亲以尘尾柄助御者打牛，狼狈奔驰，乃得先至。司徒蔡谟闻，乃诣王谓曰："朝廷欲加公九锡，知否？"王自叙谋志，蔡曰："不闻余物，惟闻短辕犊车，长柄尘尾耳。"导大惭。

原来王导的妻子曹氏比较生猛，不允许老公在外边包二奶，可王导知法犯法，不幸走漏了消息，于是曹氏率一众家丁，手持切菜刀，浩浩荡荡去砍老公的二奶，幸亏王导拼了命地打牛，牛车狂奔，抢在曹氏到达之前将二奶抢了出来，避免了血案。

在极度郁闷下，晋元帝离开了人世。司马绍登基，是为明帝。

司马绍是个天才，晋元帝时，有客人从长安来，逗他："长安和太阳，哪一个离我们近？"

年幼的司马绍回答："长安近，因为我们经常听说有人从长安来，却没听说过有人从太阳上来。"

晋元帝听了大喜，第二天大摆宴席，请所有的名士到场，当场再向儿子提问："长安和太阳，哪个离我们近？"

司马绍回答："当然是太阳离我们近，长安离我们远。"

当时晋元帝就急了："你昨天可不是这么说的。"

司马绍回答："确实是太阳离我们近，只要我们一抬头，就能够看到太阳，可是你能看到长安吗？"

元帝大喜，众名士则是大惊。

像这么聪明的人当皇帝，当然不讨造反派王敦的喜欢。王敦琢磨着将革命进行到底，再造晋明帝的反。造反大军浩浩荡荡出发，驻扎在姑苏。

司马绍得知此事，就穿了一身戎装，骑了匹巴賨马，拿了条金马鞭，打马到了姑苏，偷偷视察造反大军。视察过后，司马绍就去路边一家小吃店吃饭，并把金马鞭送给小吃店的老婆婆，说："送你这条马鞭，要是有人追上来询问我，你就说我已经过去很久了……"然后上马奔回建康。

却说兵营里的士兵发现有人偷窥，急忙向王敦报告。王敦听了士兵描述来人形貌，一下子就跳了起来："这就是皇帝本人，快快冲上去逮住他……"骑兵们冲出兵营，追到了老太婆家开的路边小吃店，上前询问，老太婆说："那人已经过去很久很久了……"骑兵打消了追下去的念头，回转兵营了。

这次没有追上，也就不可能再有第二次机会了。因为王敦病了，病得快要死了。

王敦对部下留下遗言："我死以后，不如放下武器，遣散兵众，归顺朝廷，以保全宗族门户，这是上策；退回到武昌，集中军队谨慎自守，给朝廷贡献的物品无所缺废，这是中策；趁我还活着，发遣所有的兵力攻打京城，寄希望于侥幸取胜，这是下策。"

老造反派王敦死了，但他手下人的造反精神不减，大家商量说："发兵攻打京城，这才是上上之策。造反，就是侥幸以求万一，杀啊……"于是，众兵将呐喊，向都城冲杀过去。

可是失去了王敦，余下来的人只能说是乌合之众，被四方赶来的勤王民兵一冲，顿时零星四散。

晋室渡过了这次危机，可是下一场危机正等着他们。

司马绍有勇有智，是难得的帝王之材，可是不解何故，才 27 岁就死掉了，做皇帝也只不过是 4 年，于是皇位就传给了他的儿子司马衍，这是东晋的第三任皇帝，史称成帝。

成帝司马衍也是人才，可他登基时才 5 岁，年龄一小，纵然有才智，也等不及。

朝政暂时由成帝的两个舅舅庾亮、庾怿负责。

庾亮与南顿王司马宗政见不一致，庾亮就杀了他。这事小皇帝不知道，问庾亮："常日白头公何在？"庾亮告诉小皇帝："那厮谋反，已诛之。"

小皇帝当时就哭了：“舅舅说别人是叛贼，就杀了别人；可如果别人说舅舅是叛贼，你该怎么办？”庾亮听得两眼发直，不知如何回答。

庾怿送酒给江州刺史王允之，王允之觉察酒中有问题，让犬试饮，犬毙，乃密奏皇帝。小皇帝听了这事，怒发冲冠，曰：“大舅已乱天下，小舅还嫌不够乱吗？”庾怿听了，担心忧虑，就死掉了。

总之，小皇帝司马衍是很有智慧的，假如给他机会，未必不能做出一番事业来。可他不可能有机会的，新的造反派又出来了：历阳内史苏峻。

苏峻与王敦一样，也是有了兵权就认为自己的智商提高了，就要挥斥方遒。可庾亮偏偏不让他挥斥，还要解除他的兵权，这让苏峻很是郁闷，就决定带部队去建康城，讨个说法。

公元328年，苏峻进入建康城，杀入皇宫。是时，由王导率领几名大臣，站在御床上，将皇帝司马衍团团围住。士兵们冲上前来，喝令大家后退，众臣齐声高呼：“苏峻速来觐见皇上，闲杂人等速速退出。”可苏峻躲起来不敢跟大家打照面。

士兵们冲入后宫，逮住美貌的宫女就按倒，宫中女人的尖叫声响成一片。然后士兵们将建康城中的百姓集合起来，把男男女女的裤子全部脱光，连前任造反派头头王敦的弟弟王彬也惨遭羞辱。所有人都被光着屁股赶到山上，这些人都用破席或苫草自相遮掩，没有草席的人就坐在地上用土把自己身体盖住，哀哭号叫的声音震荡京城。

宫人和百姓们全都搞过了，现在就轮到小皇帝了。

苏峻建议迁都，王导上前和苏峻辩论，苏峻躲了，再派士兵们出来，强扭着司马衍上了车。可怜的小皇帝吓得号啕大哭，宫中宫外更是一片恸哭之声。当时天下大雨，道路泥泞，大臣们深一脚浅一脚紧跟在车后，一边不停摔倒在泥浆中，一边悲哀慷慨大骂苏峻。苏峻气得脸都紫了，可是还不敢杀人。

司马衍被强行迁到石头城，关在一座大库房里，每天苏峻都来和司马衍辩论——“峻日来帝前肆丑言”，基本上是他赢的面广。

处于危难之中，大臣刘超等人不离小皇帝左右。苏峻送米粮给刘超，希望改善双方的关系。刘超一瞧这情形，知道苏峻的意志不是那么坚定，就更加不害怕了，于是为小皇帝制定了新的学习课程，每天到点就开讲，主要是讲《孝经》和《论语》。

这时各地的名士组织起预备役民兵赶来勤王，与苏峻的人马交战于白石垒，苏峻一方败下阵来，这让苏峻很不高兴，说："我难道还不如他们吗？"于是他撇下大部队，只带着几名骑兵向着勤王兵马冲过去，没冲破敌阵，想转身回来，可在转身之际，战马一声长鸣，四蹄扬起，把他抛在地上。勤王兵马冲了上来，拿着长矛一顿狂扔，把刚刚爬到马背上的苏峻又给扎了下去。大家趁机蜂拥上前，割下脑袋，又把他全身的肌肉剐干净，剩下的一具纯白骨头架拿火烧掉了。

苏峻的造反行动就这么马马虎虎结束了。

比较起来，苏峻的造反效果还不如王敦：王敦造完了反，发现没什么事，也就收了手，大家该干什么还干什么去，所以大家反倒不知如何指责他；可是这位苏峻，纯粹是没事找事，结果事闹大了，又收拾不了局面。

大凡没事找事之人，九成九是原始思维，这些人的表现举止与孩子一般，发现自己没有受到重视就又哭又闹，靠给别人添麻烦来强调自己的重要。孩子智力不成熟，这样做是没办法，但像苏峻这样，已经成年了却无法摆脱思维的原始状态，这就有点严重了。

小皇帝被救了出来，大家先是号啕大哭，哭罢论功行赏，有功的好说，没功的也好办，唯独参加造反的大臣们应该怎么处置，这事在朝廷中引发了空前的大讨论。

王导要求给这些参与造反的大臣也加官晋爵。大家又吵又闹，说什么也不答应。参加造反的人都能加官晋爵，那参加平叛的人怎么办？死去啊？

最后，参加造反的大臣就不加官晋爵了，也不再追究其刑事责任。

惹出这场大乱子的庾亮回来了，见到小皇帝伏地叩首，说："苏峻肆行凶逆之事，罪过由我引发，即便寸寸斩割屠戮，也不足以向七庙的神灵谢罪，不足以平息天下人的责难。朝廷又有什么道理再将我与他人相提并论，我又有什么脸面跻身于人伦呢？希望陛下即便是赐降宽宥，保全我的头颅也就行了，对我还是应当抛弃不顾，让我自生自灭，那么天下人便能粗知劝善罚恶的纲要了。"

庾亮对自己的错误处理方法是流放，从此啸傲山林，过神仙一样的美日子……他可真不肯亏待自己啊！但看他对自己错误的认识，却是历史上少有的真诚。这就是名士风范。

成帝在位 18 年，他病重时，主持政务的是庾亮的弟弟庾冰。庾冰担心庾家掌权日久，恐易世之后于己不利，而成帝的两个孩子还在吃奶，所以建议立成帝的弟弟司马岳为嗣。

司马岳成为东晋的第四任皇帝，史称康帝。

司马岳是著名的书法家，登基后拼命写了两年的字，就死掉了，死时才 23 岁。东晋的第五任皇帝是穆帝司马聃。

穆帝司马聃是著名清谈家，最喜欢的就是组织一帮名士闲坐，口沫横飞。他心情愉快地清谈了 17 年。

其间又有新的枭雄出场，将东晋的版图扩展到蜀川。

八王之乱时，氐族酋长李特率几万游民占领蜀川，其子李雄建立大成，李特侄子李寿掌权，手下人劝他登基称帝。于是李寿就找来术师占筮。

术士说："可以当几年天子。"

一个大臣说："好，太好了，能当一天天子就可以满足了，何况几年呢？"

另一个大臣反对道："几年天子，怎比得上百世诸侯？"

争执不下，这就看李寿的态度了。李寿说："朝闻道，夕死可矣。"

瞧他把圣人这话用的地方！于是李寿登基，改国号为"汉"，史称"成汉"。

东晋新出枭雄是桓温，他琢磨要拿下这个汉国。

闻说桓温要对成都用兵，朝中凡长脑袋的都摇头，认为没有取胜的可能。唯有大臣刘惔认为桓温此去必然成功。

大家问刘惔："你凭什么这样说？"

刘惔道："我和桓温玩过赌博，桓温是个非常厉害的赌徒，没有绝对赢的把握他绝不下注。所以他既然敢攻打成都，必然会成功。我担心的是，桓温攻下四川后，有朝一日一定会总揽朝廷的大权。"

果不其然，桓温此去，举重若轻，捣毁了成汉，将成汉国主俘获。这下朝中群臣吓坏了，意识到这又来了一个王敦兼苏峻。这可怎么办呢？大家就想法子，找当时最有名的名士、桓温曾经的小伙伴殷浩出山，决定派他统军北伐，不许桓温再立功。

得知这个消息，桓温哈哈大笑。

他笑什么呢？桓温大笑，是因为小时候他和殷浩一起玩，他玩腻了的玩具丢掉，殷浩就捡起来接着玩，在殷浩面前他有着强大的心理优势。

殷浩北伐，去的时候浩浩荡荡，回来的时候零零星星，大败而归，耗尽了东晋这些年好不容易积攒下来的战略物资。

于是殷浩被废，桓温如愿以偿，总揽朝权。

殷浩兵败被废，非常不服气，忧愤于心，每天用手在空中书写“咄咄怪事”四个字——这个成语就是他创造的——正写着，突然接到桓温的来信，说是准备任命他为尚书令。

殷浩大喜，急忙写了回信，表示坚决服从组织安排。准备把信送出时，总担心信中有什么不妥之处，便拆开来检查，反复检查了十多次，弄糊涂了，正式发信时只发出一个空信封。

桓温收到空信，勃然大怒，认为殷浩在玩他，从此断绝关系，倒霉的殷浩就这样老死在流放之地。

此后桓温北伐，登上大船遥望中原，深有感慨地说：“使神州大地沉沦，百年基业变为废墟，以前的大臣不能不承担责任！”

陈郡人袁宏抬杠说：“时运有兴有废，难道一定是这几个人的过错？”

桓温听了很生气，就讲了一个故事：从前刘表有一头千斤重的大牛，吃进去的草料豆饼比一般的牛多10倍，然而拉车赶路时竟不如一头瘦弱有病的母牛。曹操进入荆州后，就把它杀掉让士兵吃了。

桓温的意思是说：我最讨厌能说能吃不能干的大嘴巴了，你给老子闭嘴！

桓温北伐期间，穆帝司马聃去世，东晋的第六任皇帝哀帝司马丕出场。

司马丕是个书法家兼化学家，此人专吃自己在丹炉中炼出来的怪异铅丸。正吃得高兴，桓温上书闹事，要求迁都洛阳。

桓温醉翁之意不在酒，在乎权力之间，可谁也不敢和他抬杠。这时候名士王述出了个主意：这事让桓温自己去办，到时候不等你说，他自己就不干了。

于是朝廷下旨，将迁都工作交给桓温负责。桓温好不郁闷，他提这个建议只是为给别人添麻烦，不曾想球被人家踢回来，从此再也不提这事了。

这时候哀帝吃铅丸过量，出事了，拉不出屎来活活憋死了，于是东晋的第七任皇帝司马奕走上前台。

司马奕来得不巧，恰好桓温北伐吃了败仗，越看这新皇帝越不顺眼，就传言：皇帝司马奕是个阳痿兼同性恋，他自己玩男人，让自己喜欢的男人玩宫里的女人，他的三个孩子都是他的情人撒的种……

此事传出，沸沸扬扬，司马奕百口莫辩。

解释不清，那就下课吧！

司马奕下课，东晋第八任皇帝司马昱上台。司马昱做了皇帝还不到一年就死掉了，他的三儿子司马曜继位，是为孝武帝，这是东晋的第九个皇帝了。

司马曜继位的时候，桓温也病得要死掉了，他希望自己死前能够荣获加九锡的待遇。朝廷答应，就开始写诏书，这诏书写啊写，写完了修改，修改后再重写，写着写着，桓温就死掉了。

大臣殷仲堪的父亲得了一种怪病，连床底下蚂蚁爬行的动静都听得真真切切，犹如打雷一样地惊心。孝武帝听说了这事，把殷仲堪叫来，问："我听说有个姓殷的得了这种怪病，你知道那人是谁吗？"殷仲堪泪流满面，即兴创造了一个成语："臣进退维谷。"从这件事来看，孝武帝的智商有点靠不住。

果然，孝武帝在位第 25 年，他在后宫召美女喝酒，跟最宠爱的张贵人开玩笑："你年龄太大了，我现在得找年轻的小姑娘玩，不要你了。"张贵人听了这话，火冒三丈，当夜就用被子蒙在司马曜的脸上，把他给闷死了。奇怪的是，皇帝死了居然无人追究，张贵人平安无事。

孝武帝死，司马德宗继位，这是东晋的第十个皇帝了。让人跌破眼镜的是，这又是一个白痴天子。

司马德宗的白痴程度比司马衷更进一步，司马衷只是智商不高，而司马德宗却是不会说话，吃饭不知饥饿，睡觉不知颠倒，大小便完全不讲究场合……

很明显，东晋之所以推出这位白痴皇帝，是因为他们不想再玩下去了，每个人都巴不得这个帝国散板完蛋！

事实也的确如此，就在白痴天子执政期间，天师道再次闹将起来，孙恩啸聚信徒，所过之处烧毁房屋，堵塞水井，将婴儿抛入水中淹死，就这样裹挟了数十万之众，直扑建康城。

时任荆、江二州刺史的桓玄挥师东下，击溃天师道乌合之众，进入建康城，杀白痴天子身边的权臣，然后要求白痴天子禅位。此后桓玄自己当了皇帝，建国号大楚，封司马德宗为平固王。

这时候平民出身的英雄刘裕出场了。刘裕出场，是他一个人在追杀数千人的天师道信徒，数千人被他追得哭爹喊妈，逃之不迭。一人追杀数千人，这就是刘裕，绝对的狠人。

刘裕起兵，攻入建康，桓玄也顾不上做皇帝了，掳了司马德宗逃到寻阳，旋即被杀。司马德宗落入了桓玄的部将桓振手中，桓振开出条件，只要让他做荆、江两州的刺史，他就归还大家一个傻皇帝。

桓振明显是脑子进水了，他也不想一想，大家要一个傻皇帝干什么？

刘裕统兵前进，桓振无奈，只好丢了傻皇帝不要，自顾逃命。刘裕将司马德宗带回建康，扶他再次登基。傻皇帝以为遇到了好人了，可突然有一天刘裕翻脸了，用一条绳索勒死了他。

东晋的最后一任皇帝司马德文被强迫出场。

为什么说是被强迫出场呢？这是因为刘裕相信谶语“昌明之后，尚有二帝”——被老婆拿被子闷死的孝武帝，字就叫昌明——想凑足了两个皇帝，再办事。

果然，司马德文刚坐到龙椅上，就有大臣强迫他禅位于刘裕。禅就禅吧，司马德文能说什么？只能让座。

然后刘裕拿了瓶毒酒，交给郎中令张伟，让他给司马德文灌下去。张伟说：“鸩君以求生，不如死。”就自己把这瓶毒酒喝掉了。

刘裕火冒三丈，派出大批刺客埋伏在司马德文的门外，等待机会。司马德文早有防范，他和褚妃形影不离，自己烧饭，自己打水，刺客等不到机会。于是刘裕派出褚妃的哥哥去司马德文家里做客，趁褚妃见哥哥时，刺客们蜂拥而入，拿了瓶毒酒，要求司马德文喝下去。司马德文断然拒绝：“佛教上说，自杀者不复得人身。”刺客火气上来，拿起被子捂住司马德文，把他给闷死了。

东晋落幕了，我们很快就会怀念这样一个时代，这个时代的杀戮味道远不如刘裕之后的时代那么浓烈。

第十四章

“萧齐代刘宋，一报还一报”的预言

天命当头六十年，
萧头盖草生好歹。

——《乾坤万年歌》

南宋大词人辛弃疾云：“斜阳草树，寻常巷陌，人道寄奴曾住。”这里的寄奴，说的就是开创了刘宋杀戮法则的刘裕。

骂曹操是奸雄，骂曹操挟天子以令诸侯，可那位被曹操“挟”过的汉献帝在禅位后幸福居家，吃香的，喝辣的，直到 54 岁才老死。司马氏夺政，曹魏最后一任皇帝元帝曹奂也是在自己家中榻上长眠的，时年 57 岁。

及到东晋，一连两任造反派的头头王敦和苏峻都没有杀皇帝，到了第三任造反派头头桓温也只是给司马奕造谣，司马奕下台后也活到了 45 岁。等到了第四任造反派头头桓玄，他直接夺了傻皇帝司马德宗的权，自己当了皇帝，可也没说杀掉这个傻皇帝；甚至在被刘裕一路追杀时，倒是造反派桓玄非常小心地保护人质的性命，而刘裕根本不当回事。

再后来，刘裕勒死傻皇帝司马德宗，又毒死东晋最后一任皇帝司马德文，这彻底恶化了社会的博弈规则。

当时佛教发展太慢，因果报应观念还没有兴盛，没有力量可以对刘裕形成制约，所以他才会赶尽杀绝。

赶尽杀绝，以除后患，是最典型的原始思维。这种思维将人的行为局限在一个狭小的空间，没有意识到社会博弈法则的延递性，最后发展下去，大家的日子都变得难过起来。

原始社会的生活是孤立的，一个原始人在山洞里杀掉另一个，别人不会知道，所以斩不斩草除根都不关别人的事。而到了文明世代，人往往是各种社会关系的总和，斩草除根会引起社会各阶层的强烈反弹。

刘宋王朝少帝刘义符 10 岁即位，是个难得的商业天才，最喜欢在宫中摆摊卖肉，一刀准——不论你要多少钱的肉，他一刀切下去，保证分毫不差。大臣们容忍不了这么一个摊贩皇帝，冲进皇宫，掀翻了刘义符的菜摊，把他关起来。后来刘义符破笼而出，撒腿狂逃，被追兵逐而杀之，死时刚刚 19 岁。

刘宋王朝的第三任皇帝是文帝刘义隆，他发动了一场轰轰烈烈的北伐战役。这次北伐有声有色，打得北魏已经准备逃入沙漠。但这时候北伐军统帅王玄谟发现了滑台大梨味道不错，就开办了大梨交易市场，规定一匹布换 80 个大梨，当地百姓嫌卖得太便宜不肯参加交易。王玄谟大怒，就派士兵挨家挨户做工作——有梨不卖，扒屋牵牛，政策执行的力度还是非常足的。于是北伐军的兵营里滑台梨堆成了一座高高的小山，王玄谟天天带着会计算账，计算这笔生意能赚得多少……正在算账，突然北魏大军冲来，王玄谟抛下大梨就跑。

宋军大败，北魏分五路开始全面性反攻。

文帝刘义隆强烈遣责北魏的穷兵黩武，又安慰王玄谟，承诺由政府补偿他的经营损失。这事就算过去了。

此后不久，刘义隆欲废太子刘劭，太子不满，入宫讨个说法。

太子率人冲入宫中，宫中没人值夜班，结果乱兵直冲到刘义隆面前。刘义隆操起一张小茶几，大战乱兵，结果五根手指头被削掉，随后被杀。

比较起来，文帝还算是精神正常的，而刘裕家族的基因越往后遗传质量越差劲。

太子刘劭杀害文帝，文帝的第三个儿子刘骏在叔叔刘义宣的帮助下起兵杀入建康，诛杀太子刘劭并暴尸，而后刘骏登基，是为刘宋王朝的第四任皇帝，史称孝武帝。

登基之后，孝武帝非常感激叔叔刘义宣的帮助，就趁刘义宣出门把他的女儿们强奸了。

刘义宣怒不可遏，联络司州刺史鲁爽共同起兵。但回去后鲁爽喝多了，记错了日期，自己就轰轰烈烈地干了起来，临上战场时又因为宿醉未醒，一个跟头从马上栽下去，被砍成了肉泥。

支持刘义宣的大队人马从四面八方赶来，将建康团团围定。孝武帝刘骏吓坏了，正在考虑是不是道个歉，承认错误。可离奇的是，正在指挥三军的刘义宣却莫名其妙害怕了起来，撇开军队，自己偷偷租了辆牛车逃走了。逃到半路，又遇到后赶来的大队人马，大家都支持刘义宣，并替他写了讲稿，让他念给士兵们听，以鼓舞士气。讲稿中有一句“刘邦失败了一千次，终于夺得了天下”，刘义宣太恐惧了，给念成“项羽失败了一千次，才夺得天下”，搞得士兵们哈哈大笑，这义也起不下去了。结果刘义宣被孝武帝逮到并砍头。

殷太妃死。孝武帝亲率百官到墓前，对秦郡太守刘德厚说：“你哭，你要是哭得好给你重赏。”于是刘德厚狂哭了起来，捶胸顿足，涕泗交流，风云变色，日月无光……孝武帝大喜，赏其豫州刺史。

这孝武帝的脑子已经不正常了，可是他的儿子的脑子不正常程度更是离谱。

孝武帝的儿子就是前废帝刘子业，刘宋王朝的第五任皇帝。刘子业强行将自己的姑母、新蔡公主刘英媚（已婚）拖入宫中幸御，封为夫人。

刘子业的姐姐山阴公主看到弟弟连姑母都有得玩，大为不平，曰：“妾与陛下，男女虽殊，俱托体先帝。陛下六宫万数，而妾唯驸马一人，事太不均。”刘子业听了，就替姐姐找来30名精壮美少年。

与父亲一样，刘子业同样痴迷于杀人业务的研究，精益求精，他推出了断其肢体，分裂肠胃，挑出眼睛，以蜜渍之等多种杀人技巧。

刘子业对亲生母亲也充满了厌恶。母亲病危，招呼他过去，他说：“病人间多鬼，可畏，哪可往？”

刘子业担心叔叔们夺了他的权，就将叔叔们全部召到建康，关在宫殿里。掘地为坑，灌以泥水，叔叔们被剥得一丝不挂，裸体于坑中，用嘴巴在猪食槽子里吃饭，一边吃一边还要谢主隆恩……

刘子业的欲望过于强烈了。他命令宫女们脱光衣服，在华林园竹林堂里光着屁股跑来跑去……为什么正常的观念反倒被压抑到潜意识中去，而且压抑的程度如此之深？我们来查查刘子业的简历。他在6岁那年被太子刘劭囚禁，定然是经过了一段时间的“不道德饲养”，刘子业那旺盛的、变态的、畸形的情欲就是这个时期所形成的。

这天夜里他做了一个梦，梦到一个女子斥骂他："帝悖虐无道。"这个梦应该是刘子业内心最微弱的道德警示，但刘子业的大脑长反了，正常人都是将不道德的观念压制在潜意识中，而刘子业却是将道德观念压制到了潜意识中去。刘子业找来找去，从宫中找到一个和梦中女子模样相近的，杀之。而当天夜里，那被杀掉的女子又出现在刘子业的梦中，咒骂他。

刘子业无法承受内心良知的拷问，就找了巫师来问计。巫师忽悠说竹林堂里有鬼。于是刘子业亲手操刀，率巫师及宫女数百，在宫里吵吵嚷嚷，到处捉鬼。正捉着呢，突然一伙人冲了进来，迎面一刀，捅进了刘子业的肚子里；畸变少年两眼一翻，死年 17 岁。

主持谋杀刘子业的，是光着屁股蹲在猪食槽里吃食的刘彧，他成为了刘宋王朝的第六任皇帝。

刘彧，风姿端雅，性宽和，好读书，喜围棋……他生平最喜欢的事情就是召集大臣喝酒，裸体的宫女围着大臣们又蹦又跳。刘彧恳邀皇后带队给大臣们跳裸体舞，皇后死也不肯当众脱光衣服，刘彧感觉自己好受伤，从此就冷落了这个不解风情的女人。

此后刘彧孜孜不倦地投入到斩杀刘氏宗族的事业中去。他天性善良，每次杀人时必两眼含泪焚香祷告。宫人一见他烧香，就知道又有姓刘的倒霉了。

刘彧是文帝刘义隆的儿子，所以他对孝武帝这一脉采取赶尽杀绝的政策。孝武帝生了 28 个儿子，都被刘彧斩杀了，血腥弥天，残忍至极。

刘彧在位 8 年，将无数金银财宝埋在宫中的地下，然后就死去了。

刘宋王朝的第七任皇帝是后废帝刘昱，这个皇帝的血统非常可疑，但观其人的行为与心智模式，非刘裕的基因也生不出如此怪胎。

之前刘彧特喜欢让宫里妃子赤身裸体在大臣面前跑步，这是因为他有个可爱的男朋友叫李道儿。刘彧发疯地爱着李道儿，李道儿却想弄几个美女玩玩。为了讨情人欢心，刘彧就将最美貌的妃子陈妙登给了李道儿，大家一起玩……后来李道儿又把陈妙登还给刘彧，此后陈妙登怀孕生下了刘昱。这事在当时是尽人皆知的，所以大家都管刘昱叫"李氏子"，是"老李家的孩子"，而刘昱则自称"李将军"。

这个李将军 6 岁时就喜欢爬到丈余高的房梁上，登基之后愈发喜欢游玩，经常驾车出宫。

李将军每天都在街上闲逛，走到哪儿就住在哪儿，有时候住在客栈中，有时候就睡在路边。此人天赋聪颖，从未学过音乐，拿起箫管来一吹自成一曲。他嗜血如狂却是随了祖宗刘裕，平日里他携带钳、凿、锥、锯等全套杀人用具，见人便杀，逢人就宰，杀法也充满了新奇的创意，或击脑，或椎阴囊，或剖心，或是直接将人切割成若干块，若有一天没有杀人，则惨然不乐，心情充满了悲伤与痛苦。所以刘昱当天子的时候，建康城中人心惶惶，白昼闭户，路无行人。

刘昱最渴望杀的人是右卫将军萧道成，因为曾有几次叛乱都是萧道成平定。刘昱意识到萧道成有可能威胁到自己，心中憎恨之。

公元 477 年六月，天气闷热，萧道成裸呈榻上，睡得正香，刘昱潜入，以骨为箭，瞄准萧道成的肚脐眼，“嗖”的一箭，正中萧道成的肚脐眼上。刘昱走后，萧道成越琢磨就越觉得这刘昱不是个玩意儿，就暗中密令刘昱的侍从杨玉夫干掉他。

七月七日，刘昱带着杨玉夫等人私服出巡，先偷了只狗煮肉吃，然后吩咐杨玉夫：“你在外边守着，看织女什么时候渡河，见到了就来报告，见不到就杀了你！”杨玉夫心想，我要是能看到活织女还在你这儿受气？等刘昱睡熟了，他悄悄过去一通狂砍，刘昱就这么死了。

刘昱在位 5 年，死的时候，众人无不狂喜，山呼万岁。

这时候兵权落入萧道成的手中，在他主持下，众人扶立 9 岁的刘準为帝。

刘準生得端庄秀丽、眉目如画，正宗一个美少年。这少年美则美矣，却成了萧道成菜板上的美食，在位三年后他强烈要求禅位于萧道成，萧道成断然拒绝。再强烈要求，再拒绝，如是者三，于是萧道成做了皇帝，刘宋王朝就这么结束了。

禅位那一天，宫里宫外都是萧道成的兵马，一个个举刀持剑，不怀好意地看着刘準，吓得刘準魂飞魄散，幸亏这时候直阁将军王敬则来了，刘準大哭着逃入了王敬则的伞盖下。

从宫中出来，刘準哭道：“愿后身世世勿复生天王家！”

刘準最终难逃宿命，还不到一个月，就被萧道成杀害。

萧道成，天生异相，姿表英异，更兼神勇过人，曾一日破敌十二垒，名震四方。

当年宋明帝刘彧曾疑心萧道成要反，便想把萧道成调入京师再杀掉。

萧道成急忙派数十骑进入北魏境内捣蛋，北魏就派了数百骑反骚扰，造成了边境局势紧张，这样萧道成就逃了一劫。刘彧还不放心，又送一壶酒试探萧道成，萧道成一瞧是酒，掉头逃命，使者追赶，再三保证酒里没毒，萧道成这才喝酒，于是刘彧疑心尽释。喝了酒怎么就疑心尽释了呢？不明白,全无道理的事。可见刘彧此人思维绝对不跟正常逻辑合拍。

萧道成夺取政权，建国号大齐。南齐总共 24 年的历史，第二任皇帝武帝萧赜一个人就干了 12 年，消费了一半，再加上萧道成的 4 年，这就 16 年过去了。

还剩下 8 年。接下来的两年时间被一个叫萧昭业的生生给浪费了。

萧昭业很有可能是刘子业或刘昱转世投胎，十足一个祸害精。据史书载，此人姿容美貌，清丽秀雅，好隶书，善谈吐，接待宾客殷勤周到，见者莫不是如沐春风，对他油然而生好感……

等你有了好感，这孩子就悄悄从后门溜出宫，找富人家借钱——谁敢不借给他?

齐武帝病重，他大放悲声，哭得愁云惨雾，气喘吁吁。哭过了，他抹着泪水回到宫中，写一大大的“喜”字，然后认真祈祷，祈祷老爹快快翘辫子……齐武帝的尸体还没入棺，建康城中知名妓女已经蜂拥入宫和萧昭业一起吹拉弹唱，其喜洋洋者也，让众人看得目瞪口呆。

萧昭业还有更狠的。登基之后，萧昭业就挨个将父亲生前宠幸的美姬尝遍，皇后则和其他男人们大被同眠，共效于飞。皇宫的门整夜开着，男男女女络绎不绝。

就这样，美少年足足玩了两年，直到西昌侯萧鸾引兵入宫。

萧鸾入宫时，萧昭业正在寿昌殿。发现有人叛乱，萧昭业当即逃到爱姬徐氏的房里，拔剑自杀，可脑壳太硬，剑刺不入。萧昭业很是郁闷，就开始包扎伤口，正包扎着，乱兵破门而入，杀之，时年 22 岁。

这样，南齐还剩下 6 年了。

接下来的第四任皇帝却只干了 3 个月就不得不退休了。这任皇帝叫萧昭文，是西昌侯萧鸾所立，所以起居饮食都必须要征得萧鸾的同意。有一次萧昭文想吃蒸鱼，因一时来不及请示萧鸾，所以不许，倒霉的皇帝只好挨饿。

如此饿了 3 个月，萧鸾将其废掉。此后萧鸾突然宣布萧昭文患病，派了一群御医给他医治，等御医回来，萧昭文已经咽气，死年 15 岁。

萧鸾宣布登基，是为明帝。

在萧鸾身上验证了这样一句话：历史就是重复发生的蠢事。

此人重演刘宋王朝大杀宗室之风。这招摆明了不管用，只会让局面变得更加污浊不堪，可萧鸾誓将蠢事进行到底。此人杀戮宗室都是让秘书——典签，管文书的小吏——动手，结果南齐时典签的权力炙手可热。

淮南太守戴僧静曰："天王无罪，而一时被囚，取一藕一浆，皆咨签帅。签帅不在，则竟日忍渴。诸州唯闻签帅，不闻有刺史。"

南海王萧子罕想去东堂走走，典签不允许，他就不敢乱走，对母亲哭诉说："儿欲游五步亦不得，与囚何异？"

没有典签的许可，任何人也不许擅走一步。总之搞得非常恐怖。之所以搞得这么恐怖，跟萧鸾的大脑活动异于常人有关系。晋寿太守王洪范请求废黜典签乱政，萧鸾一言不发，脱下上衣，给王洪范看自己肩背上的一颗红痣，说："大家都说这是日月之相，你千万别告诉别人。"王洪范心领神会，曰："公日月在身，如何可隐……"

总之，萧鸾日月一肩挑，就重用秘书了，谁敢说声不行？

萧鸾尽杀宗室后，死了，新一代的混世魔王东昏侯萧宝卷上台。萧宝卷少年时代经常秉烛夜捉鼠，搅得宫中人人不安。到得萧鸾死时，大臣们提醒他："你爹死了，哭两声吧。"萧宝卷曰："今儿嗓子不舒服，明儿个再哭吧。"这时太中大夫单阚俯仰痛哭，头巾落地，露出秃头，萧宝卷见了，哈哈大笑。总之，这是一个很"率真"的人。

登基为帝后，萧宝卷找来500个小混混，呼啸而来，倏忽而去，瞻之在前，忽焉在后，往来奔走，出无定处，看得人眼花缭乱。他最喜欢的就是午夜急行军，经常在三四更时鼓声四起，火光照天，小皇帝率混混们驱赶所过的人家，百姓惊恐，四处奔走啼号，不知所往。

有些刚刚死了人的人家，若逢萧宝卷午夜拉练，只能丢下死者狂逃。前魏兴太守王敬宾刚死，就赶上萧宝卷的午夜急行军，家人统统被轰走。多日后返回，发现王敬宾还躺在那里，两只眼睛被老鼠吃掉了。

有人搀扶着病人，萧宝卷一来，家属丢下病人就逃。官吏害怕萧宝卷看到病人，就拿泥糊在患者脸上，推入河中；等萧宝卷冲过去，再把患者从水里捞上来，患者已成了死者。有个和尚来不及跑，就藏在草丛中，被萧宝卷发现，乱箭狂射，射成了刺猬。还有一位妇女正在临产，没办法逃跑，被萧宝卷剖腹，验看婴儿是男是女。

这个萧宝卷实在是太残暴了，他已经成为了南齐的大麻烦，南齐人准备解决掉他。

萧宝卷的弟弟萧宝玄与大臣崔景慧等人合谋，想干掉萧宝卷，不曾想泄密了。官员把拥护萧宝玄与崔景慧的大臣列成名单交给萧宝卷处理，萧宝卷拿过来名单，一把火烧掉了，说："我亲弟弟都和我过不去，何况别人呢？"

听听这家伙说话，不糊涂啊！他只是邪恶而已，并非糊涂。

萧宝玄东躲西藏了好多日，最后顶不住了，出来投案自首。萧宝卷命令用布帐将萧宝玄围起来，让十几个人一边擂鼓吹号一边环绕着萧宝玄转圈跑，转得萧宝玄晕头转向。然后萧宝卷说："你近来围攻我，就跟这一样的。"萧宝玄听得直翻白眼，连连认错。

接下来，萧宝卷大修宫室，麝香涂壁，凿金为莲花以贴地，建芳乐苑，穷奇极丽，山石皆涂以五彩。雍州刺史萧衍实在是看不下去了，拥南康王萧宝融为皇帝，率兵包围建康。

这下子萧宝卷可乐了，命令赶制精良兵器，和萧衍风风火火打了起来。激烈的战斗后，将士们的兵刃损毁严重，于是急请皇帝拿新的兵器来。萧宝卷却笑道："这些新兵器不能动，现在让你们用了，等我下次再出去玩，卫士们拿什么轰老百姓呢？"

众人无限失望，就琢磨不再带这个怪孩子玩了。

公元500年十二月六日夜，建康城守将王珍国、张稷引兵入殿，杀死萧宝卷，以黄绢裹其头，赠送给了雍州刺史萧衍。

萧宝卷在位4年，死时19岁。

萧宝融年仅15岁，非常明智，眼见兵权尽在萧衍手中，他强烈要求禅位于萧衍。经过好一番激烈的推让，萧衍笑纳帝位，改国号梁。

然后萧衍派亲信郑伯禽去见萧宝融，送去黄金若干，请他吃下去。萧宝融说："要杀我，还用得着金子吗？拿酒来！"于是郑伯禽上酒，萧宝融狂饮一通，醉得不省人事，郑伯禽割下他的脑袋，灭了南齐最后的香火。

第十五章

梁武帝养虎为患的预言

都无真主管江山，

一百年来拢几番。

——《乾坤万年歌》

“都无真主管江山”是说，以后的皇帝越来越不像皇帝了，望之不似人君，怎么瞧都不是那么一回事。

皇帝越来越不像个皇帝，说到底，还是由于思想建设的空白。

思想建设很重要，能给公众一个目标、一个方向，让大家知道自己正在干什么，正在朝什么行进。如果没有这么一个东西，大家就会困惑茫然，就会神经性发作，暴力至上，杀人放火抢女人，过一天算一天，退化到原始人时代去——这个时代虽然充满了恐惧，但也有一个好处，就是不用动脑筋了。

西汉时，汉武帝推出了儒术，到了东汉，大家发现儒术明显靠不住了——老百姓虽然尊崇孔子，可对于法家的刑民思想是本能排斥的，儒术欺骗百姓说刑民就是儒家思想，百姓虽不敢抬杠，但人格分裂、说一套做一套却在所难免。儒术把人心搞得阴毒奸诈，以致曹操感叹：“这世上全都是他妈的王八蛋！”

刘宋及萧齐两个王朝的血腥杀戮，一家人杀得血流成河。到了梁朝立国，梁武帝萧衍动手狠抓思想建设，不幸抓的力度有点大，走到了另一个极端。

萧衍自幼好学，手不释卷，天资聪颖，穷于探究……麻烦就出在“穷于探究”上，走对了路是好事，万一钻进了牛角尖，那可就不太容易拔出来。

萧衍把《孝经》读得通透，性至孝，6岁时母亲死了，他三天三夜痛哭，水浆不沾唇，差点哭死。父亲死时，萧衍更是不复饮食，日夜兼程赶到父亲墓前。此时的他人形销骨立、奄奄一息，亲朋好友都认不出他来。此后一有空，他就想念父母，每思必哭，每哭必吐血数升，每吐血必昏厥久之……总之，萧衍对亲人的感情过于执著，这势必影响到他的行政管理风格。

东昏侯萧宝卷时，萧衍知道不久必有战乱，就多伐竹木沉于江底。起初谁也不知道他这么干是为什么，等到起兵时，不日之间就造出战船无数，惊得萧宝卷目瞪口呆，以为萧衍有神人相助。

此后萧衍登基，称“梁武帝”，首桩事就是举师北伐。梁朝有当世名将韦睿，但梁武帝认为像这么大的事非得小六子不可。

小六子，萧老六，乃萧衍的六弟萧宏。此次北伐就由萧宏担纲三军统帅。

于是临川王萧宏领兵出发，武器装备精良，军容甚壮。眼见南军如此威猛，北魏惊恐交加。萧宏主持召开战前会议，提出一个方案：大家快点撒丫子往回跑，看谁跑得最快……

将士们大吃一惊，和萧宏争论了起来，苦苦相劝：哪有临到战场，三军主帅非要逃跑的？萧宏见大家气势很旺，不再坚持自己的意见。到了夜间，起暴风雨，萧宏趁机带着几个人逃走。军中一片惊慌，将士们打着火把到处找，也没有找到，结果军队溃散，满地都是丢的盔甲和兵器，路边泥坑里躺满了老弱病残，在逃散中光被踩死的士卒就超过了5万人。

萧老六抢先乘坐小船渡过长江，到了白石垒，叩打城门请求入内，守城的人说：“你统领百万之师，一朝作鸟兽散，此时国家的生死存亡还未可预料，我担心奸人乘机生变，所以不能在夜间打开城门。”

萧老六临阵先逃，朝臣大哗，梁武帝见此情形，居然大悦：赏！萧老六升官至太尉、司空。梁武帝非常重视血脉亲情，所以不追究萧老六的刑事责任，符合他的个性。

萧老六因为临阵先逃，知名度和影响力大大地扩大，此后京城中凡有人造反作乱都打着萧老六的名号，弄得告发萧老六造反的奏章堆满了梁武帝的案头。梁武帝不予追究。

一天，梁武帝去光宅寺，刚要出发时，忽觉心中一阵惊悸，情知有事，就绕路而行。果然，士兵们捉到了一个刺客，严刑拷打之下，刺客招认是萧老六指使的他。

这次梁武帝是真的生气了，他把萧老六叫来，哭着说："我的人品才能胜过你百倍，处在皇位上尚且感到力不从心，你能做什么？我不把你杀掉，只是可怜你愚蠢啊！"萧老六也放声大哭。他冤啊，不就是临阵先逃吗，怎么这天底下的刺客都声称跟他是一伙的呢？

被刺客这么闹来闹去，梁武帝眼含热泪，不得不免了萧老六的官。

又有人上奏说，萧老六家有库房100间，位于内堂的后面，库房中藏满了兵器，可见萧老六真是要造反。于是忽然有一天，梁武帝只带了两名大臣来到了萧老六家，进门就往后面走，说："我看看你家后面有什么。"萧老六满脸惊慌。到了后面，果然发现30多座库房，打开门，里面堆满了钱：每一百万钱堆为一处，用黄色木片作为标志；每一千万钱存在一间库房中，挂一个紫色标志……梁武帝算了一下，萧老六差不多有三亿多钱。

当时梁武帝就乐了，说："阿六，你的生计真够可以的！"于是痛饮到深夜，点着蜡烛回宫，从此兄弟俩重归于好。

哥俩好，膝下无儿的梁武帝就收养了萧老六的儿子萧正德，准备立为太子；不提防后宫生出来个男孩，于是梁武帝就把萧正德还给了萧老六。这下子萧正德火大了，有这么干事的吗，说好让人家继承皇位的，又不算数了……萧正德叛逃投奔北魏。

北魏看着这蠢人，想杀他又觉得不值得，就拿他当傻子玩。萧正德大怒，又逃了回来。梁武帝抱着萧正德的脑袋痛哭："浪子回头金不换啊，年轻人犯点错误是正常的……"恢复了萧正德的爵位。

萧正德此后招纳大批亡命之徒，专门在路上杀人越货。梁武帝免了他的职，夺了爵位，将他流放去临海。还没出发呢，梁武帝又派人来赦免了他。

除了萧正德，梁武帝还有个怪儿子叫萧综。萧综的母亲姓吴，原是东昏侯萧宝卷的宠姬，被梁武帝享用过后，7个月生下这么一个小杂种。后来吴淑媛失宠，就抱着萧综流泪道："你7个月就生出来了，怎么能和别人相比？幸保富贵，但千万不可泄露。”

于是，萧综就怀疑起自己的身世。他偷偷挖开东昏侯萧宝卷的坟墓，先杀了一个男人，把那男人的鲜血往萧宝卷的尸骨上滴，渗不进去；再拿刀割破自己的手，血真的渗了进去。从此他便生出异心。

此后萧综在屋里地面上撒满沙子，终日光着脚在上面行走，练得脚底长满老趼，一天能跑出 300 里路。然后他请求赴边关打仗，多次请求后，他终于被梁武帝派往彭城。

北魏来打彭城，喊话要彭城军民投降，于是士兵们到处找萧综，却发现萧综出现在北魏阵营里——原来他计划好的要趁这个机会投奔北魏的。结果彭城丢了，北魏趁机又打下几座城市，梁朝的将佐兵卒被杀被俘的不知多少。

总之，梁武帝对同姓的亲族非常宽厚，对朝廷官员也非常优待，有犯法的，他都越过法律替他们开脱。而老百姓有罪，则一律按照法律处置，株连犯罪，无论老幼一概不免，一人逃亡则全家以身抵押服劳役。百姓被逼迫得走投无路，只能是别无选择地作奸犯科，以求侥幸。

一次梁武帝去郊祀，有个秣陵老头借机拦住御驾道：“陛下执法，对庶民太严酷，对权贵则太宽松，这不是长久之道。如果能打一个颠倒，则天下大幸呀！”武帝于是考虑对百姓执法加以放宽——也只是考虑考虑而已。

梁武帝亲自撰写佛经百卷，建立同泰寺，不想被一把大火烧得光光。于是梁武帝又发动群众，群策群力，造 12 层高塔。百姓死绝于路，不胜悲苦。听说梁武帝这么能折腾，来自天竺的达摩老祖跑来参观，梁武帝问他：“我造了这么多佛塔，有多大的功业？”达摩老祖回答：“什么叫你造佛塔？这都是老百姓拿身家性命造出来的，你怎么可能有功业呢？”梁武帝很不高兴，达摩老祖趁机告辞。回过头来梁武帝询问高僧宝志，得知达摩是活佛，急忙派人去追，结果被达摩一苇渡江，到嵩山少林寺去了。

此后梁武帝早晚到寺庙礼拜，讲佛经，吃素食，断鱼肉，不饮酒，不听音乐，不与后宫嫔妃行房，还三次出家做和尚，让群臣花了 4 亿钱将他赎回。从此，南朝佛教进入了鼎盛时期：“南朝四百八十寺，多少楼台烟雨中。”

关于梁武帝有许多神异传说，如《两京记》中记载：

> 郗皇后性妒忌。武帝初立，未及册命，因忿怒，忽投殿庭井中。众趋井救之，后已化为毒龙，烟焰冲天，人莫敢近。帝悲叹久之，因册为龙天王，便于井上立祠。

因为皇后郗氏劝梁武帝不要耽迷于佛教，没必要供养太多的和尚尼姑，结果引发佛门高僧的愤慨，编了这么个故事，把这个女人变成了一条毒龙。

当时南朝境内每三个人就有一个和尚或尼姑，他们不务耕织，加重了老百姓的负担。散骑常侍贺琛上书要求少养几个僧人。梁武帝大怒，亲自与贺琛展开了一场大辩论。

梁武帝说："谁说和尚尼姑让百姓供养了？谁说这话了？就连我们也不是靠老百姓供养的。"贺琛不敢和梁武帝抬杠，到了南宋，胡三省批判了梁武帝的蛮不讲理："不由佛营，不由神造，又不由西天竺来，有不出于东南民力者乎？"

说这些都没用。

梁武帝耽迷于佛教，佛教考虑为梁武帝也干点什么。

《朝野佥载》中有这样的记载：

> 梁武帝萧衍杀南齐主东昏侯，以取其位，诛杀甚众。东昏死之日，侯景生焉。后景乱梁，破建业，武帝禁而饿终，简文幽而压死，诛梁子弟，略无孑遗。时人谓景是东昏侯之后身也。

侯景本是东魏将领，后投奔南梁，再后来侯景兵甲日重，索性大举入京。梁朝升平日久，不谙武事，再加上萧正德居内接应，很快不敌。于是侯景册封萧正德为天子，自己弄个丞相干干，然后攻城，昼夜不息。城中伏尸无数，血流成河，而梁武帝守宫不出，双方僵持。后来梁武帝无力支撑，被迫与侯景讲和；侯景拥兵而入，将梁武帝困于宫中，减其饮食，使其饿死。

对于这样一位对佛教作出贡献的帝王之死，佛家表示沉痛哀悼，并指出：这个侯景是东昏侯萧宝卷转世来报仇了，所以这个结果顺理成章，怪不得别人。

之前，侯景曾要求娶士族王家或是谢家的女子为妻，被梁武帝断然拒绝。

王家与谢家是江南最有名的两大士族。前面提到的王导、王敦都是王氏家族的人。而谢家更是以出美貌的才女而出名。士族一向高傲，不屑与普通民家联姻，王谢两家的子女多是自产自销，两家里稀里糊涂地嫁过来嫁过去。

侯景求之不得，这时就动了杀机，曰："我要让王谢家里的美女都嫁给最卑贱的奴仆。"

然后侯景立了简文帝萧纲。

咦，前面不是说萧正德已经立为天子了吗？这次立了简文帝，那萧正德咋办？

萧正德也纳闷：自己好端端的在龙椅上坐着，可那边又跑来一个皇帝，百官都跑去磕头，那自己怎么办？

萧正德怒了，统兵前来，要找丞相侯景讨个说法。

侯景给了他一个字的回答——杀！

萧正德死了。引狼入室难免这个结果，这个笨人怎么就不知道呢？

且说简文帝萧纲，生得脸方颊丰，须鬓如画，目光温莹，端的是一位美男子。他还是著名的书法家，六岁能文，七岁成诗，读书一目十行，经目必记，篇章辞赋提笔立成，博览群书，亦通玄理。此外他还是作家，著有《昭明太子传》《诸王记》等。

简文帝当了皇帝，就见侯景上表，要求封自己为宇宙大将军，督六合兵事。

简文帝博览群书，也未曾见过这等怪事，不由得惊呼："将军之中竟然有宇宙这样的称号吗？"

以前是没有，可是现在有了。就长见识吧你！

侯景在江南连年用兵，杀尽百姓。他说："破栅平城，当净杀之，使天下知吾威名。"

侯景的兵马所到之处，横尸无数，血流千里。这时候"天兵天将"赶来协助侯景，但见蝗虫铺天盖地，可怜江南鱼米之乡竟尔沦为人间鬼狱，死者蔽野，白骨成堆，一片凄惨情景。

四方勤王民兵纷纷赶来，侯景担心迟了抢不到皇帝做，就将简文帝囚禁起来，不给纸也不给笔。可怜这位作家皇帝书写了数百诗文于墙壁及屋顶上。正写之间，侯景派人送了酒来，于是萧纲狂饮一通，醉倒。侯景将他装进一袋子里，拿屁股坐在上面，把他闷压死了。

侯景做成了皇帝，然而他不开心。

武陵王萧纪统领大兵，前来勤王，要把侯景从皇帝宝座上拖下来，碎尸万段。

萧纪出征，身边卫士抬着 500 口大箱子，到了营地放下，打开箱子，就见箱子里满满的全都是黄金铸造成的饼。每只金饼由一斤黄金铸成，每口箱子装 100 只金饼。

三军将士看得口水直流，就听萧纪吩咐道："将这些金饼挂在我的营帐，召集将佐们前来，召开军事会议。"

将佐们疯了一样地跑了来，到了军帐中坐下，眼睛直勾勾盯着那挂满军帐的金饼，一个个呼吸急促，脸色潮红，心怦怦狂跳。

就见萧纪站起来说："你们看这些金饼好不好？"

将佐们齐声道："好！"

萧纪心花怒放："这些金饼都是我的，你们这些穷光蛋就羡慕去吧，羡慕死你们！现在开会，布置任务……"

任务布置完了，将佐们依依不舍地走出军帐，一步三回头，见萧纪将金饼收进箱子里，这才不情愿地离开，去前线打仗。

打不了几天，萧纪又开军事会议，照例将那 5 万张金饼悬挂起来，让大家看个饱，只许看，不许摸……

有人提醒萧纪："将士们缺衣少食，何不赏赐他们几个金饼，也好让他们卖力地拼命！"

萧纪眼睛瞪得溜圆，说："开什么玩笑？这些傻大兵天生就是穷命，打仗卖命是他们应该的，我凭什么要把金饼给他们？"

金钱乃罪恶之源。这话可真不假，自从萧纪是"著名金饼收藏家"的消息传出，麻烦就来了。

刺客蜂拥而入，冲进门来。领队的叫樊猛，举刀砍向萧纪。萧纪掉头绕床而走，樊猛在后面紧追不放。萧纪操起一张金饼，掷向樊猛："这张金饼给你，快走吧，我这儿还有事儿呢……"樊猛哈哈大笑道："杀了你，这些金饼一张也跑不了。"萧纪被杀，永远地和他的金饼分了手。

派樊猛去杀萧纪的，是梁元帝萧绎。

侯景呢，实在也不争气。他在各地勤王民兵的攻击下，将两个年幼儿子盛在皮囊里，率百余骑东奔西走；不料被部将一刀捅死，然后肚子被剖开，以盐置于腹中，送往建康城。此后侯景在建康暴尸，没过一天就变成了骨头架子——肉都让老百姓给扯掉了。侯景的脑袋被送往江陵，悬挂了几天之后，拿下来放在锅里煮，只剩下了一个骷髅头，被刷上了金漆，收藏在武库中。他的两个儿子也被人煮食。

南梁元帝萧绎幼时聪明，《曲礼》听过一遍就能够背诵下来，年龄大了后愈发热爱学习，酷爱读书几达疯狂，甚至在睡着时，身边还要有人替他读书，一旦读书的人偷懒或是读串了行，他就会醒来，将其一顿鞭打。萧绎能书能画，善于写文章，军书文诏提笔便成……但脑筋是否原始，取决于一个人的思维方式，而不是读多少本书。

萧绎和萧纪争夺天下，萧绎派会妖术的方士在木版上画上萧纪，往图像的躯体四肢上钉钉子，想把萧纪诅咒死。相信巫术是最古老的原始思维模式，纸上画的萧纪明明和活着的萧纪没有任何关系。

萧绎当上皇帝不久，西魏大军就打来了——此时北魏已经分裂成了东魏和西魏。

西魏兵困建康。元帝萧绎下令："文武百官集于朝堂，听我给大家讲《老子》。"

萧绎居然要讲《老子》？这个萧绎就占一个胆大，不管明白不明白，他都敢给你讲。

讲课也行吧，可再看看萧绎挑的这讲课的时间——兵临城下了，他居然还有这闲心！

百官无奈，全都穿了戎装，整齐地坐在台下，听萧绎过讲师的瘾。正讲之间，闻知城破，于是有人建议：把监狱里的几千死囚犯放出来，给他们刀和枪，让他们上战场戴罪立功。

不！萧绎驳回了这条建议。他说："立即派人拿了大棍，给我进监狱里去，把那些囚犯统统打死！"

西魏军进攻。萧绎躲在东竹殿，令舍人高善宝把自己收藏的古今图书14万卷全部烧毁。萧绎准备跳到火里自杀，左右侍从阻止了他。元帝又用剑砍柱子，剑折了。他长叹道："书烧了，剑折了，文武之道今晚全完了！"

这时候有个叫谢答仁的站出来，主动要求护卫元帝冲出去。可谢答仁历史上不清白，他是侯景的伪军，参与过围困宫城饿死梁武帝，元帝不肯相信他。谢答仁气急，吐血而死。

然后元帝丢掉羽仪饰物，骑着白马，穿着素衣，独自向着西魏军营冲了过去，被西魏士兵逮住，抢走了他的御马。元帝被俘后见到西魏的开府仪同三司长孙俭，就说："你跟我回宫去，我在宫里埋了好多钱，都送给你。"长孙俭大喜，就押着元帝回到宫中。

到了宫里，元帝对长孙俭说："我刚才是骗你的，哪有皇帝在宫里藏钱的？我把你骗来，是向你投诉，你们的士兵污辱了我，对俘虏不讲优待政策，我表示强烈的抗议。"

长孙俭说："你看你的脑子，实在是……你为什么把那么多的书都给烧了？"

元帝回答："我读书万卷，落得今天亡国的结局，没用的东西，所以干脆烧了它！"

长孙俭说："你看你这个人，自己脑子不明白，反倒怪罪于书……"就把元帝关在库府里。

过了几天，西魏判决元帝死刑。行刑时，西魏人将他装在麻包里，向着墙壁使劲摔，一下，一下，又一下……就这样把萧绎给摔死了。

萧绎死了，梁朝的皇帝人选又成了悬疑，一下冒出三个皇帝。

西魏立了一个皇帝，叫萧詧。这个萧詧人不错，萧绎死后，就是他给下的葬。他把元帝以布巾缠身，敛以蒲席，束以白茅，葬于江陵津阳门外。

这时候北齐——是从东魏进化来的——不愿坐视西魏并吞江南，就从战俘营找个叫萧渊明的，也给南梁送过来当皇帝。

南梁这边太尉王僧辨和司空陈霸先立了元帝的儿子、年方 13 岁的萧方智为帝。

同时有三个皇帝，事情有些不好办。

偏巧西魏皇帝赶在这节骨眼上死了，连带着他们的候选人也被逐出这场皇帝竞选，候选人只剩下两个：萧方智和萧渊明。

萧渊明给王僧辨写信，要求回国坐龙椅。

王僧辨断然拒绝。北齐大怒，出兵。

王僧辨与北齐展开谈判，双方各退了一步：萧渊明回国继位皇帝，而萧方智则为太子。

萧渊明登基后就给北齐写信：“请称臣于齐，永为藩国。”北齐大喜，派了使者来订盟。与此同时，北齐驱兵大进，要吞并南梁，却忘了这边还有一个陈霸先。

陈霸先起兵杀进了建康城，先逮到王僧辨，一刀砍了，又逼萧渊明逊位——萧方智终于圆了他的皇帝梦。

萧方智在龙椅上坐了 3 年，禅位于陈霸先，次年被杀，死时 16 岁。

南梁就这么结束了，总共 56 年，梁武帝萧衍一个人就消费了 48 年，可以称之为“一个人的王朝”，这个王朝完成了佛教本土化的理论建设，而王朝本身却未能够从中获益。

第十六章
南北朝纵横分合的预言

耳东入国人离乱，
南隔长安北隔关。

——《乾坤万年歌》

“耳东”合在一起，是个“陈”字。

陈霸先建立的陈朝共有33年的历史，这是百姓安居乐业的33年。

在后主陈叔宝之前，包括了陈霸先在内有四届皇帝，均“胸无大志”，不杀百姓，也不驱赶着百姓去邻国抢钱抢地盘抢女人，这些皇帝在历史上默默无闻。

南陈第一任皇帝陈霸先的功绩是保卫了南朝的独立，没有被北齐一口吞掉。

南陈第二任皇帝是陈霸先的侄子，叫陈蒨。此人“美容仪，举动方雅”。侯景之乱时，陈蒨逃到了临安，侯景派人到处抓捕他，他投案自首，身上暗藏了一把小刀，想捅侯景一刀，侯景没给他这个机会。后来陈霸先当了皇帝，而他儿子陈昌此前被西魏捉走关在战俘营里，所以陈蒨就有机会当了皇帝。西魏存心给陈蒨添堵，故意把陈昌放回来；陈蒨毫不客气，将陈昌一刀砍了。

陈蒨死，传位给儿子陈伯宗。陈伯宗性格比较懦弱，弹压不住叔叔陈顼的挑衅，被迫让位。陈顼继位，史称宣帝。陈顼在位期间，击败北齐夺回淮北之地，可哪晓得西魏摇身一变成了北周，气势汹汹杀将过来，将南陈的江北之地全数占了。

等到陈顼死后，北周没了，北齐也没了，又冒出来个大隋——北周和北齐合并成大隋了，这就更要命了。天下扰扰，四邻不安啊！

却说宣帝陈顼死后，长子陈叔宝、二子陈叔陵、四子陈叔坚小哥仨就趴在棺材前哭灵。正哭着，陈叔陵爬起来，吩咐侍从："去，把剑给我拿来。"侍从拿来了剑，陈叔陵接在手中，一掂量，却是一柄木剑。原来古时文官武将上朝身上佩的兵器清一色木制的，是为了防止大臣发神经会抽出刀剑来狂砍一气。当时陈叔陵就火了，破口大骂。侍从无奈，只好再去找，找来柄锉药刀交给了陈叔陵。

陈叔陵拿着锉药刀走到陈叔宝的后面，瞄准脖子一刀砍下去。陈叔宝正在全神贯注认认真真地哭，吭也未能吭一声就趴地上了。陈叔宝的生母柳敬言冲上来保护儿子，被陈叔陵连砍数刀，也趴下了。这时幸亏老四陈叔坚在后面抱住陈叔陵的脖子，用力去夺他的刀。陈叔陵拼命挣扎，宫娥们齐上，七手八脚，掐脖子拎腿，总算是把陈叔陵给制伏了，捆在柱子上。然后大家急忙去抢救伤者。可那绳索捆得不甚牢靠，被陈叔陵用力挣脱出来，一溜烟逃掉了。

陈叔陵一口气逃回东府，立即命人打开监狱，释放所有囚犯充当战士，准备攻打皇宫。这时右卫将军萧摩珂带着一支小分队赶来，陈叔陵当机立断，将自己最宠爱的7个美貌姬妾都扔到井里去，自己率领百人卫队冲出建康，投奔大隋去了，还没到地方就被追兵追上杀了。

陈叔宝死里逃生。确信这次哭灵血案对于陈叔宝脆弱的心灵产生了重大影响。

陈叔宝有一美人名张丽华，华发长七尺，其光可鉴，每瞻视眄睐，光彩溢目。帝王基业，雄心壮志，话说白了，不过就是为了女人。比如《王子年拾遗记》专门描绘了甘夫人，说她肌肤如雪，玉质玲珑，体态婀娜妩媚。刘备将甘夫人放在洁白透明的纱帐内，远望她就如同月光笼罩的晶莹玉石……后来有人献给刘备一个三尺长的玉人，比甘夫人还要美，刘备为此一度冷落了甘夫人。

说到甘夫人，她在民间的知名度丝毫也不亚于张丽华，名声的美誉度却要高得多。何以如此？就是因为甘夫人没有妨碍刘备继续去"抢钱抢地盘抢女人"，而张丽华则因为心思灵秀，参与国家大事，最要命的是陈朝还亡国了，这就让她背上了黑锅，再也说不清楚了。

百官奏事时，陈叔宝坐在龙椅上，张丽华就坐在他的腿上；张丽华吩咐一声，百官再去执行。在这个过程中，陈叔宝所起到的作用，不过是张丽华的肉椅子。

再替陈叔宝想一想：哭灵之夜，陈叔陵那一刀要是再砍得狠一点，他还有命在吗？侥幸生还，不过就是享受一下，又有什么不可以的？

为了享受，陈叔宝也确实很辛苦。公元584年，陈叔宝兴建临春阁、结绮阁与望仙阁，各高数十丈，连延数十间。三阁之间又有复道以交相往来，其门、窗、栏杆皆以沉香木及檀木雕制，五色玲珑，并饰以金玉，间以珠翠，外施珠栏。内有宝床、宝帐，近古所未有。微风吹来，香飘十里。其下积石为山，引水以池，杂以奇花异草。

陈叔宝这么个玩法有什么不对吗？我们在很多的历史资料中都能找出对陈叔宝生活奢侈腐化的指责和声讨，但独独看不到老百姓的声音。

为什么呢？因为百姓此时安居乐业，也生活在极度幸福之中。

陈叔宝这么奢侈，怎么百姓还幸福呢？

陈叔宝奢侈是不假，但他并非是靠武力恃强明抢。他对战争厌恶透顶。要知道，任何年代战争都是最花钱的，国家有多少钱也经不起一两场战争的消耗，万一遇上如侯景之类的战争杀人狂，搞得千里赤地，血流成河，那百姓可就更惨了。

江南原本是鱼米之乡，经过30多年的经营，此时南方的富庶已经恢复到了东晋时代。

却说隋文帝杨坚听说南方如此富庶，就急了，曰："江南人民生活在水深火热之中，我们怎么可以坐视不理呢？"于是，大隋将饿得眼睛通红的百姓组织起来，组成铁甲军，浩浩荡荡前来解放"水深火热"的江南人民。

江南人想关起门来过自己的小日子，可是北方人民非要跑来解放他们，他们傻了眼，等着看陈叔宝有什么好办法。

陈叔宝笑曰："王气在此，齐兵三来，周师再来，无不摧败，彼何为者邪？"

这句话刚说完，隋军就已经赶到了，先拔京口，继而进占钟山。当时建康城中还有甲士十余万人，可陈叔宝哪懂得打仗？他只每天坐在宫里，抱着美人张丽华不停地哭。哭啊哭，正哭着，隋军进入京城。陈叔宝带着十几个最宠爱的女人出景阳殿，往没人的地方跑，发现了一口井，就冲了过去。

后阁舍人夏侯公韵用身体拦在井口上，不让陈叔宝跳。陈叔宝大怒，拳打脚踢，终于击退夏侯公韵，占领井口。然后陈叔宝抱着张丽华，用绳子坠入井中，躲了起来。

隋军入宫，来到井边，冲井里喊话，陈叔宝一声不吭；再向井里投掷石头，就听陈叔宝惨叫声。隋军递下绳子，将他拉了上来。

此后陈叔宝被请到长安，他就在长安城中不停地喝酒，喝到 52 岁，卒。

相比于北部中国的历史，南朝的那些杀戮可以说是儿戏了。

北部杀戮历史由匈奴汉国的刘氏王朝首开先河，匈奴汉国很快就被后赵所吞并。后赵是一个由各民族的杀人狂拼凑起来的暴力集团，杀戮手段多走极端。估计不会有人愿意生活在这样一个可怕国家之中，因为后赵频繁发动战争、建造宫室，战争时国家不出一分钱，都由百姓掏腰包。上战场的人除了带足生活费用，自备兵器，每五个士兵还要出一辆车、两头牛以及 15 斛米。在后赵辽阔的土地上，每棵树上都悬挂着几具自杀的百姓尸体，因为没有人能够承受如此沉重的战争负担。

后赵皇帝石虎杀太子石宣，先使人拔光了石宣的头发，抽出舌头来牵着，把他拉到梯子上，再用绳子贯穿双颊，砍断手和脚，掏肠剜眼，再纵火烧死。而石宣的妻子儿女、官属全部被车裂……

就这么杀来杀去，杀出一个杀人狂魔冉闵。冉闵颁布杀胡令，号召汉人行动起来杀光羯族人，结果一日之内羯人被杀 20 万。

又有前秦帝国的建立，这个国家也出了一个可怕的杀人邪魔——苻生。此人癫狂，曾持刀杀入后宫，尽杀皇后宫女嫔妃及大臣 500 余人；杀死有身孕的宫女，他还要剖开肚子看看是男是女。苻生杀人极讲究技法，截腿拉胸，锯头剖腹，花样百出。这样残暴的帝王，活太久是不可能的，苻生很快被人杀掉。前秦帝国一度很强大，差点吞并东晋，但最终这个帝国还是分崩离析了。

北方杀戮史中也曾出过比较可爱的人物，比如后秦国主姚苌。

姚苌是羌族人，杀掉前秦苻坚，自立为帝。前秦太守苻登前来报仇，三军将士气势如虹，每个士兵的头上都写着两个字，前面是“死”，后面是“休”，表示双方不死不休。

两军交锋，姚苌屡战屡败，于是认真研究前秦的打法。姚苌发现，苻登刻了苻坚的木像，每次开战前都要在木像前号啕大哭，战时则勇气百倍。于是，姚苌也刻了苻坚的木像，迎战前他也对着木像哭。他哭什么哭？苻坚可是他杀死的，就算是有灵，也绝无可能保佑他。原始思维，就是让你拿他没办法。

刻了苻坚的木像还是输，姚苌一生气，砍下木像的脑袋扔给苻登了。

又有一次，苻登的人围困姚苌，姚苌拒绝出战。苻登就命士兵冲着姚苌的军营放声大哭，哭声震天，哭得姚苌的士兵心惊肉跳。姚苌下令：“他们哭，咱们也能哭，你们都给我冲外边哭去……”于是里边人冲着外边人大哭，外边人冲着里边人大哭。哭到半夜，苻登撤兵了。

西燕也称得上另类。这个小帝国曾经一口气杀掉了6个皇帝。当时西燕慕容冲驻扎在长安，被部下杀了，另立将军段随为西燕王，然后段随又被杀，再立慕容凯为西燕王，接着又换立慕容瑶为帝，然后又换立慕容忠为帝，再后又换立慕容永，每换下一个，都要杀前一个。

北方的战争格局基本上用两个字就可以概括：混乱！

这种混乱表征着世代人心的混乱，在这种任何人都朝不保夕的混乱状态中，民众对于强权的渴望远超过对公正的认知。北魏就是在这种混乱格局中崛起，然而这种崛起缺乏道义依据，所凭借的手段无非是更加狂暴的杀戮法则。让人失望的是，狂暴的杀戮法需要更多的民意支持，强权总是能够得到这些，依附强权者比公正的支持者数量更多。

北魏在中国北方坚守了96年。其中太武帝拓跋焘东征西讨，统一了北方。他的个人品德无可挑剔，但他的死亡却有点莫名其妙。原来中常侍宗爱与太子拓跋晃不和，就向拓跋焘进谗言，导致太子忧死。事后拓跋焘感到懊悔，宗爱担心他察觉真相，就杀了他。

此后宗爱立拓跋余做皇帝，拓跋余不听话，宗爱很生气，就又把他杀了。

然后文帝拓跋濬出场，他是善终的，没什么刺激的故事。

献文帝拓跋弘却是个倒霉蛋，他读佛经读得迷了心窍，出家为僧，把皇位传给了5岁的儿子拓跋宏。庙里的生活清苦，青灯黄卷，木鱼佛灯，可冯太后还不肯放过他，把他给毒死了。

接任的拓跋宏就是历史上有名的孝文帝元宏——后来北魏搞“去鲜卑化”，连姓氏统统改过；拓跋的原意是土地，土是黄色，万物之元也，所以拓跋氏改元氏。

元宏是个道德高尚的人，毫无私心。冯太后为了夺权企图谋害他，寒冬腊月里把他关在空屋子里，不许穿棉衣，三天不给食物。三天后打开房门，发现他居然没有饿死，冯太后大怒，将皇帝打了几十板子，可是他毫无怨色，是真心的不怨不恚——后来冯太后死了，他悲伤得五天不吃一点东西。

无论端上来的洗脸水烫了手，还是饭碗里挑出一条大蜈蚣，元宏都付之一笑，不与计较。

他说："苟能均诚，胡越之人，亦可亲如兄弟。"

元宏是真正爱民如子。他南征北巡，修桥梁时不要精工，只要车马能够通过就行；禁止士兵伤害百姓庄稼；战争时期砍伐百姓的树木，加倍赔偿。

孝文帝元宏的继任者是宣武帝元恪。元恪是位虔诚的佛教徒，他一个人就养了3000多名和尚——那些和尚运气不大好，元恪才33岁就死了，他们还得去别处找食吃。

由于担心皇帝继位后其母亲晋升为太后，会专权，或找一群男人乱搞——北魏学了汉武帝一招——但凡生了儿子的皇妃一律要杀掉。因此当时宫中女子怀孕之后都祈祷说："老天保佑，佛祖保佑，千万别让我生儿子……"

唯有一位胡贵妃，忠贞为国，怀孕后许愿说："就让我替国家生个儿子吧，宁可我一人身死，也要为国家生育皇子。"胡贵妃的真诚感动了上苍，果然生下了一个儿子。胡贵妃的真诚也感动了朝中群臣，群臣上奏，要求废除"生子杀母"这种不人道的酷法。

胡贵妃生下的儿子元诩成为了皇帝，是为孝明帝；酷法废除了，胡贵妃也晋级为了太后。

然后胡太后弄一群男人入宫。胡太后的情人中有个叫杨华的是军中有名的骁将，姿容美丽，可他受不了胡太后的掠夺性玩法，趁夜逃到南梁。胡太后伤心不已，作诗曰：

阳春二三月，
杨柳齐作花。
春风一夜入闺闼，

杨花飘荡入南家。
含情出户脚无力，
拾得杨花泪沾臆。
秋去春还双燕子，
原衔杨花入窠里。

诗成，胡太后命宫女昼夜连臂环绕，踏足歌唱，好像生怕别人不知道她的情人逃跑了……

小皇帝元诩已经长到19岁了，要求亲政；胡太后一急，生怕以后没得玩了，用一杯毒酒将儿子毒死了。

胡太后的故事告诉我们：人性是靠不住的，千万别挑战人性。

胡太后先是为了国家不惜一死也要生下儿子，但等她尝到了权力的甜头，却又为把持权力不惜毒杀亲子。可知权力这个东西实在是太可怕了，它不仅能够颠覆人们的行为法则，甚至颠覆了最基本的生物法则。

胡太后恶搞一气，惹火了藩镇尔朱荣，尔朱荣起兵杀入长安。这时候胡太后还在恶搞，她居然立了一个刚刚出生的女孩为皇帝，骗人说是个男孩。听说尔朱荣来了，她急忙把女婴皇帝废掉，改立了三岁的元钊为帝。

尔朱荣逮到胡太后和三岁的小皇帝，一股脑沉进河；又趁大臣上朝之际，一口气杀了3000多大臣。此后，尔朱荣立元子攸为帝，是为孝庄帝。

元子攸成了尔朱荣的傀儡。为了更好指挥皇帝替自己办事，尔朱荣把女儿嫁给他。此后白天时尔朱荣欺负元子攸，晚上时尔朱皇后也对元子攸横眉立目。元子攸实在受不了，就说皇后生了个儿子，突召尔朱荣入宫。

尔朱荣兴冲冲地跑了来，立即被杀。

尔朱荣的死激怒了尔朱家族，遂有尔朱世隆、尔朱兆拥兵攻入洛阳，将元子攸锁在永宁寺楼上，后来又将他押到晋阳，缢死于佛寺。

尔朱世隆和尔朱兆先是拥立了广元王元晔为帝，后来考虑到元晔人缘不好、人望不高、影响力不够大，就琢磨换一个。可是换谁好呢？

这时候洛州刺史送来了一个哑巴，叫元恭。他原本是个聪明孩子，8年前的一天突然哑了，再也不会说话了，就搬进洛阳龙华寺，不与人来往。当初元子攸疑心元恭之哑里边大有文章，就派了个人假做小偷夜入龙华寺，盗取元恭的衣物并拔刀欲杀之。就见元恭张开嘴巴，伸出舌头，刺客看了半晌，没看出什么毛病来。此后元恭逃往洛山，被洛州刺史抓住，关押起来，请了许多大夫，还是看不明白，就把他送到洛阳来了。

尔朱世隆却瞧这个哑巴怪异：哪有好端端的人突然就不会说话了呢？就派了人去告诉他，准备让他当天子。听了这个消息，元恭终于开口说话了。这便是北魏节闵帝。

8 年的哑巴说了话，感谢军阀尔朱氏……可是不久，尔朱荣的部将高欢起事，声讨尔朱集团，拥立了一个新皇帝元朗。双方在洛阳一场血战，尔朱集团败亡。

现在有两个皇帝，留哪个呢？

高欢便去洛阳亲见元恭，发现元恭的能力明显强于元朗，就准备废了元朗。这时候身边人提醒高欢，元恭此人“神彩高明，恐于后难制”。高欢一琢磨：对呀，我怎么能拥立一个厉害皇帝呢？那不是跟自己过不去吗？于是元恭被高欢废黜，囚于崇训寺。

元恭那个上火啊，装了 8 年的哑巴全白搭了，郁闷之余，赋诗曰：

> 朱门久可患，紫极非情玩。
> 颠覆立可恃，一年三易换。
> 时运正如此，唯有修真冠。

诗成，高欢派人送来毒药，服之，卒。

没两天，高欢又指责元朗故意疏远自己，先废之，后杀之，元朗享年 22 岁。

杀了元朗，高欢命令部下再找元氏皇族，找了一个元脩。

这个元脩好像有点本事，在朝中获得了几个支持者，居然还搞来了 10 万兵马，足够和高欢较量的了。

于是元脩声称南伐，实际上是攻打驻守晋阳的高欢。高欢驱兵迎战，元脩命 10 万大军自己上前去打，他则带了 5000 人准备走先。10 万大军闻讯，落荒而走。元脩则一路狂奔，逃向长安，关西大都督宇文泰迎接元脩于东阳驿，元脩总算是摆脱了高欢的毒手。

高欢接连写书上表，苦求元脩回洛阳，元脩置之不理。

高欢只好另立元善见做皇帝。两个皇帝导致北魏正式分裂，高欢那边的叫东魏，宇文泰这边后来叫西魏。

元脩很快就和宇文泰关系弄僵了,起因是宇文泰干涉元脩的私生活。

元脩这人没别的爱好，就是喜欢个血亲相奸，他有三个妹妹都不嫁人，而元脩最喜欢的是明月公主……宇文泰看着别扭，偷着把明月公主给毒死了。

元脩悲愤，每天对着宇文泰弯弓搭箭，说话时动辙拍桌子，双方的关系越闹越僵。后来宇文泰一咬牙：去你妈的吧，你当谁稀罕你这个变态佬啊？干脆连元脩也一块毒死了。

东西两魏各自进化。

先说东魏。东魏元善见是项羽和潘安合并起来转世的人物，生得风姿玉立，体力过人，能够单臂挟着石狮子跳过宫墙——只凭这一手，那是楚霸王项羽也望尘莫及的。元善见弓马娴熟，射无不中，更兼才华出众，善诗文。但是，这么一个出色的皇帝在权力面前，如同纸糊人偶，根本经不起风浪。

此时的东魏，西边有西魏，南边有梁朝。梁武帝正忙于吃斋念佛，战争主要在东西魏之间展开。

这里有五场规模大的战争。

第一场战争：高欢分三路进攻关中，宇文泰抖擞精神，大败东魏于潼关，东魏将领窦泰自杀。

窦泰，太安人，525 年投奔高欢，是高欢手下最出色的指战员，身先士卒，攻无不克，立下了赫赫威名。537 年关中出现大面积饥荒，百姓十死七八，人相食。高欢亲率窦泰等军中骁将直扑关中，要一举端掉宇文泰，不料宇文泰于风陵渡布设精兵，窦泰中计。此人之死，令高欢三军震骇，军无战心，不得不退师。

第二场战争：高欢以 32 万人马强攻关中，败于沙苑，折损 8 万。

出征前，大臣杜弼请求先请除内部奸贼。高欢问谁是奸贼，杜弼回答说：“就是那些掠夺老百姓的功勋权贵们。”高欢听了没吭声，转身吩咐士兵们拉弓搭箭，举刀握矛，排成面对面的两行，叫杜弼从他们中间通过。杜弼吓得浑身发抖，冷汗直流。高欢这才告诉他：“箭虽然安在弓上但还没有发射，刀虽然举起但还没砍下，矛虽然握在手里但还没有刺出，你就已经被吓得失魂落魄、胆战心惊，那些立下战功的人身体整日要和刀锋和箭头打交道，百死一生。他们中有的人确实贪婪卑鄙，使用他们，所取的是大处，怎么可以像要求普通人那样要求他们呢？”听了这番话，杜弼连忙向高欢叩头谢罪。

不知道杜弼有什么罪可请，高欢精神不正常，陷入疯狂的战争情结不能自拔，他也不想一想，社会游戏的基本法则是为了弱者而制定，如果只满足于强者的杀戮欲望，那么迟早有一天，当强者成弱者，其人和亲人都将遭受这血腥法则的清算。

高欢带32万人出发了，目标桓农。此时宇文泰正带着不足一万士兵在那里挖地三尺寻找能吃的东西。关中大饥，宇文泰的人饿得快要死光了。32万大军蜂拥而来，宇文泰陷入重重包围，双方展开了激烈战斗。高欢手下大将彭乐肚皮被捅破，肠子淌了出来，可彭乐把肠子往肚子里一掖，继续死战。

轻伤不下火线，精神可嘉，可是高欢这里不是有几十万人马吗？干吗非要豁出去彭乐一个人死拼呢？这事高欢也纳闷，回到军营一看：晕，三军将士都偷着跑光了。

现在再看看高欢和杜弼到底谁对？

此役，高欢以32倍于宇文泰的优势兵力，倾力一攻，志在必得，却莫名其妙折损8万，而且还有两万多人被宇文泰俘虏了。

这仗打得没劲。

第三场战争：宇文泰出手了，西魏东伐，两军战于邙山，宇文泰败还。

这场战争是因为西魏文帝非要去洛阳给祖宗烧香引起来的，被当时在高欢帐下效力的侯景在邙山截住。正在酣战之际，不提防一支流箭射在宇文泰的马屁股上，那马一声惊叫，人立而起，将宇文泰掀倒在地。东魏士兵大喜，呐喊着冲上来。宇文泰身边的卫士扈从眼见东魏士兵来势汹汹，撇下宇文泰掉头狂逃，只剩都督李牧没有跑，他想拉宇文泰上马。东魏士兵将两人团团围住。李牧一急，轮起马鞭，劈头盖脑地照宇文泰就抽，一边抽一边骂：“你这窝囊废，你们头儿在哪里，为什么就你一个人在这儿？”

东魏士兵一听，以为不过是一个小兵卒，顿时没了情绪，就四散开来，满山遍野去找宇文泰。李牧便将自己的马让宇文泰骑上，返回长安。宇文泰经过这场惊吓，刺激太重，之后一定要枕在别人的大腿上才能睡得着觉。

第四场战争：两军复战于邙山，宇文泰再败。

上一次邙山之战，宇文泰饱受惊吓，夜夜失眠，治疗了6年还是没什么效果。宇文泰想：看来只能再回邙山了，打败高欢，或许病情就会好转吧？

可这次更糟糕，两军一交战，那个彭乐就冲入宇文泰的队伍，所向披靡，众人皆避。彭乐捉走了一大堆西魏战将。宇文泰正在郁闷，不想彭乐又冲回来，这次是直奔宇文泰。见彭乐冲过来，宇文泰身边的将士们奋勇争先，叫一声“走”字，霎时间逃了个精光，撇下宇文泰成了彭乐的俘虏。宇文泰急了，就对彭乐说：“你不是彭乐吗？真是痴汉子，今天要是没有我了，明天哪里还会有你！你为什么不赶快回到营地，收取属于你的金银财宝？”彭乐一听：对呀，捉了宇文泰，我以后还和谁打啊？就听取宇文泰的建议，收下一袋金子当买路钱，然后回去报告。

高欢一听战况，就知道彭乐私自放走了宇文泰，气得咬牙切齿、七窍生烟。他命令彭乐趴在地上，亲手揪住他的头髻连连往下磕，并三次举起刀子要向他劈去，但最终还是没有劈。

彭乐告饶道：“求您拨给我5000名骑兵，我再去为大王您捉宇文泰。”

高欢说：“你放掉他是出于什么目的，怎么现在又对我说要再去捉？”接着，他叫人拿来3000匹绢压到彭乐的背上，就算是奖给他的。

第二天宇文泰卷土重来，这次可是拼了老命，摧毁了高欢的阵线，高欢一个人落荒而走。追兵的矛尖有几次已经刺到了他的屁股，高欢差一点没吓昏死过去；可终究是他的马快，更奇怪的是西魏追兵竟然忘了带箭，让高欢跑掉了。

很清楚的是，与其说是高欢、宇文泰统御部将，莫不如说是这些靠杀人为业的将士们统御着高欢与宇文泰。这些杀人狂就是希望战争持续下去，好满足他们的杀戮欲望。

第五场战争：高欢强攻西魏之玉璧50昼夜，士卒死者7万人，高欢因为脑力严重透支，活活累死。

这50天里双方用尽攻守之术。

高欢先于上游截断汾水，断绝城中饮水，又筑土山以攻城。城中的守将韦孝宽用木头将城头筑高，始终居高临下。

接着高欢挖地道攻城，韦孝宽便挖一横沟，由地道钻入到横沟的东魏士兵都当了俘虏。后来韦孝宽又往地道里掷火，烧得东魏士兵焦头烂额。

高欢制新式战车，韦孝宽用破布来抵挡，战车撞到破布上，轻飘飘的，无着力之处。高欢放火烧破布，韦孝宽将火种击落。

高欢火了，在城墙下四面八方挖了 20 条地道，在地道中用木柱支撑地上的城墙，然后放火烧木柱，于是城墙坍塌了。韦孝宽在城墙坍塌的地方竖起木栅栏，东魏兵攻不进去。

高欢的攻城之术用尽了，韦孝宽的守城之术还有好多，这仗还怎么打下去？苦战 50 天，东魏士兵战死病死超过 7 万，高欢气急病重。当天夜里一颗流星坠落在了高欢的军营中，引发了东魏士兵的极度惊恐。高欢星殒玉璧城。

高欢死了，该轮到孝静帝元善见出头了吧？没那好事！

比项羽更勇猛，比潘安更美貌，比李白更有才，比刘备还善良的孝静帝元善见，在高欢死后开始倒霉了。

高欢通过频繁的战争将兵权牢牢地抓在手上。元善见虽然能挟着石狮子跳过宫墙，可他只能在宫里跳来跳去。高欢死后，兵权落入了他的儿子高澄手中。

精神分裂的症状，在高澄身上体现得更为明显。

高澄请元善见喝酒，无礼而傲慢。元善见不高兴，说："自古无不亡之国，朕亦何用此生为！"高澄大怒，骂道："朕？朕？你个狗脚朕！"然后叫来中书黄门郎崔秀舒，崔秀舒冲上来，照元善见脸上就是三拳。

元善见不是力大无穷吗？动手打啊？

他不敢，他只能挟着石狮子跳来跳去，不敢打人。

受此屈辱，元善见痛不欲生，就想干掉高澄。高澄很快知道了，就登门兴师问罪："陛下为什么要造反？"

元善见气得嘴都歪了："自古唯闻臣反君，什么时候听说过君主谋反的？是你自己要造反啊，还来骂我？"

于是高澄趴在地上谢罪，放声号啕。哭罢，将元善见囚禁在含章堂。

不久，高澄就做了一个怪梦，梦到他的厨子要砍死他。

这个厨子确有其人，是徐州刺史兰钦的儿子兰京。兰家几次提出要求，想把兰京赎回去，可高澄就是不允许。并不是他高澄缺厨子，而是他残虐，不愿意看到别人活得开心，别人的痛苦能让他们的心理获得满足，高氏家族都有点虐待狂的症状。

第二天高澄正在说这事，兰京端着饭菜进来，高澄说："就是他，我昨天梦见要杀我的就是他……”话没说完，兰京已将饭菜一掀，露出一把刀，砍将过来……高澄被活活砍死。

高澄的梦真的那么灵吗？

还真是，这在心理学上也是有解释的。

兰京出身于官宦世家，不愿意为奴为仆的心态是可想而知的，而且他家里也出得起钱。但高澄就是要让人痛苦，他也知道这样做的后果会是什么，但邪恶心性让他沉溺于这种危险游戏——他要看看兰京能够忍耐到什么时候，到兰京忍无可忍了，他再咔嚓一刀……他天天等着兰京最后的爆发，才会有这样一个梦。

高澄显然将兰京的爆发点估计错了，兰京比他的预期更早轮起刀子。

闻知高澄的死讯，囚禁中的元善见情不自禁地说：“难道皇家又要振兴了吗？”

没那好事！高澄的弟弟高洋来了，带了数千兵甲，杀气腾腾地对着元善见。

高洋说：“我要回家处理点私事。”说完就走了。

元善见一屁股坐在地上，说：“我完了，居然落在了这样一个人手中。”

高洋是个什么样的人呢？他的精神分裂比世界上任何一个患者更严重。正是这一点让他登上了权力的高位，因为正常人无法做到像他那样的残忍。

原始思维酷爱权力游戏，是因为这种游戏法则排斥智力。人们常说“汉武帝雄才大略”之类的话，事实上帝王并不需要智力，需要的是残忍，高洋就是一个最典型的例子。

高洋逼迫元善见禅位与他，建立北齐，然后抢占了元善见的妃子，再把元善见毒死，再后来就淋漓尽致地犯起疯病来。高洋嗜酒纵淫，肆行狂暴，或散发胡服，杂衣锦采，或袒露形体，涂敷粉黛，或令人负之而行，担胡鼓拍之，或游行市里，街坐巷宿，或盛夏日中暴身，或隆冬去衣驰走。还有更狠的，三台构木高27丈，两栋相距200余尺，工匠危怯，皆系绳自防，而洋登脊疾走，殊无畏怖，时复起舞，折旋中节，见者莫不寒心……

高洋曾于道上问行人：“天子如何？”行人回答：“颠颠痴痴，何成天子！”高洋怒而杀之。这就不属于精神疾病了，是典型的原始思维——

他做得，你却说不得。

对儿子的癫狂举止，太后很不高兴。于是高洋钻进太后的床下，把床举起来想逗老太太开心，结果把老太太摔个半死。事后高洋懊悔不迭，积柴生火，要跳进去自焚——不过是表演给老太太看的。太后强颜欢笑，把他从熊熊火堆里拖出来。高洋脱了衣服，命令平秦王高归彦狠狠打自己，曰："杖不出血，当即斩汝。"太后哭着抱着他，最后高洋还是判决自己笞脚五十。

接着，高洋对自己姑姑婶婶妹妹侄女下手了。凡高氏妇女，不分亲疏，统统掳入宫去，剥光衣服，在大臣面前通宵达旦地跳艳舞。他从宫外找来男人，逼迫宗室女子集体宣淫，他则在一边认真观看。他相中了乐安王元昂妻子的姿色，就召元昂进宫，乱箭射死他。

高洋又搞了一大锅水，长锯子和短锉，一喝多就找人拿锯子锯，拿锉子锉，拆解成百八十块，烧掉或抛入水中。

高洋最宠爱的是薛嫔妃，有一天高洋忽地想起薛嫔妃原是自己叔叔的女人，就把薛嫔妃的脑袋砍下来，藏在怀中；召开御前会议时，正当大家热烈发言，他把薛嫔妃的脑袋一下扔过去，吓得众大臣魂飞魄散。然后他又为薛嫔妃举行隆重的葬事，所有大臣都要出席，高洋自己披散头发光着脚，悲哀地走在队伍中。然后他又用薛嫔妃的腿骨制成琵琶，每天泪流满面地弹唱：

> 西北有佳人，一顾倾人城，再顾倾人国，
> 宁不知倾城与倾国，佳人难再得……

尚书左仆射崔暹死了，高洋亲往吊唁，问崔暹的妻子："想你丈夫吗？"崔妻答："想。"高洋说："那你就过去看看他吧。"说罢，一刀砍下崔妻的人头，扔到墙外边。

这样一个精神疾病患者，太让人操心了，遂有永安王高濬上书建议高洋别搞得太过分了。高洋大怒，将高濬关进地牢里，饲以猪食，后让人乱刃刺人，扎得高濬呼号连天；又掷火投之，再用土埋，等尸体拖出来，已经没有了人形。

尚书右仆射高德政害怕了，就称病躲了。高洋将他叫来，曰："听说你病了，我这有个偏方……"就拿小刀乱刺，刺得高德政惨叫连连，

血流满地。然后高洋又命人斫去高德政的双足。

还有不怕死的。典御丞李集以桀纣比喻高洋，高洋大怒，命人将李集捆起来，丢进水中，隔一会儿再捞出来，问："我和桀纣相比，到底如何？"李集答曰："你差得远了……"再沉下去，捞出来再问，始终是这一个答案。高洋哈哈大笑："世上还有这么倔犟的人！"

够了，患者的症状已经够多的了，我们想弄清楚，高洋早年究竟受到过何种刺激，以至于心理变态扭曲一至如斯？

高洋从小就性格古怪，沉默寡言，每天闭门静坐，对妻子能竟日不言。还有，高洋鳞身重踝，是严重的皮肤病，容易引发人的心理厌恶，所以他大哥高澄特瞧不起他，经常说："连这种人都能享受富贵，可见相面之术实在靠不住。"

高洋疯狂到这种程度了，怎么就没个人豁出去命不要，一刀把他宰了呢？

史书上说之所以没发生这种事，一是高洋虽然精神病发作得厉害，却是特别敏感，上下恐惧，不敢为非；二是高洋任用有能力的大臣，所以主昏于上，政清于下。

其实这理由是瞎扯。真正的理由就一个：高欢通过频繁的战争，将国家人才悉数送到死亡区，正常人都死光了。

高洋的儿子高殷是个神智正常的人。高洋亲手教高殷杀人，而高殷"恻然面有难色"，拿着刀子在人脖子上锯了好半天，硬是没把脑袋给锯下来。高洋气坏了，拿马鞭狠抽了高殷几鞭。

最离奇的是，高洋知道儿子守不住家业，因为他还有个比他更疯的六弟高演——高洋对高演临终留言："夺天下就由得你了，但千万别杀我的儿子。"这个人的脑子不是一般的不正常，他明明知道把儿子放在权力的位置上会发生残酷血案，却不肯预先解决。

高殷即位。但娄太后不喜欢这个天性善良的孙子。娄太后希望六儿子当皇帝，因为大臣们反对，忍了下来。

没多久，尚书令杨愔想把高家最疯的老九高湛调出京城——杨愔也是犯傻，这一家可全是疯子啊，你怎么敢招惹？果然，高湛派了家僮数十人冲入宴会厅，拳杖狂殴，将杨愔一颗眼球子给打了出来。

这时候娄太后说话了，她冲着高殷大叫大嚷："此等忤逆，欲杀我二子，次将及我，尔何为纵之？"明白了，高氏家族精神异常的病根在这个老太太身上。

看看这个老太太干出来的可怕事情——

高殷被废，高演登基；喂高殷毒药吃，高殷不肯吃，结果被掐死。

老六高演还没来得及发疯，就匆忙死掉了，共在位两年。

老六高演比老二高洋聪明，直接把皇位传给高湛，说："我儿子高百年没什么过错，你千万别学我，留他一命吧！"

前有车，后有辙，凭什么你干得的事，别人就干不得？高湛毫不客气，命人冲入高百年的房间中，捉住高百年先是重力捶打，然后拖着他绕堂行走，一边拖一边狂殴。高百年血流满地，号不出声了，高湛这才心满意足地将他杀掉。

老九又去找二嫂——高洋的李皇后——的麻烦："答应不答应我？如果敢不答应，我就宰了我那宝贝侄子……"

李后被迫屈从，不久有孕。太原王高绍德回来看母亲，李后大着肚子，托词不见。儿子如何不知道这家子的龌龊事，就生气："当我不知道吗？是妈妈肚子大了，不好意思见我罢了。"李后很羞愧，生下一个女儿，就将她丢掉了。

高湛大怒："你杀我女儿，我就杀你的儿子！"用刀环狂砍高绍德。李后伤心大哭，高湛更加恼火，将她身上的衣服剥光，用力暴打。高湛又命人将李后装进袋子，在地上拖着走，丢到水沟里。李后命大，还是活了过来，高湛就命人将她送到妙胜寺当尼姑。

高家人就这么一路疯下来。看起来高老九最疯，实际上老九并不疯，只不过在这个疯人院中只有最疯的人才能活下来，所以他就装出最疯的样子。他装疯装了 4 年，实在受不了，就传位于儿子高纬，自号太上皇。

后主高纬来了。但凡被称为后主的，肯定是贾宝玉类型的人物，却不小心被放到了皇帝的位置上，撇开亡国之辱不谈，单后宫中的风花雪月，那是令人相当迷醉的。

陈后主最宠的是张丽华，齐后主高纬最宠的是冯小怜。

唐人有诗云："小怜玉体横陈夜，已报周师入晋阳。"事实上，北周军队狂攻晋阳时，高纬正和冯小怜在天池打猎，左丞相高阿那肱不敢打扰，接到战报就压了下来。很快平阳被攻破，没办法，只好向高纬报告。

高纬很为难，就问冯小怜："这事怎么办？"

冯小怜道："好办，咱们再玩一会儿。"

高纬欣然从之。

北齐军想夺回平阳，北周军坚守。北齐军多日来没有饭吃，打起仗来不要命，顷刻间将城墙捣出一个大窟隆。见此情形，高纬急忙吹哨叫停，派人去请冯小怜，要一起观看北齐军队入城。等冯小怜淡扫娥眉浅梳妆打扮好了赶来参观时，北周军已将城墙缺口堵上了。

战场上除了杀人就是杀人，没什么好看的，听说晋州城西石上有圣人迹，冯小怜就想过去看一看。于是高纬下令，把攻城的枕木拿来建一座新桥，让冯小怜走过去。

这样知疼懂爱的男人，哪个女人会不喜欢？看完了圣人迹，再回来看打仗，冯小怜左看右看不对劲，总是觉得自己这方的人马太少，就叫了一声："哎哟不好，我们失败了。"

失败了那就快走，高纬不由分说，护着冯小怜当先而行。开府仪同三司解释说这半进半退是战争中的正常状态，可谁耐烦听他啰唆？高纬偕冯小怜迅速撤离，引发北齐军的崩溃，死者万余人，军资器械丢得漫山遍谷。

逃到洪洞，冯小怜正照镜自玩，听说北周打来了，就再逃，逃到晋阳。

到了晋阳，高纬有点犯愁：这北周紧追着不放，下一步往哪儿逃呢？要不就去投奔突厥吧？

百官听说要往荒野草原上跑，"轰"的一声都散了伙。高纬身边剩下十几个人，来到了邺城。

进了城，侍中斛律孝卿请高纬慰劳将士，写好了讲话稿，并叮嘱高纬说："讲话的时候啊，一定要慷慨激昂、涕泪交加，这样才能把士兵忽悠起来，让他们傻兮兮地去拼命。"高纬点点头，就登上了主席台。到了台上，高纬看着下面黑压压的人头，把讲话稿给忘了，说什么也想不起来应该讲些什么，心里觉得好笑，就哈哈笑了起来。

高纬在台上笑，士兵们在台下也笑，笑完了，士兵们生气地道："身尚如此，吾辈何急？"

于是将士们出城投降。22岁的高纬郁闷地禅位给了8岁的儿子高恒，自己当了太上皇。老子不干了，爱谁谁！

这时北齐高延宗突然崛起，大战北周，暂时挽回了颓势。高纬听了这个消息，对身边人说："我宁肯把皇位给北周，也不能给高延宗。"

未几，高纬的亲信高阿那肱密约北周军，将高纬和冯小怜骗往青州，他们就这样沦为北周的战俘。

到了长安，高纬恳求北周武帝宇文邕把冯小怜还给他。宇文邕冷笑道：“在我眼里，这万里江山也不过是如此，还会稀罕这么一个女人？”

两人终于又在一起了。随冯小怜一块送回来的还有一大筐花椒。宇文邕邀请高纬吃花椒，吃吃吃，别客气……高纬被花椒噎死了，冯小怜被当成礼物送给了代王宇文达。

冯小怜想念高纬，写诗曰：

虽蒙今日宠，犹惜昔日怜。
欲知心断绝，应看胶上弦。

宇文达看了诗，更加宠爱冯小怜，大夫人李氏吃醋，两人不睦。北周很快成了大隋，冯小怜再次被没收，隋文帝竟然把冯小怜二次分配给了李氏的哥哥李询，专事舂米、劈柴、烧饭、洗衣。而李询的母亲无日不想宰了冯小怜替女儿出气，冯小怜走投无路，被逼自杀。

第十七章
关陇武士集团崛起的预言

水龙木易承天命，
方得江山归一定。

——《乾坤万年歌》

公元572年，北周武帝宇文邕杀宰相宇文护，开始亲政。这一年是壬辰年，壬属水，辰属龙，“木易”指“杨”字，9年后当有杨坚夺政建立大隋，是谓“方得江山归一定”。

当初，杀了生活作风不严肃的元脩，宇文泰另立元宝炬为帝，是为西魏文帝。元宝炬是个暴脾气，屈于宇文泰之下沦为傀儡，非常不快活，说：“我欲乘风归去，深山做神仙啊，也比待在这里受王八蛋的气好……”然后他就郁闷死了，死年45岁。

于是宇文泰又立了元宝炬的儿子元钦为帝，他也不愿意做傀儡，他欲谋害宇文泰，惹火了宇文泰，废之，以毒酒杀之。

西魏的最后一任皇帝是恭帝元廓，他被立为皇帝的唯一理由就是需要有个人禅位于宇文家族，元廓忠实地履行了职责，然后被杀。

北周的开端相当糟糕，宇文泰死后，军政大权由宇文泰的侄子宇文护把持。在宇文护坚持下，群臣废了宇文泰的长子，立了最不懂事的老三宇文觉当皇帝，是为孝闵帝。

宇文觉的日子过得相当不爽。宇文护先杀太傅赵贵，再杀仪同三司齐轨，搞得宇文觉心惊胆战。宇文觉密结群臣，准备干掉宇文护，却被宇文护抢先一步，先逼宇文觉退位，而后杀之。

宇文护又立了第二个皇帝宇文毓。宇文毓哪儿都好，太有才了。史载，此人聪明有胆识，待人宽厚，有人君之量，幼好学，博览群书，善作文，辞采秀丽，曾编辑过一部《世谱》……正伏案编书之际，膳部中大夫李安呈上糖饼，食之，知道已经中毒，宇文毓忙口授遗诏：

> 朕儿幼少，未堪当国。鲁国公邕，朕之介弟，宽仁大度，海内共闻，能弘我周家，必此子也。

言毕，卒，时年 27 岁。

北周的第二任皇帝也被宇文护清理掉了，但这个皇帝确实聪明，他没有将皇位传给儿子。这是精神病患者高洋之类的人宁死也不肯做的。高洋明知道照他那么个玩法，儿子会死得很惨，可是他却丝毫也不想改变，就图活着时玩个舒坦。

宇文毓这条遗诏彻底改变了中国历史，北周武帝宇文邕出场了。

宇文邕一开始对宇文护毕恭毕敬，从不干涉国家大事，杀人放火均听宇文护为所欲为。在宫中，从来都是宇文护大模大样地坐着，他则是垂手躬立一旁，替宇文护端茶倒水，“以弟之礼事之”。

按说宇文护也是久经沙场的人，不应被这种伪装迷惑，但没办法，宇文邕如此乖巧懂事，你总不能非要杀他吧？一天，宇文护从同州回到长安，就见宇文邕前来迎接，哭诉：“太后年纪大了，还特爱喝酒，又不听劝告……”说着递给宇文护一篇《酒诰》，央求宇文护念给太后听。这么点小事，宇文护是不好意思推辞的。

宇文护进宫，往太后面前一站，抑扬顿挫地朗读起来，正读着，身后的宇文邕突然操起一根玉珽，砸在宇文护的脑袋上，宇文护应声倒地。宇文邕的同父异母兄弟宇文直上前一刀，宇文护的脑袋就和他的身体分了家。

同样的事情，北魏时的元子攸也干过。当时元子攸于宫中宰杀了尔朱荣，惹得尔朱世隆、尔朱兆大举入京，元子攸被缢死。宇文邕不是元子攸，宇文护也不是尔朱荣，最关键的是，北魏元子攸是以元氏皇族对抗尔朱氏集团，当时整个皇族势力衰弱，力有不逮。而宇文邕这里却是窝里反，宇文邕也好，宇文护也罢，都是一家人，不管谁杀了谁，别人提不起兴趣来操闲心。

比如说杨坚。这是一个厉害人物，他生下来就被送去尼姑庵，13岁才返回家，很快晋升为大将军，宇文护将杨坚引为心腹。但杨坚的父亲警告儿子说："两姑之间难为妇，汝其勿往。"于是杨坚就对宇文护保持距离，到宇文邕宰杀宇文护时他只管袖手旁观。

从现在起，皇家权力落入了一个武士集团手中，而不是某一个人之手。在这个鲜卑武士集团中，姻亲关系盘根错节，主战场转入厅堂。一旦战争转入客厅，卧室和床榻就会成为主战场。女性权力就在这个特定时代隐浮于历史深处。

北周武帝宇文邕掌权后，开始了征伐，北齐后主高纬和冯小怜沦为他的战俘。除此之外，宇文邕还向庙里的和尚宣战，即"灭佛"，强迫僧尼还俗。当时北周有僧尼300万，占总人口的20%，青年男女都跑到寺里庵里去了，不把他们从庙里揪出来，北周就没有人下地干活了。养不起啊！

宇文邕本人生活极为俭仆，被司马光赞曰："他人胜则益奢，高祖胜而愈俭。"

武帝宇文邕在位19年，死，子宇文赟继位。

听说老爹死了，宇文赟大为兴奋，他抚摸着以前被宇文邕痛打过的部位，大骂道："死得太晚了！"

宇文赟入宫，命令父亲的嫔妃们统统排好队，他挑漂亮的一个一个地来，尽情享受。

按北周制度，宗室妇女每年都要入宫朝见。尉迟繁炽，是蜀国公尉迟迥的女儿，刚10岁就嫁给了西阳公宇文温，她一进宫，就被宇文赟两只眼睛死死盯住。然后宇文赟非说宇文温要谋反，宇文温百口莫辩，只好把妻子留在宫中。

宇文赟还有许多怪癖，比如他喜欢让京城少年穿着女人的衣服入殿歌舞。他还疯狂地对以前开罪过他的大臣们展开了报复。要命的是，宇文赟是个自大狂。

宇文赟不认为自己是个人，他认为自己是天。他所居之地称为天台，群臣朝见天台需斋戒三日，清身一天。他不允许别人姓他们"不配"的姓氏，比如高姓，不是大臣和百姓们可以姓的，要改姓姜。大臣身上不允许佩戴值钱的饰物，比如玉坠之类。天下女子，如果不是宫中的，以后都不准涂脂抹粉画眉毛。

这个自大狂还特喜欢惩罚别人，拷打人时以 120 下为准，称“天杖”，以后又增加到 240 下。后妃嫔姬等在他幸御时稍有不快，就要从榻上拖下去打。

宇文赟没有做多久的皇帝——当时叫天王——他很快就将皇位传给了儿子宇文阐，因为他认为“天王”这个称呼配不上他了，所以他自称天元皇帝，意思是“开天辟地以来最伟大的帝王”。

他到底对人类有什么贡献，竟然会认为自己伟大到这种程度？自大狂不讲道理，自大就是最大的道理。

杨坚对这个自大狂很有意见。而自大狂宇文赟对杨坚的意见更大。因为现在朝中影响力最大、最有人望的就是杨坚了。

那么，杨坚又怎么混得这么有人望呢？

原因之一，杨坚相貌长得怪异。史载，此人相貌奇伟，外表相当有气势，一看就像个成功人士，两只眼睛贼亮贼亮的。这样相貌的男人容易讨得女人喜欢，但男人可就不喜欢了，于是齐王宇文宪就到皇帝面前告御状：“杨坚这个人长得太过分了，就让他这么长下去，迟早会篡权夺位的，快点杀了他吧！”

自大狂宇文赟也瞧杨坚不顺眼，就回宫对皇后说：“迟早有一天我要杀你全家！”皇后是杨坚的女儿，叫杨丽华。杨丽华和宇文赟属于娃娃亲，宇文赟 14 岁时被立为太子，杨丽华 12 岁时被立为太子妃——这也是杨坚混得有人望的第二个原因。

宇文赟想除杨坚，就开始在宫里闹事。可杨丽华很聪明，让他抓不到短处。于是宇文赟又立了四位皇后，把皇后职位分成五份，分别是天元皇后、天大皇后、天左皇后、天右皇后和天中皇后，杨丽华被排在第四，就等杨坚反对时，杀之。

宇文赟召杨坚上殿，告诉杨坚这件事，事先吩咐左右：“色动，则杀之。”可杨坚深沉，女儿爱排第几就排第几，他才不关心。

没抓住杨坚的把柄，眼看着他大摇大摆走出皇宫，宇文赟急了，当下颁旨：“皇后第四号杨丽华，赐死。”

眼看女儿就要被杀，杨坚咬紧牙关，还是不吭一声。可杨坚的妻子受不了，就亲上金殿为女儿求情。

杨坚的妻子独孤氏是北周大司马独孤信的女儿。独孤氏上殿，叩头至流血。自大狂天元皇帝杀杨丽华，只是为了跟杨坚过不去，而面对这种始料未及的情况只能让步。

独孤氏额头上的血，不仅救回女儿的性命，也救回杨坚的老命。只不过，这两个骨血至亲好像都不太领她的情。

比如杨坚，当了皇帝后天天惦记着睡别的女人，独孤氏不允许，他就气得要死要活，骑着马在荒野里乱走。大臣们费了好大劲把他找回来，杨坚就哭着说："我这都当皇帝了，睡几个女人还不行吗？"总之，杨坚是花心大萝卜，靠不住。

最奇怪的是，对北周静帝宇文阐禅位于杨坚，杨丽华很气愤，异常愤怒和悲伤。杨坚想让她改嫁，可她不肯。

还有一个小姑娘反应更猛。这小姑娘是北周上柱国窦毅的女儿，得知杨坚接受了静帝的禅让登基为帝，她气得仆倒在殿阶下，捶胸叹息说："恨我不是男子，不能拯救舅舅宇文氏于患难之中！"姑娘这么胡来，把她的父母吓坏了，急忙捂住她的嘴巴，说："千万不要乱说，小心招灾惹祸……"后面还有话，就不对公开说出来了——你宇文舅舅家的基业是哪儿来的？还不是抢了西魏元氏的？你能抢人家，别人却不能抢你，这是哪家的道理？

越是对别人责以大义、严格要求的人，对自己就越是宽松。这个规律在一个小女孩身上也不例外。

小女孩长大后，嫁给唐国公李渊，生下个儿子李世民，也将大隋杨氏的江山给抢走了。

为什么我们会不厌其烦地详说这一段历史？行将到来的华丽盛唐不过是鲜卑人创建的帝国，而这个过程早在北魏孝文帝时代就开始了。

杨坚接掌政权，先派了饿得眼珠通红的士兵冲入江南，解放了那里衣食充足的百姓，让他们从此过上了没得吃也没得喝的日子。

隋朝一统中国。史学家亢奋之余为杨坚歌功颂德。

那么，隋文帝杨坚到底是一个什么样的人呢？

隋文帝曾经下诏书说："法律是为了防备小人犯罪，不是为了防备正人君子。从今以后如果朝廷官员有犯罪行为，只要不是谋逆造反，即使有百死之罪，终不追究。"

隋文帝再下诏书说："每年在正月十五日夜里，人们都要聚集街巷，结朋招友，游戏无度，锣鼓喧天，火炬照地。人们扶老携幼，倾家而出，街上贵贱相聚，男女错杂，僧俗不分。此种事情实有害于黎民百姓，从今天起正式废除。”

只许州官放火，不许百姓点灯，这就是隋文帝。隋文帝对百姓不是一般的凶狠，他憎恨人性中的不洁和污点，下令：“凡是盗取边疆军粮一升以上，斩首，且没收全部家产。”“凡是偷窃一文钱以上的人都要在闹市中被处死，暴尸街头。”

隋文帝这么个搞法明显不对头，激怒了江湖豪客。有一天，几个神秘人物劫持了执法官吏，对他们说：“我们只为被冤死的众人而来。现在要求你们替我们上奏皇上，自古以来制定法律都没有偷窃一文钱就判处死刑的条款。你们如果不将我们的话转奏朝廷，等我们再来抓住你们，你们就不能活命了！”

隋文帝听说后，废除了这项法令。

在隋文帝手下当官可不是件开心的事，他经常派遣左右近臣刺探朝廷百官，发现某人犯有过失就治以重罪。还暗地里派人拿着钱财布帛去贿赂试探,发现有收受的则立即处死。他还经常在朝堂殿庭中杖打官员，有时一天之内多达三四人。有一次他恼怒行刑之人杖打时下手不重，就下令将行刑之人斩首。打人打得不狠，就要杀头，可见隋文帝心中的戾气是多么强烈。

杨坚更是首开殿堂之上杀戮之先河，将个国家政务的办公场所改造成为杀人地狱。他先是在殿庭内摆设刑具，后来群臣反对，又撤掉了；可随后他殴打大臣李君才，一时找不到刑具，就用马鞭将李君才活活打死。从此他又在殿庭内放置了杖具。不几天，杨坚怒不可遏，又在殿廷中杀人。兵部侍郎冯基苦苦劝谏，杨坚根本不听。事后，杨坚有些后悔，但他不是后悔自己的暴脾气，而是恼恨不敢劝他的百官群臣。

杨坚手下有一员猛将叫史万岁，此人厉害无比，前后经历过 700 多次的战斗。有一天隋文帝突然发癫，抡起鞭子把史万岁抽死。

杨坚喜怒无常，以杀人为乐事。在他晚年，当值御史在正月初一大朝会时没有对衣冠佩剑不整齐的武官提出弹劾，杨坚就说：“你作为御史却不履行职责，放任自流。”下令将他处死。谏议大夫毛思祖进谏反对滥杀御史，文帝干脆连毛思祖一块杀掉了。

每次杀人的时候，杨坚都要亲临刑场，欣赏被杀者的凄惨景象。

隋文帝杨坚在品德操行方面绝对是零分。

杨素替杨坚建筑仁寿宫，工程催得很急，许多工匠累死或是被监工打死，死了的人就直接被埋在下面，尸骨交叠，惨不忍睹。杨坚听说后，愤怒地说："太不像话了，真是太不像话了，这事一定要严肃处理。杨素殚竭民力修建这座离宫，是为我结怨于天下百姓。"

听说要严肃处理，杨素很害怕，就去找大臣封德彝问计。封德彝却笑话他："你可真够傻的，跟了皇上这么多年，你还不了解皇上是个什么人吗？你马上就要升官了！"

第二天，隋文帝果然召见杨素入宫谈话，慰劳道："你知道我们夫妇已老，没有娱乐的地方，所以将这座宫殿装修得如此华丽，不正是你忠孝的表现吗！"于是赏赐给他 100 万钱、锦帛 3000 匹。

杨坚虽然在人格、性格、品格上都存在着严重问题，但思维一点也不原始——理性思维是相对的，原始思维却是绝对的，思维再明晰的人难免也会有原始的时候，更何况迷信天命的帝王呢？

杨坚酷爱预言图谶一类的书籍，比如《乾坤万年歌》就是他的私人收藏。他每天晚上在宫里让人念给他听，听着听着，杨坚醒过神来了：不好，要是别人也研究这本书怎么办？

于是杨坚下令："民间私家不得收藏预卜吉凶、图谶之类的书籍。"

杨坚没有把心思放在处理国家大事上，净琢磨些歪门邪道，那么这个国家的治理由谁来考虑呢？

女人！又是女人。

隋文帝杨坚是中国历史上最不幸的皇帝。

很多皇帝很不幸，有的刚坐到龙椅上就被砍了，有的落入权臣之手，成天被人欺凌，但相比之下，这些皇帝都要比杨坚略微幸福那么一点点。杨坚是真正的不幸福。

杨坚哪里不幸福了呢？杨坚的两腿之间不幸福。

再倒霉的皇帝，也少不得有百八十个美貌嫔妃可以睡一睡的，就连西晋的傻皇帝司马衷也没少过。唯独杨坚，因为他的大隋江山来自于女人之手，所以对独孤氏的要求他忍辱屈从。

独孤氏是拿自己一条命换回来的大隋江山，所以她在丈夫面前理直气壮，要求杨坚忠于爱情，只爱她一个。杨坚流着泪，被迫答应。

杨坚生性多情，希望追求更多的爱情，睡更多的美女。有次他抢了尉迟迥美貌的小孙女儿入宫，可独孤氏却把那小丫头给掐死了。这桩宫廷血案导致杨坚离家出走——不让老子睡别的女人，老子就他妈的不过了！

这种男人真是太没劲了。

想来那独孤氏晚上睡不着的时候，也曾在心里琢磨：这男人都什么毛病？有了这么好的老婆还要搞三拈四，不让他胡搞他宁肯去死？

男人太原始，需要严加管教。独孤氏对杨坚采取了贴身紧逼政策：杨坚上朝，她亲自送出宫；杨坚一回宫，她就将杨坚接到自己的卧室来。这时候的杨坚是多么不幸啊，宫中多少美女在期待着他的到来啊，而他却只能硬着头皮陪老婆。

所以这家伙才会疯了一样地在殿庭上打人杀人，原因就是他一想到这些臣子们的私生活比自己要幸福，他就觉得这个皇帝做得太没劲了，不如搞砸了锅，大家都别过了。

只要你想砸，锅总是会有的。机会来了，要竞选太子了。

按祖制，老大杨勇被立为太子，这是没有悬念的。

说到太子杨勇，就必须提及问题的本质：返祖现象。

中国历史上的皇权游戏就是一种原始人的游戏，杀戮气息异常浓烈，文明人根本就玩不了。比如北齐的高洋淫乱狂杀，会幸福地死在皇帝宝座上，而他的儿子高殷比较文明，却被淘汰出局。从大禹时代直到民国建立，中国人迷陷于皇家权力中无由解脱，就是因为这种政治智慧于民众的福祉而言基本为零，没有任何进步意义，谈不上对文明发展的推动。

杨坚的原始思维还不那么强烈，而在他的儿子杨勇身上，原始思维就比较鲜明了。

杨勇被立为太子后，发生了一件奇怪的事：他在宫中奏乐，吹吹打打召见百官。

说这件事奇怪，是因为这种行为是明显的犯忌，会让老爹杨坚怀疑他急于谋位。按说杨勇身边有人在教导他，知道这么做的可怕后果，可是他居然就做了。

杨坚开始讨厌杨勇。

杨勇是太子，就搞了好多妃子，他和大多数妃子关系处得都好，每天玩击鼓传花，花落到谁手中，他就归这个妃子享用了。每一个妃子他都喜欢，偏偏不喜欢母亲独孤氏替他挑选的正妃元氏，因为元氏老是教导他做人不要太原始，杨勇讨厌这种话，就疏远了元妃，元妃悒郁而死。

看儿子这么没出息，独孤氏就开始讨厌他。

杨勇害怕了，于是又做了一件奇怪的事：他在东宫里建造了一堆破破烂烂的民房，周围插满荆棘，自己赤着脚，穿着破烂的布衣服，睡在荆棘丛中。

杨坚看得眼睛都直了，就打听杨勇这是在搞什么鬼。

原来是一种巫术！杨勇不知从谁那儿听来的，据说这么一个搞法，就能够再赢得父母的欢心。

这人的脑子，岂止是原始，简直突破进入到了超级原始的程度了。杨坚一怒之下就废了他，把他关了起来。杨勇悲愤，每天拼命喊叫，苦苦哀求……杨勇就这样出局了。

杨坚躺在病榻上，召“最懂事”的二儿子杨广进殿，立杨广为太子，并将天下托付之。

杨广欣然领受。

直到有一天，宣华夫人陈氏脸色惊慌地进来，杨坚诧异问何事惊慌，宣华夫人泫然告曰：太子对我无礼……

杨坚怒急，召杨广入殿。杨广进去不一会儿，就兴高采烈地宣布道：“告诉大家一个好消息，老头咽气了……”杨广这家伙确实是狠，竟然把他亲爹给勒死了。

杨坚死了，陈氏正恐惧之间，有使者自杨广处来，赐给她一只精美的小金盒。陈氏吓得泪流满面，以为是鸩毒，不敢打开。

使者催促：“快点打开，我好回去跟老板交差。”

陈氏打开小金盒——啧啧，里边竟然装有同心结数枚。

真够浪漫的。当晚，杨广亲临宣华夫人的卧室。

又一个十足的原始人！

第十八章

隋炀帝离亲叛众的预言

火牛年来又不祥，
此时天下起纷争。
木下男儿火起年，
一扫烟尘木易已。

——《乾坤万年歌》

天干丁属火，地支丑属牛，公元617年是丁丑年，是谓火牛年。

这一年，太原留守李渊起兵，大隋正式终结。"木下男儿"，是个"李"字，"一扫烟尘"，扫的就是"木易"。

隋炀帝杨广招谁惹谁了，这么快就完蛋了呢？史家谆谆教导道："隋炀帝太不像话，横征暴敛，荒淫无道，所以才……"

这是瞎说。论及荒淫无道，隋炀帝比得过北齐的高洋吗？高洋连自己的姑姑婶婶都不放过，杀人杀到手软，可谁碰过他一根手指头？论及横征暴敛，隋炀帝比得过北齐的高湛吗？高湛骄奢淫逸，役繁赋重，老百姓悬死于路。

这个问题说透了，也挺没劲的。

其实，帝王的荒淫是百姓能够接受，后宫佳丽三千，这么多美女眼巴巴等在那里，你不荒淫，未免也太不人道了。横征暴敛固然让百姓痛苦不堪，但从大禹开始，哪个帝王是省心的？都是变着法子难为老百姓，只要他们别极端化，老百姓是能忍就忍的。

那么到底是什么情形，百姓才会忍无可忍呢？

百姓无法忍受的，是原始思维的狂妄与自大。

实际上，隋炀帝与导致北魏灭亡的胡太后一般无二，都是过于狂妄了。狂妄与自大，是原始思维的主要发作症状，理性思维是很难走到这一步的，而原始思维却总是难以避过这一可怕的心理陷阱。

原始思维因为逻辑材料的匮乏，没有倾注于自然奥秘的能力，只有关于表象的条件反射，就是最喜欢和别人比较，只有实实在在的人才能够触动他们大脑的兴奋点。隐形的规律或是逻辑，他们看不到，所以就无法思考。原始思维者莫不陷于对他人的仇恨之中，这是因为别人的智慧与能力总能击碎原始思维的自以为是，让其人陷入到极度惶惑与茫然中，而他又缺乏对这种现象的理性分析，只能是渴望着“彻底消灭敌人”，以摆脱心理危机。比如隋炀帝，他就是一个典型的病例。

隋炀帝就酷爱和别人相比。

司隶校尉薛道衡有点小才气，喜欢写几句诗，就这隋炀帝已经受不了了，他以谋反之罪诛杀薛道衡，得意扬扬地道：“你还能再写出‘空梁落燕泥’这样的好诗吗？”还有个王胄，才情也很不错，也被处死。隋炀帝常常吟着王胄的名句：“庭草无人随意绿。”

跟文人较劲，是暴君的共同特征。文字虽然写的时候搜肠刮肚，但写出来摆在那里，是人人都能看得懂的，原始思维的人就会认为这事太容易了。隋炀帝就自豪地对身边人说：“你们认为我是继承皇位的吗？以才学而论，朕也合该当皇上。”

杨广认为自己才学天下第一，还无端认为自己是空前绝后的军事家，为此他发动了三次征讨高丽的战役，出动百万大军。又发民夫运粮，可道路遥远，往往还没走到地方，粮食就被民夫吃得光光。隋炀帝大为恼火，要求民夫照价赔偿，民夫赔不起，只好逃之夭夭，躲到山泽里当强盗。

大隋24路军马共计113万人浩浩荡荡开赴高丽，吓得高丽王面无人色——这么多的人，不要说打，就是把这些人看一遍也要好几年的工夫。

这时候隋炀帝下令了，这100多万大军谁都不许动，只听他一个人的号令行事，违令者斩。于是百万大军就在那里傻站着，任凭高丽人横切竖砍，高丽人几千人杀入进来又杀出去，正杀得手软，百万大军粮尽，士兵们哗啦一声溃退。去时100多万人，回来时2700人。

隋炀帝严厉斥责了将士们的“擅自行动”，再搞一轮百万大军征高丽。将士们实在忍不住，就委婉地提醒他：“仗不是这样打的，应该给将士们一定自主权。”

杨广斜睨着将士们，不屑地说：“连我都弄不明白的事，你们又懂得什么？”

可想而知，这一次远征军又被砍得七零八落。

杨广的狂妄已经到了危险的程度了。一般的狂妄，是认为自己最了不起，未必非要否定别人；可在杨广这里，除了他了不起，对别人的价值是全盘否定。

第二次征伐高丽失败了，那就再搞第三次。这次传来了好消息：高丽人实在受不了，每年都来上100多万人让你砍，这活太累人了。高丽要求和平。

杨广大悦，命高丽王来见。高丽王不理，杨广大怒，还准备再搞一轮。

经过这么大折腾，大隋基本算是完蛋了，全国处处民变，盗贼蜂拥而起。于是杨广考虑撂下高丽这事，准备巡幸汾阳宫，再北游雁门关。这一次他的运气糟糕得很，正逢上突厥人大举入侵，雁门郡所属41城有39座城池被攻克。杨广被困在城里，城外箭飞如雨。杨广吓得魂都没了，抱着年幼的赵王号啕：“完蛋了，这次是真的完蛋了……”

这时候有人提醒杨广：“您对待军士太苛薄了，有功从来不赏，无罪也要责罚，如果陛下肯诚心相待，许以重赏，将士们自当拼力。”

于是杨广许诺：“这次如果能够逃生，一定重赏三军将士。”

将士们信了他，就拼命血战，终于解了突厥之围，保护着杨广平安返回。回来后，杨广玩起了小心眼，更改军制，刚刚流血卖命的将士们什么奖赏也没得到。

杨广不肯奖励将士，并非是他舍不得花钱，而是他心眼太损，他就是喜欢看到军士们满怀希望最后却什么得不到的可怜样。说到底，还是出自于他对人的仇恨。

可那些人救过他的命啊，他怎么会仇恨这些人呢？

杨广对人的无端仇恨由来已久，也是有其因由的。

他之所以大兴土木，穷奢极欲，滥用民力，并非是贪图享受。他一次次征讨高丽，也不是想要什么文治武功。他搞这些东西的目的就一个：让世人都不好过，让世上每个人都痛苦。

史载，自杨广登基之日起，就无日不筑宫殿。虽然处处都是宫室苑林，他却左顾右盼，无一中意者。

雕梁画栋，奇技淫巧，还有什么不中意的呢？其实他根本就没看那些宫殿，他琢磨的是再给老百姓添麻烦，让你哭求无路，这样才能称了他的心。

天下大乱，四方纷扰，李渊偕李世民攻入长安。这时杨广躲在江都，每天短衣策杖，遍历台馆，一直走到深夜，把每个景致都要仔细看过，唯恐看不够。死到临头，他才想起来看风景，可见此前他所谓的“不满意”不过是一种态度，是一种“鼓励大家把事情做得更好”的方式。那些用老百姓的血汗和生命筑成的宫室殿堂，他之前从未仔细瞧过一眼，只是因为这些东西最能让百姓痛苦，他才大搞形象工程。

历史上，大兴土木，拼命铺张浪费，热衷搞形象工程者，莫不是出自一种对人性的仇恨。

杨广为什么这样仇恨人类呢？是因为原始思维。

原始思维只盯在表象上，别人的成就与才情，留给这种人的是反衬出自己的缺失，从而引发心理上的无限痛苦。如隋炀帝，当他遭遇薛道衡、王胄这些才子，不是去琢磨如何学习并超过他们，只想着杀掉他们。消灭对手，是原始思维对现实的最简单的否认。

隋炀帝临去江都，赋诗给宫人：“我梦江都好，征辽亦偶然。”意思是说，百万大兵三征高丽，不过是偶然间来了情绪。

由于对人的仇恨，隋炀帝患上了严重的精神衰弱，他一夜一夜地做噩梦，经常于夜里狂跳起来，惊呼“贼”，非得十几个妇人摇晃着他的摇篮，才能够让他安生。睡摇篮是婴儿的待遇，隋炀帝向人们证明了他的心智退缩，已经返到婴幼时期了。

616 年四月，大北殿西院起火，隋炀帝惊慌而逃，匿于西苑草丛中，火定乃还。

他不停地伤害别人，也知道别人会伤害他，这是本能，不是思维能力。他已经退化到了只剩下本能的阶段。

618 年三月，宇文化及发动兵变，擒捉杨广于西阁。杨广质问：“我有什么过错，凭什么要抓我？”

原始思维的人常漠视对别人的理解与同情，陷入自我意识的循环思维。这种自我意识的循环，就是通常所说的自私，脑子里转来转去只有他个人的感受，根本就不考虑别人。这种人伤害了别人，自己却没有感觉。

宇文化及告诉杨广他都干了些什么：

> 违弃宗庙，巡游不息，
> 外勤征讨，内极奢淫，
> 使丁壮尽于矢刃，女弱填于沟壑，
> 四方丧业，盗贼蜂起，
> 专任佞谀，饰非拒谏……

杨广被缢死，终结了一个疯狂的时代。

还记得北周窦毅的那个女儿吗？据《旧唐书》上记载，这小丫头刚出生时，头发竟然和身体一样长，看起来毛茸茸的。当时窦毅对妻子说："这小东西长得这么怪，长大了以后不要乱嫁，一定要找个最有前途的。"

这句话可把小姑娘耽误了。那年头皇权当道，一个人有没有前途跟他的本事没关系，有本事反倒有可能带来祸患，这小姑娘一耽误就耽误到了 16 岁。16 岁搁现在还在家里跟爹妈耍情绪呢，可那年月如尉迟繁炽才 10 岁就嫁人了，这丫头都 16 了，属于大龄未婚女青年，属于剩女。

窦毅没办法，就在门上画了两只孔雀，来求婚的不管是什么人，只要能射中孔雀的眼睛，就可以把这丫头快点领走，怎么样都随你，窦家不管了。

来求婚的人是有不少，可大家把箭都射到孔雀屁股上了。正当窦毅愁眉不展，年轻的李渊跑来了，他左右开弓，嗖嗖两箭，全射在了孔雀的眼睛上。窦毅大喜，就把女儿嫁给了李渊。后世有称选女婿为"雀屏中选"，说的就是这个故事。

窦氏嫁给李渊，专心致志生儿子，一口气生了三个大胖小子：老大李建成、老二李世民、老三李元吉。老三的哭声跟狼叫一样，听起来特别恐怖，窦氏疑心是个怪物，就趁李渊不注意，将老三扔了。可老三又被好心的保姆给捡了回来，然而他长大后终没能逃过去二哥的毒手。

李渊喜欢良驹宝马，隋炀帝听说后，也添了这么一个爱好，养起良马来，非要和李渊比拼一把。隋炀帝就是这种原始思维，看别人玩什么，他就玩什么，还非要别人说他最会玩，说他玩得最好才行。窦氏情知不好，就让李渊快点把所有良驹献给隋炀帝。李渊抵死不肯，没过多久窦氏就死了。

果然，隋炀帝开始找李渊的麻烦，李渊迫不得已，忍着心疼，将所有宝马献给了隋炀帝，并表示玩马的本事是隋炀帝最大。隋炀帝大喜，立即升李渊做了右骁卫将军。

升官当天，李渊哭了，他对三个儿子说："当初爹要是听了你娘的话，早就当上这个官了。"

"我早从汝母之言，居此官久矣。"这是《旧唐书》上的记载，应该不是瞎掰。正因为不是瞎掰，才给我们带来一个难解之谜：这个李渊不过就一官迷而已，他又如何能够在群雄争竞中脱颖而出，夺得天下的呢？

这个答案，有个人为我们提供，他就是徐文远。

隋唐年间，儒生徐文远门下有两名弟子：一个叫李密，头脑聪颖，胆气过人；另一个叫王世充，来自西域，原名支行满，到了中原随继父冒称王姓。王世充师承徐文远，学了不少古书古籍。

学成之后，两名弟子分头下山，各自捞世界去了。

李密混得不是太明白，被抓了役夫，暴力抗法，打伤了差役，逃去瓦岗寨落草当了土匪。

王世充混得比李密要明白，很快升任江都郡丞，并奉隋炀帝命令，带了几万人去征剿刘元进。王世充驱兵大进，刘元进死，余众溃散。

王世充召来先投降的人，在通玄寺的佛像前焚香为誓，约定降者不杀。刘元进溃散部众原本想入海为盗，听到这个好消息，纷纷跑来自首。等这些人都到了，王世充把他们带到黄亭溪，让他们挖坑，坑挖好了，直接把这些人推进坑里埋掉了，一次性埋掉了 3 万余人。

隋炀帝大喜，认为王世充有将帅之才，对他越发宠信。

没多久隋炀帝被干掉了，天下大乱，李渊带儿子李世民潜入长安，而王世充则雄心勃勃与大师兄李密争夺天下。

王世充与李密交火几次，互有胜负，总的来说，李密输的面较大一些。两军决战前夕，李密很慎重，召开战前扩大会议，群策群力。单雄信等骁将都认为王世充兵力虽多，但不堪一击，不愁打不死他。只有魏徵表示不同意见。

魏徵说："我军精兵骁将伤亡很多，大家心身疲倦，很难应敌。况且王世充缺粮，志在决一死战，不如挖深壕沟，加高壁垒以拒敌。过不了十天半个月，王世充粮食吃完了，必然自己退兵，那时再追击他，没有不胜的。"

大家听得直摇头，说："你这是老生常谈，就没点新鲜的？"

魏徵气得跳起来骂："这是奇策啊，怎么能说是老生常谈呢！"

魏徵一生气，就跑掉了，逃到李建成门下。后来李建成被弟弟李世民杀了，结果魏徵又成了李世民的长工，这是后话。

李密和王世充展开了总决战。万万没想到，王世充的花活太多，他事先找了一个和李密长得一模一样的人藏在军队里，等到两军正激烈地打成一团时，他拖出那个假李密，大声欢呼"捉住李密了，捉住李密了"……李密的部下一见大惊，顿失斗志，四散而逃。王世充举重若轻，轻易获胜，于洛阳建都，国号为郑，开始与李渊争天下。

既然要争天下，就不能不广招贤士。王世充树了三个牌子：一个牌子招求有文学才识、能成就时务的人；一个牌子招求有武勇智略、能带头摧锋陷敌的人；一个牌子招求遭受冤屈、郁郁不得申说的人。

这几块牌子一立，就见门外人群黑压压的，有跑了来念诗给王世充听的，有跑了来要当大将军的，有跑了来诉苦说冤的。起初王世充还硬着头皮认真地听，不过半天，就听得耳朵轰鸣、眼睛发黑，再也听不下去了。

王世充的脑筋太原始，想到现场办公，原以为他老人家明察秋毫，秉公明断，众百姓会感激不已，伏地膜拜，等真的着手干起来，才知道此前预想不过是原始思维的想人非非。反观大唐，由于设立了系统完善的文官体系，百官各司其职，李世民就负责问候百姓，这王世充哪有个赢的机会？

事实上，到得李世民杀气腾腾来打王世充时，王世充已经没有还手余力了，将士们每天都偷着往李唐阵营中逃。王世充急了，就把将士们的家属收入宫中当人质——谁敢投降李唐，就杀你全家！

史载，王世充收将士家属女眷数万人入宫，三餐供应不上，每天都要饿死十几人。这是最典型的行政组织能力匮乏，王世充差就差在这里，他注定不可能赢天下。

而王世充在当时诸多的草头皇帝中已经算是优秀的了，李世民的对手不过是这些人，坐拥天下当然不会有什么悬念。

别人都原始思维，那么李唐家族的精神状态又如何呢？

这还要从大唐开国第一疑案"玄武门兵变"说起。

话说有一天，李渊的二儿子李世民趁夜伏兵玄武门，将他大哥太子李建成、三弟李元吉给宰了，然后一把推开父亲李渊，自己当起了皇帝。

这个案子非常蹊跷，蹊跷在老三李元吉的政治立场。

照一般情理，按社会博弈学的基本规律和法则，李元吉不应该和太子站在同一阵营。太子之位，老大被立，老二和老三也就没了机会。无论是对老二来说，还是对老三来说，干掉老大是最划算的买卖，老三李元吉怎么会跑到老大的阵营中去呢？

对于李元吉来说，最聪明的做法莫过于忽悠二哥李世民动手宰了大哥，自己坐享其成。据史料记载，李元吉也确实是这么干的，但后来计划又如何走样呢？

原来李渊的三个儿子，老大李建成、老二李世民都生得好看，偏偏这个老三李元吉也不知基因上哪儿乱了，生得狰狞恐怖，丑陋到了极点——前边说过，他出生时哭如狼嚎，吓得窦妈妈将他丢过一次。这种情况，决定了李元吉有着深深的自卑情结。就因为长得丑，李元吉纯粹是对付着活着，心中有难言的酸苦滋味。

即使到了这种程度，李元吉也坚持着没有变态，不容易啊！终于有一天，李元吉时来运转，他竟然娶到了长安城第一美女——杨妃。

男人是女人的价格，女人是男人的标签。李元吉的心理总算平衡了，他感觉自己终于可以和二哥平起平坐，一同商讨干掉大哥的大事了。虽然二哥比他长得漂亮，但自己的老婆比二哥的老婆美貌，两家男女的容貌平均值拉到了同一条水平线上了。

于是李元吉和李世民相互间的走动越来越频繁，还经常相互送礼。李元吉想把李世民手下最能打架的尉迟敬德挖到自己身边来。尽管尉迟敬德不答应，但这事表明双方的关系确实是非常友好的。

正走动间，李世民突然……

突然怎么了？不知道。史书上只是发表了严正声明，声称李世民和弟媳妇杨妃两人的关系是清白的——“未及于乱”。意思说，他们两个没有上床苟合，真的没有那个。没有就好，好端端的一家人，可千万别因为这种事……

几天后，李元吉在路上遇到了李世民，顿时血红了眼睛，拔刀就冲过去，身边的人死死拦住了他。幸亏是把他给拦住了，不然，李世民的身后站着秦叔宝和程咬金，这两个人打不死他才怪。

不是说“未及于乱”吗？那怎么亲哥俩还弄到这分上了呢？

“未及于乱”，这话是李世民说的。史载，唐太宗李世民首开干涉史官记载之先河——让史官把资料拿过来，由他重新修过。史官抗议："要保证史料的真实性、完整性，以警戒后人。"唐太宗答曰："你说得也有道理。不过舆论阵地嘛，还是要加强引导，加强正面宣传……"所以李世民亲笔改定，曰："我是清白的，我和弟媳妇真的没干什么……"这都白刀子进去红刀子出来了，他还在忽悠，真拿他没办法。

改过史料后，李世民又把修改史料这件事也改过了：

> 上曾谓房玄龄曰："前世史官所记，皆不令人主见之，何也？"
>
> 对曰："史官不虚美，不隐恶，若人主见之必怒，故不敢献也。"
>
> 上曰："朕之为心，异于前世，帝王欲自观国史，知前日之恶，为后来之戒，公可撰次以闻。"
>
> ……
>
> 太宗阅实录，至高祖武德九年六月四日玄武门之变，太宗杀其兄太子建成、弟齐王元吉事，见语多隐晦，乃谓玄龄曰："昔周公诛管蔡以安周，季友鸩叔牙以存鲁，朕之所为亦类是耳，史官何讳焉？"即命削去浮辞，直书其事。

且看事情真相——

公元626年，太子李建成偕三弟齐王李元吉上朝，经过玄武门，突见前面伏兵齐出，两人掉头策马就走。李世民随后追来，李建成回身疾射，不中。李世民张弓搭箭，噗，把他大哥射了个透穿。李元吉策马狂逃，李世民在后面穷追不舍，追着追着，不提防脑袋撞在树干上，跌下马来。李元吉返回来，死死勒住李世民的脖子，眼看就要将他勒死，这时尉迟敬德驱马赶到，杀李元吉，救下李世民。

太子府与齐王府闻知秦王李世民伏兵玄武门图谋不轨，大怒，合力围攻秦王府。秦王府守将力有不逮，情急之下，将太子李建成和齐王李元吉的脑袋隔着墙扔出去，外边的人发现太子和齐王已死，攻势大挫。秦王府的人趁机冲杀出去，太子及齐王满门被杀光，吃奶的娃娃也没留。杀到最后，只留了一个人：杨妃！

众人用一顶轿子把杨妃给李世民抬了过来，此后李世民就不再管她叫弟妹，改叫爱妃了。

华丽的大唐文明，是从原始野蛮开端。

第十九章

女主武曌代有天下的预言

高祖世界百余年，
又见止戈不复礼。

——《乾坤万年歌》

猜谜语——“止戈”，这是一个“武”字。历史上，凡碰上这么单不棱的一个武字者，非武则天莫属。武则天这个女人比较神秘，14岁那年入宫，陪伺李世民，而这一年李世民已经39岁了，正是女孩子最害怕的“怪叔叔”的年龄段。李世民身边的女人比较多，一个比一个有才气，比如徐妃8岁时就写了一首绝美的诗：

仰幽岩而流盼，
抚桂枝以凝想。
将千龄兮此遇，
荃何为兮独往。

关于武则天8岁时候的记录就找不到，估计诗没写，可怪事一箩筐。

大唐贞观二十二年，公元648年，好端端的，太白金星白天挂在天上，明晃晃的。太白金星又名启明星，又名长庚星……大白天跑出来，那太阳怎么办？李世民疑心不定，就命史官占卜，看看是吉是凶。史官拿乌龟壳又摔又砸，忙活了好半天，回来汇报：“看那乌龟的意思，好像是要出个女皇帝……”

李世民越发琢磨不透，这时又听到民谣曰：“唐三世之后，女主武王代有天下。”李世民就召集群臣喝酒，趁酒兴酣热之际让大家说出自己的小名，左武卫将军武运县公武安李君羡说他的小名叫五娘。当时李世民听得直眨巴眼，曰：“何物女子，乃尔勇健！”再一瞅李君羡的官衔，好家伙，这家伙跟“武”字干上了。诛之！

然后李世民积极行动，到处找跟武字有关系的人，加以诛杀。太史令李淳风劝他：“没有用的，那女子此时就在宫中，你留着她，算你老李家运气，真要是杀了她，那后果可就严重了——万一她生了气，再转世回来怎么办？”

李世民天天在皇宫里琢磨：是谁呢？会是她吗？是不是她呢？也可能是她……

如果这个故事是真的，那么武则天铁定第一个挨刀。

可她没挨刀，足见这段历史记载是假的。可这是正史，《资治通鉴》中一笔一画写着呢。

在这种情况下，武则天不会有什么机会，她能平安无事地活下来，就谢天谢地了。

就这样，武则天在李世民身边生生耗了12年，耗到了她26岁，李世民这才死去。新皇帝李治全面接收宫中的女人。按规定，举凡被李世民使用过的女人，统统要被送出宫。武氏——这时不能叫武则天，只能叫武氏——被送到感业寺出家为尼。过了不久，唐高宗李治带着皇后王氏来到感业寺视察，进来之后李治与武氏两人四只眼睛就牢牢地焊在一起了……这情形引起了皇后王氏的注意，于是追问皇帝是不是和这个美貌女尼有过一手。李治坦承：没错，是这样，年轻时我们不懂爱情……

皇帝与尼姑的恋情打动了皇后，她决定成全老公。

莫非这皇后缺心眼吗？不，她只是心眼不够用。

王皇后跟李治算是表兄妹，王皇后的祖母是唐高祖李渊的妹妹。姑表亲，亲上亲，打断骨头连着筋，所以李治15岁那一年立为太子，15岁的王氏也同时被立为太子妃。6年后，21岁的表哥和表妹分别晋级为皇帝和皇后。

当年隋文帝杨坚被独孤氏看得严，要死要活想离家出走，而李治却一口气吃了个饱：宫女刘氏生皇子李忠，淑妃萧氏生皇子李素节……

那王皇后怎么不自己也生几个？

王皇后很可能是不能生育，李治用铁的事实告诉她：表哥没毛病，有毛病的是表妹。

萧淑妃有了儿子，立即向皇后之位发起强攻——连个儿子都生不出来，还当狗屁皇后，下课吧你！

宫中之战向来残暴而血腥。

王皇后顽强抵抗，但是抗不住啊，因为萧淑妃不仅会生儿子，而且容貌美艳，李治思维又太原始，基本是用下半身来思考，看见漂亮脸蛋就迈不动步，三天两头往萧淑妃那里跑。

急困交加，王皇后就考虑一个变通的解决方案：弄一个比萧淑妃那狐狸精更美貌的丫头，把皇帝的魂勾回来，然后再把萧淑妃打入十八层地狱！

对，就这么定了！可万一自己带的丫头不听自己摆布，那又怎么办呢？

敢不听话，就干掉她！

如果王皇后脑筋不是太原始，真的考虑过操作失控的问题，那么她应该这样安排：新入宫的女人一切必须仰仗自己，只要自己牢牢盯住她，她就玩不出花样来。

王皇后没有考虑过，所以她才会在武氏的大举进攻前无以应对。

会昭仪生女，后怜而弄之，后出，昭仪潜扼杀之，覆之以被。上至，昭仪阳欢笑，发被观之，女已死矣，即惊啼。问左右，左右皆曰："皇后适来此。"上大怒曰："后杀吾女！"昭仪因泣数其罪，后无以自明，上由是有废立之志。

这应该是继玄武门兵变之后又一桩奇案：这个可怜的孩子到底是谁杀的呢？

按说不应该是皇后。皇后要杀这么一个孩子，办法应该有许多，用不着亲自动手。且王皇后心肠软，心眼不够，干不出来这么歹毒的事。

那么凶手就是武则天了？

也未必。依照武则天后来杀儿子时未曾手软，想来她在杀女儿时也不会手软，可这证据纯属臆测。举一个反证：北魏胡太后贪恋权位用杯毒酒搞死儿子，而她之前却是冒着生命危险才生下儿子的。如果不是权位的放大效应扭曲了胡太后的本性，胡太后宁死也要生子的故事就会写入《新三字经》，以教育广大青少年："融四岁，能让梨，给大哥；胡奶奶，生儿子，不怕死……"所以我们得出结论：当武则天坐在皇位上时，她杀儿子是可能的；但在她品尝到权力的美味前，应该还不至于如此狠毒。

那这事就奇怪了：孩子既不是王皇后杀的，又不是武则天杀的，那是谁杀的呢？

现场的只有三个人：王皇后、武昭仪，以及高宗李治。当前两个人的嫌疑被排除，剩下来的那个人，无论多么不可能，必然是凶手。

凶手是高宗李治！

这是真的吗？是真的。这个隐藏在历史深处达1000多年的凶手，今天终于被我们揪了出来了。高宗李治扼死了女儿，导致了王皇后成为输家。她输得很惨。

公元655年，唐高宗李治废王氏皇后位及萧氏妃位，皆贬为庶人，打入冷宫，囚禁起来，并改王氏为蟒氏、萧氏为枭氏。

一天，李治行经她们被囚的地方，大呼："皇后、淑妃安在？"

王氏泣答："妾等得罪，废弃为宫婢，何得更有尊称，名为皇后？"王氏向李治提出将此冷宫改为回心院，除此之外再也没有别的要求。她甚至不为自己辩解。

得到的答复是：王、萧二人各杖一百，截去手足，浸于酒中，名曰骨醉。数日后，两人在这残酷毒刑中毙命。

宫中争宠向来酷极惨极，女人为了守护自己的床铺，会变得比任何野兽更残忍。武则天之所以能够成为中国历史上第一个女皇帝，是因为她首先在床上征服了高宗李治。

我们说李治是杀女凶手的证据如下——

首先，高宗李治出身于一个精神病遗传家族。

李世民的精神状态不正常，是隐性的，只有在杀他兄弟时才爆发出一串灿烂的原始火花。而到了他儿子的身上，精神异常基因就变成了显性的。

太子李承乾喜欢听靡靡之音，喜欢大修宫室，追求奢华享受——这是正常的，许多人都喜欢这些。但当太子詹事于志宁劝他时，太子的表现就有点不正常了。

猜猜太子李承乾都干了些什么？

他派出一支特工暗杀队，成员包括张思政、纥干承基，趁夜潜入于志宁家中，要杀掉这个多事的芝麻官。特工暗杀队一直潜入了于志宁的卧室，一看，目瞪口呆。原来于志宁家里穷到了离谱的程度，岂止是家徒四壁，连个枕头都没有。于志宁就躺在草席子上，头枕着土块酣睡。特工暗杀队没有下手——世上居然有这种穷官，下不了手啊！

太子李承乾特别在意别人对他的看法。李世民诏令说他可以随意支取库府器物，于是李承乾就玩命般地挥霍，结果又冒出个左庶子张玄素上书建议太子不要太奢侈。李承乾当即派了两个小门奴，埋伏在皇宫门前，趁张玄素上朝时，突然杀出来，两柄大马锤只管往他脑袋上砸，差点把他给砸死。

这能证明太子承乾是个非正常人吗？如果不能，那我们再补充点更有说服力的。

李承乾制作八尺高的铜炉和六隔大鼎，召募逃亡官奴偷盗民间牛马，亲自烹煮，与宠幸的属下一同吃。

他把自己和身边的人都装扮成突厥人的模样，逮住羊烹煮之，抽出佩刀割羊肉吃。他又对身边的人说："我试着假装可汗死了，你们模仿办丧礼。"于是李承乾僵卧在地上，众人号啕，跨上马环绕着他的身体，又贴近他的身体，用刀划他的脸。过了很久，他突然坐起，说道："我一旦拥有天下，当亲率数万骑兵狩猎于金城西面，然后解开头发做突厥人！"

狼的诱惑！原始的呼唤！

联想到李世民一家原本就是草原上游牧猎杀的鲜卑人，李承乾的返祖愿望似乎可以理解。但考虑到老李家有这种原始欲望的不止是李承乾一个，我们的结论相对来说就更加充分了。

李世民这个怪叔叔，连 14 岁的小女生武氏都不肯放过，可见他是非常勤于房事的，儿子生了一大堆。这其中有一个汉王李元昌。

汉王李元昌和太子李承乾最是要好，关系密切，哥俩朝夕相处游玩。分身边的人为两队，李承乾与李元昌各统领其中一队，身披毛毡甲胄，手拿竹制长矛，摆下战阵，大声呼喊着交战，击刺流血，作为娱乐。有不听命令的，就吊在树上抽打，有人被打死。

李承乾得意地说："假如我今天做大唐天子，明天就在禁苑中设置万人营房，与汉王分别统领，观看他们厮杀，岂不痛快！”

李承乾又说：“我要是做天子，必然任情纵欲，有劝谏者一律杀掉。也不过杀几百人，众人便会自守安定了。”

到这里，我们断定李承乾的心智太原始，不太适应文明社会。

而且他的性取向也有点问题。李承乾宠爱娈童称心，与他同吃同住。这事不知怎么被李世民知道了，下令将称心拖出去切了脑袋。爱人死后，李承乾心痛如绞，他在东宫中特筑一小屋，立称心的像，早晚祭奠，痛哭流涕；又在宫苑内堆一个小坟，私下赠与称心官爵，树立石碑。

对这件事，李承乾是永远不会原谅李世民的。于是李承乾考虑推翻他父亲。

汉王李元昌听说这事，激动不已地跑了来：“近来咱爹又弄来一个美人，善弹琵琶，等你做了皇帝，把那个美人给我吧？”

“给你，给你，美女统统都给你！”李承乾保证着，“我只要男人。”

于是两人联系了少壮派人马，包括名臣杜如晦的儿子杜荷，举行秘密会议。他们割手臂，用帛擦血，烧灰混在酒中喝掉，发誓同生死共患难。大家热血澎湃：干啦，宰了李世民！

散会后，大家一出门就见囚车等着呢——这些小玩闹岂是李世民的对手？

看看太子李承乾和汉王李元昌这哥俩的折腾，他们的大脑的正常指数能有多少呢？

更不乐观的还有李世民的另一个宝贝儿子——齐王李祐。

齐王李祐与太子李承乾、汉王李元昌的发病症状一般无二，都是无法抵御来自于大草原的诱惑，酷爱自由奔放生活，结果和负责教导他的长史权万纪发生矛盾。权万纪到李世民面前述职，不敢说李祐热爱原始人生活，尽量替他粉饰；可是自己的儿子什么样，李世民心里很清楚，所以仍然责备了李祐。

李祐气坏了，认为是权万纪在老爹面前说了他的坏话。权万纪发现李祐对自己有敌意，当机立断，将李祐囚禁起来，连城门都不许他出，又将李祐养的鹰犬全部放掉。一天夜里，权万纪的屋顶突然掉下大土块，权万纪如临大敌，以为李祐按捺不住要动手了，当即将李祐身边的人统统抓起来，并打报告给李世民。

李世民命权万纪和李祐一同入朝，说道说道这事。可李祐没那份心思，他找了个壮士燕弘亮，一路追杀权万纪。权万纪拼命逃，最终未能逃得了，被燕弘亮一箭射死。于是李祐宣布武装起义，推翻老爹暴政，将百姓轰上城，全副武装，准备战斗。百姓槌城而逃，而李世民派兵将前来攻城，双方轰轰烈烈对打起来。

激烈的战斗中，李祐在卧室内，让最美貌的妃子给燕弘亮斟酒，燕弘亮笑曰："大王不必忧虑。弘亮等右手端着酒怀，左手为王挥刀击退他们！"李祐大喜，两人喝得烂醉。

未等酒醒，政府军已经攻了进来。李祐和燕弘亮披盔带甲，关门闭户，打起游击战。政府军不想这么没头没脑地打下去，搞来干柴堆在宫殿门外，扬言要放火烧毁宫殿，李祐无奈，只好出来投降，发现不知谁把燕弘亮的眼睛给扔地上了，踩一脚滑不哧溜的。

李祐被绑起来送往长安，赐死。

看看李世民这一家子吧，基本上就这么个情况。

发生了这一系列事件后，李世民将长孙无忌、房玄龄、李世勣、褚遂良四人带到大殿里，对他们说："你们瞧瞧，我们这一家子都什么玩意儿啊，我活着还有什么意思啊……"说着话，脑袋向床头撞过去。众人急忙拦住，连叫不可，万万不可。

大家刚刚松了一口气，不想李世民突然又拔出佩刀向自己的脖子上抹去："都别拦着我，谁敢拦我我跟谁没完，让我死了好了……"急得众人拳打脚踢，夺下了李世民手中的刀。

然后众人问李世民，他这么不依不饶地闹腾，到底想干什么。

李世民说："我想立晋王李治为太子。"

长孙无忌答："我同意，谁有不同意见，吾必杀之。"

李世民大喜，急忙叫过李治："快来拜谢你舅舅，你舅舅已经答应了让你做太子……"

奇怪呀，李世民是皇帝啊，他怎么会这样说话？听李世民说话的口气方式，分明长孙无忌能做他的主。但李世民当时就是这样说的。有书为证，《资治通鉴》第197卷：

承乾既废，上御两仪殿，群臣俱出，独留长孙无忌、房玄龄、李世勣、褚遂良，谓曰："我三子一弟，所为如是，我心诚无聊赖！"因自投于床，无忌等争前扶抱；上又抽佩刀欲自刺，遂良夺刀以授晋王治。无忌等请上所欲，上曰："我欲立晋王。"无忌曰："谨奉诏；有异议者，臣请斩之！"上谓治曰："汝舅许汝矣，宜拜谢。"治因拜之。

这件事奇怪吗？事实上，这件事正是李治患上了严重精神分裂症的主要病根。

史书上有没有李治患病的记载呢？有！

显庆五年，上苦风眩头重，目不能视，乃委政于武后。

这么一分析我们就明白了；李治是一个精神分裂病人，他既没有行为能力，也不具备行为责任。他病情好转时就会感觉到目眩头重，病情严重时则是目不能视——这时候他应该是已经处于癫狂状态中了。

李治的这种癫狂，与太子李承乾、汉王李元昌、齐王李祐在症状上是一致的，都是陷入一种无力摆脱的精神幻觉之中，做出自己始料未及的事情来。

所以，武则天女儿被杀事件过程应该是这个样子的——

那天王皇后来过，逗小宝宝开心后就回去了。不多会儿，李治笑嘻嘻地进来看望女儿，可当他看到女儿时，脑子却突然陷入了恐慌，他害怕这个孩子将来会落到非常可怕的下场，害怕他无法给这个孩子以幸福的生活，强大的精神压力霎时间压垮了他，然后他就"目不能视"了。等到他恢复正常，目又能视时，发现孩子死了。武则天痛彻心肺，同时她发现：李治已经被长孙无忌那帮老家伙给逼疯了！

对武则天来说，李治是她活命的本钱，如果李治因为病重被废，那么她就全完了。

她毕竟是个头脑冷静的政治女人，所以她当机立断，斥令手下人不许说出李治患病之事，同时将女儿的死归咎于王皇后，导致王氏死于毒酷之刑。而李治之所以在这个过程中显得被动，一任武则天为所欲为而不敢吭声，是因为他自己也有感觉，他知道自己顶不住了。

顶不住什么了？他顶不住来自于文官集团对于皇家权力的凌暴与侵蚀。

大唐帝国之所以能够创造出"贞观之治"的盛世繁华，一个重要的原因是：以宰辅制为特征的文官系统强有力地抑制住了君权的扩张。史书上说李世民从谏如流，是因为他的权力不像隋炀帝杨广、北齐高洋之流那么大，他不从谏也没得法子。这个文官制度非李世民所建，它是从隋文帝时代一步步演化过来的，经由来自于关陇的武士集团苦心构建，达到了尽善尽美的程度。

唐史的开端但凡涉及李世民的部分，莫不是他惨被文官集团打压的内容，这些文官形成各种组合式方阵，从各个角度击破李世民对皇家权力的防御。李世民这辈子过得肯定不像是北齐文宣帝高洋那么开心。

李世民处心积虑谋划了两次向文官集团的冲锋，但都以惨败而告终。

一次是公元636年十二月：

> 魏王泰有宠于上，或言三品以上多轻魏王。上怒，引三品以上，作色让之曰："隋文帝时，一品以下皆为诸王所顿踬，彼岂非天子儿邪！朕但不听诸子纵横耳，闻三品以上皆轻之，我若纵之，岂不能折辱公辈乎！"房玄龄等皆惶惧流汗拜谢。魏徵独正色曰："臣窃计当今群臣，必无敢轻魏王者。在礼，臣、子一也。《春秋》，王人虽微，序于诸侯之上。三品以上皆公卿，陛下所尊礼。若纪纲大坏，固所不论；圣明在上，魏王必无顿辱群臣之理。隋文帝骄其诸子，使多行无礼，卒皆夷灭，又足法乎！"上悦曰："理到之语，不得不服。朕以私爱忘公义，向者之忿，自谓不疑，及闻徵言，方知理屈。人主发言何得容易乎！"

看看这段记载，李世民大吵大闹，要求百官尊重皇族，但却被魏徵毫不客气顶了回去。

魏徵说："我认为大臣瞧不起皇亲的事儿是不存在的，存在的倒是皇亲的跋扈，难道你李世民希望自己的后代也像隋炀帝的后代那样被人蹂躏吗？"

李世民被噎得怒火万丈，却不得不"悦之"。被人顶撞却"悦之"，情绪极端反常，这如果不是心理变态，就是精神错乱！

第二次是公元638年正月：

> 春，正月，乙未，礼部尚书王珪奏："三品已上遇亲王于路皆

降乘，非礼。”上曰：“卿辈苟自崇贵，轻我诸子。”特进魏徵曰：“诸王位次三公，今三品皆九卿、八座，为王降乘，诚非所宜当。”上曰：“人生寿夭难期，万一太子不幸，安知诸王他日不为公辈之主！何得轻之！”对曰：“自周以来，皆子孙相继，不立兄弟，所以绝庶孽之窥窬，塞祸乱之源本，此为国者所深戒也。”上乃从珪奏。

这次是李世民命令大臣见到皇族亲贵要下车敬礼，结果遭到大臣们的联合抵制。李世民非常气愤，说：“你们不尊重我的儿子们，这怎么可以？说不定他们之中有谁会做了皇帝呢！”

众大臣的回答是：“陛下，这事儿您就甭想了，我们决不允许！”李世民就悄无声息收场了。到了公元640年，李世民已经彻底没了脾气，认了命：

言事者多请上亲览表奏，以防壅蔽。上以问魏徵，对曰：“斯人不知大体，必使陛下一一亲之，岂惟朝堂，州县之事亦当亲之矣。”

看看，李世民连翻看奏章的权力都没有了，他这个皇帝岂不成了摆设？正是因为如此，李世民在群臣答应由李治任太子时，特意把李治叫出来，让拜谢长孙无忌——立谁为太子，李世民说了不算，长孙无忌说了才作数。

李世民尚且如此，那继任者高宗李治所承受的精神压力岂不是更大？正是这种压力，将李治逼成了疯子，将武则天逼成了女皇帝。

那么，李治这个皇帝做得开心不开心呢？

史载，有一次，高宗对宰相们说：“听说你们所在的官署，官员们还要互相观察脸色行事，多不能公正。”长孙无忌答道：“这些怎么能敢说没有呢？然而徇情枉法也实在不敢。至于说稍稍考虑人际因素，恐怕陛下也不能避免。”长孙无忌以元舅身份辅佐朝政，凡有所建言，高宗无不赞许采纳。

这段故事告诉了我们这样几个情况：

第一，皇帝李治不知道国家政务是怎么回事，因为事情由百官来做。

第二，皇帝李治知道百官们在处理政务时杂夹着私心杂念，但他具体细节不清楚。

第三，长孙无忌承认这些现象是存在的，也认为这种现象是正常的。

第四，李治问政的结果，是他从高高在上的皇帝位置下降到外甥的位置；皇帝对大臣是可以责问的，但外甥对舅舅没有这个权力。

那么，李治所说的百官们夹有私心又是怎么一回事呢？

史书上记载了这么一桩事。话说唐三藏取经归来，开始翻译经书。一天长安城里有个小偷被抓，赃物中有只华丽枕头，属皇家专用。一审问，小偷招供，这只枕头是从唐三藏的徒弟那里偷来的。唐三藏的徒弟？孙悟空，猪八戒，还是沙和尚？都不是。

唐三藏的徒弟叫辩机，是一名俊俏且有智慧的高僧。他跟李世民的女儿高阳公主产生了不伦之爱，高阳公主以爱枕相赠。结果事情暴露，辩机被斩。

再后来，高阳公主与驸马房遗爱被抓住谋反的证据，捎带荆王李元景、吴王李恪、巴陵公主，以及武将薛万彻，一并被斩或赐死。

> 上泣谓侍臣曰："荆王，朕之叔父，吴王，朕兄，欲丐其死，可乎？"

众臣以为不可。吴王李恪临死之前，破口大骂："长孙无忌擅弄威权，残害忠良，假如宗庙有灵的话，会在不久后灭他一族！"

可想而知高宗李治的处境了。

李治被禁止过问国家政务，心情烦闷，只好出门去打猎散心。

> 癸亥，上出畋，遇雨，问谏议大夫昌乐谷那律曰："油衣若为则不漏？"对曰："以瓦为之，必不漏。"上悦，为之罢猎。

大臣们不允许高宗李治去打猎。李治万般无奈，只好"大悦"——可怜的人，明明气得要死，却要"大悦"，这种事搁在谁的身上，谁不得疯掉？

西方政治家有句话叫"把统治者关进笼子里"，这是因为暴力政治意味着对社会公正与民众权益的最大程度剥夺，一旦统治者的个人欲望自由奔放，带来的必然是民众哭救无地。

贞观之治正是以李世民被关进笼子里为代价的。大多数皇帝绝不愿意接受约束，要的是隋炀帝的规模与派场，要的是北齐高洋的恣暴与淫横。

李治和他的兄弟李承乾、李元昌没什么区别，你可以杀了他们，可要想让他们哪怕是稍微收敛一下邪恶的欲望，就意味着天塌地陷，他们就会疯掉！

天塌了，就需要一个补天的女娲。武则天为什么会成为中国唯一的女皇帝？是因为她承担着替这些男性原始人夺回皇家权力的重大使命。

她之所以能够所向披靡，是因为她的行动承载着民众的期盼与认知，占据着最强势的道义资源。她要打碎囚禁皇家邪恶欲望的囚笼，释放出人性中更多的邪恶与污秽——这是原始思维最快乐的社会生存方式，在这个过程中她获得了无数史家的认同。

武则天正式出场，夫妻联手于朝堂上大战百官。百官忿怒，以罢工相威胁：

> 褚遂良力争，谓“昭仪昔事先帝，身接帷第，今立之，奈天下耳目何？”并还笏求归。帝大怒，命引出。武氏从帷后呼曰：“何不扑杀此獠！”

有武则天这句“何不扑杀此獠”垫底，李治终于可以名正言顺“大怒”了，再也不用假装“大悦”了，而在此之前他是没有勇气跟这些开国元勋这样说话的。文官系统意识到了这一可怕的力量，试图将这个可怕的女人阻挡于权力之外。但这一行动失败了，直接的后果是导致文官集团的分崩离析：

> 武后既得志，上欲有所为而不能，不胜其忿，密召西台侍郎上官仪草诏，欲废之。左右奔告于后，后遽诣上自诉。诏书犹在上所，上羞缩不忍，复待之如初；犹恐后怨怒，因绐之曰：“我初无此心，皆上官仪教我。”复待之如初。

李治出卖了上官仪，从此政归武氏。

武则天一出场，就赢得了朝野的一片欢呼。

酷吏时代来了！

武则天大诛唐室皇宗，清除异己。

当朝儒臣最重气节，可以寄百里之命，可以托三尺之孤，三军可夺帅，匹夫不可夺志。但是遇到酷吏，他们再也没咒可念。

酷吏索元礼潜心研究，发明了多种刑法，专用来摧毁人的精神与意志。为审讯囚犯他做了个铁笼头，戴在囚犯的头上，再往里加楔子，许多人被夹得冒出脑浆。还有“凤晒翅”、“猕猴钻火”等刑法。“猕猴钻火”就是把一根椽木绑在囚犯的手脚上，然后推着椽木转圈，直到把囚犯的骨头磨碎。他还把囚犯吊在房梁上，再用绳子绑一块大石头缒在囚犯的头上。

酷吏周兴更狠，无所不为，时人号“牛头阿婆”。百姓怨谤，百官愤怒，于是他在门前题诗：

> 被造之人，问皆称枉。
> 斩决之后，咸悉无言。

一旦人心中最邪恶的力量释放出来，恐怖与黑暗也就降临了。武则天从文官手中夺回皇权，利用的正是这种最可怕的力量，一如她的男宠张昌宗所说：“丈夫当如此，今时千人推我不倒，及其败也，万人擎我不能起。”这正是赤裸裸的原始思维，抵斥公义，蔑视民意，只要一时痛快，不惜子孙世代坠入血劫。

然而有人就是要这样干，没有这种群众基础，武则天的重建皇权也无从谈起。

第二十章
“满城尽带黄金甲”的预言

子断孙承三百春，
又遭离乱似瓜分。

——《乾坤万年歌》

这是说，大唐帝国要完蛋了，没咒念了。

原本，大唐的皇权受文官系统制衡，皇帝被关进了笼子，这近乎完美的政体最大程度消弥了血腥的杀劫，有可能世代承传下去。日本人就是学了大唐的样儿，天皇从神话时代的天照大御神一直传到今天——日本人能，我们又怎么不能？

但，就是不能。皇帝们的选择很极端，要不你把他全家宰了，要不你让他为所欲为地宰你全家。想让他变得稍微理性一点点？不成，理性会让他们发疯的，看看李世民一家都疯成什么样了。

没办法,那就只好进一步强化皇家权力,免得帝王们发疯。于是“子断孙承”，这是指武则天杀光了自己的儿子（并没有真的杀光），最后大唐江山传到了孙子那一辈。

是不是到了孙子那一辈，大家能够变得稍微理性一点点呢？还真是这样。

武则天死后，皇位经过了几轮热闹的你杀我砍，落到了李隆基的手上，继贞观之治又搞了一个虎头蛇尾的开元盛世，写下中国历史上又一个值得回味的篇章。

这个开元盛世，盛到什么程度呢？杜甫告诉我们：

忆昔开元全盛日，
小邑犹藏万家室。
稻米流脂粟米白，
公私仓廪俱丰实。

杜甫不愧是诗圣，单只看这诗就让人流口水。那么这是开元盛世的虎头，那蛇尾又是何等情形呢？

诗人韩偓告诉我们：

千村冷落如寒食，
不见人烟只见花。

这是怎么搞的？前面国家治理得那么富裕，证明当时的做法是正确的，政策是符合人心的，只要将这种经验大力推广，群策群力，让更多的群众富起来，岂不是好？怎么会又弄成这么个样子呢？

史学家哭诉：大唐帝国之所以灭亡，都是藩镇惹的祸，是那些统兵的大将不听领导的话，瞎胡闹，结果搞得领导混不下去……

史学家的话是真理，让你不服不行——

史学家说大唐：就是因为皇帝把兵权给了武臣，不给文臣，结果大唐灭亡了。

史学家说北宋：就是因为皇帝把兵权给了文臣，不给武臣，结果北宋灭亡了。

把兵权给武臣不对，给文臣也不对，横竖都是史学家的理，那到底应该把兵权给谁呢？莫非史学家的意思是，皇帝就不应该把权力分授给别人，就抱在自己怀里，一旦边关有事，就提枪跃马，带着三老四少们冲到边关，冲啊杀啊……这么个搞法，那皇帝还是皇帝吗？

君临天下！李隆基要治国了！

治国可不简单。话说有一天，李隆基在楼阁之间的天桥上，发现卫士将吃剩的饭菜倒在泥坑中，当时就火大了，“谁知盘中餐，粒粒皆辛苦”

啊，怎么这样对待农民的辛苦劳作……当时唐玄宗操起刑杖，就要把那卫士活活打死。

这时候宋王李宪跑来了，问道："陛下，你为什么要打死他呢？"

唐玄宗道："你白痴啊，没看见他浪费粮食吗？"

李宪道："浪费粮食就应该打死吗？"

唐玄宗气急："粮食是养人的啊……"

李宪道："陛下你看，饭菜是养活人的，可现在因为剩饭剩菜就要把人打死，这是不是有点与陛下的想法背道而驰了呢？"

唐玄宗听了，哈哈大笑，就把那卫士打了个半死，没有完全打死。

治国真的不容易啊，既然要治国，就得高标准、严要求，高风亮节，从谏如流，主动接受群众的监督。

韩休做宰相的时候，对唐玄宗的监督到了极端。唐玄宗在宫中设宴行乐或到后苑游玩打猎，稍有过失，就问左右的人："这事韩休知道不知道？"话音刚落，韩休的劝谏书已经送到。可怜的李隆基，每天对着镜子郁郁发愁，他想玩啊，可是宰相不允许。

于是他身边的人愤怒了，就关心道："韩休当宰相以来，您比以前瘦多了，为什么不将他斥退？"

当时唐玄宗长叹一声道："我虽然消瘦，天下人必定长胖了。前任宰相萧嵩上奏事情常常依顺我的旨意，可退朝后我睡觉都不安心。韩休常常和我争辩，可退朝后我睡觉就安心了。我任用韩休，是为了国家，不是为了我自己。"

"吾貌虽瘦，天下必肥。"在这里，李隆基发现了一个规律——皇帝本人的利益与天下人的利益是针锋相对的。如果皇帝快乐了，那天下铁定遭大殃；如果天下人快乐了，那皇帝铁定是过着苦日子。

那时候李隆基的日子过得确实比较悲惨。有个侏儒，从小被人放在坛子里，由于空间有限，骨骼肌肉扭曲成为一个球形。后来侏儒被卖进宫里，李隆基没有兴趣追查这起残害少年的恐怖案子，而是喜滋滋将侏儒当成拐杖用。

侏儒既然得到了天子的宠幸，身价自然不同以往，朝廷各级领导们对他也非常尊敬。有一天，侏儒进宫晚了，唐玄宗问他为什么上班迟到，侏儒回答说："我刚才进宫，在路上碰到捕盗官，我说该我走先，他却非要先走，与我争道。我一生气，就把他掀下马，教训了他一下，因此来晚了。”

侏儒这种行为在当时是非常严重的罪行，李隆基听了呆了半晌，喃喃道：“你当时千万别让人看见，只要别人不知道……”说话间，外边的奏章已经递进来，勒令唐玄宗立即交出侏儒，否则后果自负。

当时唐玄宗就傻了眼，说：“要不……你就去刑部看看？”

侏儒吓坏了：“陛下，我害怕，他们不会打我吧？”

唐玄宗想了半晌，道：“应该不会吧？再怎么说你也是我的人，刑部的官员怎么也得看看我的面子。”

于是侏儒就硬着头皮去了。去了之后，刑部官员果然是“看在唐玄宗的面子上”，乱棍打死了侏儒。

史书上没有提到唐玄宗听到这事后的反应，但我们知道，皇帝的拐杖就这么没有了，肯定不会“大悦”的。

大诗人李白有诗云：“金樽清酒斗十千，玉盘珍馐直万钱。停杯投箸不能食，拔剑四顾心茫然。”李白为什么这么郁闷呢？是因为：“欲渡黄河冰塞川，将登太行雪满山。闲来垂钓碧溪上，忽复乘舟梦日边。”

哦，原来李白满肚子都是才华，要想为国效力，想为老百姓做点实事。那好办，于是唐玄宗急宣李白入长安。

李白来了，他都干了些什么实事呢？

杜甫转交了李白的工作总结：“李白斗酒诗百篇，长安市上酒家眠。天子呼来不上船，自称臣是酒中仙。”原来李白来到长安之后就和贺知章等人猛喝酒。“天子呼来不上船”这一句使李白的形象变得高大奇伟。李白醉后越发豪气纵横、狂放不羁，连天子召见也不当回事，而是大声呼喊：“臣是酒中仙！”

李白只顾喝酒了，那朝廷的工作谁来干呢？这个李白可不管。

李白那超越了时代的华丽诗才令人叹为观止。想当年，李白就是过着这样潇洒的日子，诗剑江湖，四海为家，走到哪儿地方官都飞跑出来迎接，金子银子送上，若是数量不足以让大诗人高兴，那地方官可就惨了——李白张嘴一骂，铁定是个遗臭万年。

传说当时蜀川大总管是严武，李白优哉游哉去要钱，可他之前的“勒索信”在路上被人弄丢了，严武没有收到，不知道他来了，就没有慷慨解囊，这下子惹火了李白，当即往山脚下一站：

噫吁戏，危乎高哉！

蜀道之难，难于上青天……

就因为人家没有给钱，就难于上青天了。要命的是在后面：

朝避猛虎，夕避长蛇，磨牙吮血，杀人如麻，

锦城虽云乐，不如早还家……

完了，让李太白这么一骂，严武算是臭遍大街了，都知道在他的治理之下蜀川豺狼当道，暗无天日……

听到李白这么骂他，当时严武急得眼珠子都红了，急传江湖飞羽令，召天下凡是会写字的文人去蜀川做客，好吃好喝地侍候着，只求哪位爷高兴了，给写一篇《蜀道易》，冲冲李白带给四川人的晦气。

当时有数千才子写《蜀道易》，纵情讴歌四川领导及群众的智慧，可那数千篇诗文统统都是白扯，直到今天《蜀道难》仍然脍炙人口，《蜀道易》却是许多人听都未曾听说过的。

文人学士，华彩文章，这些东西是一个民族的精神与灵魂，精神与灵魂肯定不能当饭吃的，但如果人没了精神丢了魂，那这个民族就没救了。

像李太白这样沿途敲诈大吃大喝是有其道理的。但对这个道理，原始思维与理性思维却各有不同的解读。

以理性思维来看，李太白的风流倜傥正是一个国家政治清白、经济繁荣的伟大时代的表现，否则我们民族就会失去唐诗这样伟岸的灵魂。

原始思维则会这样想：李白他凭什么啊？写那两首破诗管个甚用？他凭什么白吃白喝？我每天起五更睡半夜，就为了白供着李白这样的流氓喝多了再骂我？

理性思维不注重事物本身，注重的是其中的道理。感性思维看不到那隐形的道理，只看到李白喝得五迷三道，所以这原始思维必然产生不平衡心理。

比如说李隆基，是一位艺术天才，是真正的天才。打小李隆基就有这么一桩本事：只要带弦带洞的东西到了他手中，马上就能够弄出荡气

回肠的动静来，那美妙的音乐纵然是修炼了一辈子的老乐师也是望尘莫及的。

李隆基后来改行搞政治，天天起早贪黑，忙着搞开元之治。再后来志得意满，“从此君王不早朝”。

李隆基热情投身于音乐事业的发展中。他和杨贵妃各带一支宫女队伍，教习吹拉弹唱，杨贵妃比不过李隆基，一着急就偷了别人的一支玉箫，一吹起来，梵花满天，仙人鹤影，幻相连连，就将李隆基比下去了。李隆基发现杨贵妃玩赖，很受伤，就不和杨贵妃好了，弄得杨贵妃哭哭啼啼，剪了自己的一束头发送过去。

这事过后，李隆基与杨贵妃的感情更上一层楼。而且杨贵妃也学聪明了，不再跟李隆基较劲聪明。从此杨贵妃改行击磬，拍击之音悦耳动听。李隆基大喜，让人采来蓝田绿玉为她琢成玉磬，打造了挂磬的架子，还做了流苏，并镶嵌上金钿珠翠等奇珍异宝。又让人铸造金狮二只，作抓取跳跃之状，每只重 200 斤，为悬磬支架的底座。其他地方的色彩绘画也都繁饰华丽，做工精妙异常，无与伦比。

不管了，爱谁谁，先让老子玩痛快了再说。在李隆基的带领下，各级领导狠抓吹拉弹唱，西凉府都督郭知远进献《凉州》一曲，李隆基大喜，召集诸王在宫里一同欣赏。曲罢，诸王齐声祝贺：“好，好，太好了，好得不得了……”这时候突然有一个可怕的声音——“哇呜”，吓了大家一跳。大家定睛一瞧，原来是宁王在放声大哭。

李隆基大诧：“卿何故乱发神经？”

宁王哭道：“我是哭陛下，哭天下流散的百姓啊！”

李隆基愈发诧异：“这好端端的，哪来的什么流散百姓？”

宁王哭道：“现在虽然没有，可他们马上就来了。你们听这支曲子，听啊，这不是一支歌舞升平的靡靡之音，这是一支革命的大进军序曲，曲中充满了犯上作乱的激情与斗志……夫音色之美，传播在咏歌，而见之在于人事。国人有走死逃亡之厄，乱臣有作乱逼上之犯，都预兆在这支曲子上啊！”

唐玄宗听了，呆若木鸡，良久无言。

为什么他不骂宁王“乌鸦嘴存心给大家添堵”呢？

因为李隆基是天下最懂曲子的人，他知道宁王说的是对的。此时大唐暗潮汹涌、波澜起伏，只怕过不了一时三刻，天下就要大乱了。

就在李隆基的举棋不定之际，安禄山、史思明的40万叛兵已经拥至潼关。

唐玄宗一死，此后的继任者纵然有心，也不可能再有能力好好治理天下了。

先是唐肃宗，他是李隆基的儿子，他这一生的麻烦是女人太多，生下来的孩子太多——张皇后每天忙于宰掉他和别的女人生下来的孩子。肃宗临死时，皇后张氏因谋杀太子失败，被太子带着人满宫殿追杀。

唐肃宗的接任者是唐代宗，他一辈子都在寻找自己的老婆沈氏，传说沈氏之美犹在杨贵妃之上。因为安史之乱，李隆基带着儿子孙子匆忙逃往四川，儿媳妇孙媳妇则被落下了。代宗李豫当时刚21岁，和妻子沈氏约定分路而逃。这么一分路可就惨了，代宗李豫顺利逃入了蜀川，沈氏却落入了叛军手中。后来收复洛阳，李豫找到沈氏，却没有带她走……史思明的人马又杀来，洛阳再次沦陷，从此李豫再也没能见到过沈氏。

代宗登基后就发布寻人启事，寻找沈氏。连皇帝都无法保护自己的老婆，可知这世道是何等的热闹。

代宗之后是唐德宗，充满了怪力乱神与令人眼花缭乱的传说。

德宗时代最离奇的事是立皇后。其妻王氏在宫中耗到42岁还是一个淑妃，离皇后还有好大一步，而皇后之位始终是空缺，宫里年轻貌美的小丫头越来越多，你掐我打斗成一团，都在争夺皇后之位。这时德宗突然看到王氏，哭曰："老太婆啊，你真是太不容易了，熬到40多岁了，要不这么办好了，我干脆让你当皇后算了……"德宗说到做到，当天就册立王氏为皇后，可官员们却把皇后的名册写错了，写成了"大行皇后"，翻译成白话文，意思就是"死皇后"……德宗不敢批评犯了错误的官员，就因为他批评下属刚刚引发了一场大叛乱。下属是不敢批评了，可这名册又不能用，怎么办呢？先拖着吧。

拖了一段时间，德宗换了个官员办事，这次名册的名字写对了。于是太监们簇拥王氏登上两仪殿。册封完了，只见王氏笑眯眯地坐在皇后宝座上，却不谢恩；太监小声提醒她，才发现皇后已经死了。王氏成为了中国历史上在位时间最短的皇后。

德宗时代还有一件事，传说很美。

说的是进士贾全虚闲来无事在宫墙外闲逛，发现水中有红叶，捞上来看，叶上赫赫然题有一首诗：

一入深宫里，无由得见春。
题诗花叶上，寄与接流人。

看到这首诗，贾全虚陷入了情网，每天在宫门前探头，被卫士逮到；严刑拷打之下，贾全虚招供，于是此案报到德宗这里。德宗于宫中大索，挖地三尺，找出在红叶上题诗的人，原来是一个叫凤儿的宫女。

德宗下令，剥去这丫头的布衣荆钗，换上一身新娘子的红衣，把她和贾全虚塞进洞房……

红叶题诗堪称大唐帝国的最后挽歌，故事背后隐寓的是帝王哲学普及化——先把坏事干绝，尽将天下女子掳入宫中，再放出一个来，就可以获得明君的称号。这成本未免也太低了吧？

此后，唐朝迎来一个让人不忍卒睹的时代。在行将覆亡的道路上，大唐磕磕碰碰，那无可遏制的原始欲望渐渐成为时代的潮流和时尚。

顺宗李诵也曾学着唐明皇的样子，再搞一个永贞改新。大诗人刘禹锡在这场政治运动中跑到了最前线。他原本躲在家里写诗，也没人注意到，这么往前一跑，大家才发现这厮居然有一个异常美貌的女朋友（侍女）。于是丞相李逢吉就宣布了一个好消息："圣上有旨，于皇城正殿前面举行宴会，所有朝廷官员及其宠爱的婢妾均请届时参加盛会。"到时间，刘禹锡兴冲冲地带了侍女赶去，见宫门大开，却只传令刘禹锡的侍女入内。侍女一进去，宫门就关上了，宴会的事再也无人提起了。

此事轰动京城，人人震惊。

刘禹锡不甘心，一直在宫门外等，等啊等，等到第二天宫门大开，他去找到丞相李逢吉，李逢吉谈笑风生，纵论大唐美好的未来，只字不提刘禹锡侍女的事，也不解释昨天宴会的神秘反常。于是刘禹锡写下一首悲愤的诗：

玉钗重合两无缘，
鱼在深潭鹤在天。
得意紫鸾休舞镜，
能言青鸟罢衔笺。

金盆已覆难收水，
玉轸长抛不续弦。
若向靡芜山下过，
遥将红泪洒穷泉。

这样的诗，刘禹锡一口气写了四首。

顺宗之后是宪宗，这个皇帝疯了似的在宫中幸御宫女，吓坏了的宫女们往郭贵妃那里藏，因为郭贵妃不唯是宫中最美貌的女人，也是最娴淑、最有德行、最让宪宗害怕的女人。郭贵妃是平定了安史之乱的大唐勋臣郭子仪的孙女。

百官上书要求立郭贵妃为皇后，就是想让她管住宪宗。可是唐宪宗抵死不肯，他的原则很简单——你不让老子玩女人，老子就不让你当皇后，咱们就铆上了——结果，等到唐宪宗吃丹药死掉，郭氏以贵妃的身份晋升为太后。

继位的是穆宗李恒。穆宗李恒一如原始人那样的奔放自由，喜欢游玩田猎于荒野之间，郭太后劝不动他，只好由着他疯玩了 5 年，然后死掉。到了穆宗的儿子敬宗，却是酷爱马球，又虐待小宦官，结果惹火了众宦官，在酒宴上将他杀了。

唐敬宗的接任者是他的弟弟文宗，命运很凄惨。文宗恶太监专权，欲除之，结果没能干过太监，反被太监抓住，史称“甘露之变”，后郁闷而死。

文宗之后是武宗，他是文宗的弟弟，是一个狠人，他悍然毁掉了 4600 余寺庙，拆招提、兰若 4 万余所，勒令僧尼 26 万余人还俗去工作，别老是托着钵到处要吃要喝……

有赶着和尚还俗的，就有强迫女人当尼姑的，前一个是武宗，后一个是宣宗。宣宗重建礼佛盛世，尊敬和尚，这表明宣宗正在着手加强思想理论建设，虽说这建设来得有点迟，可建了总比不建要好。

乐工罗程，善琵琶，自武宗朝已得幸。上素晓音律，尤有宠。程恃恩暴横，以睚眦杀人，系京兆狱。诸乐工欲为之请，因上幸后苑奏乐，乃设虚坐，置琵琶，而罗拜于庭，且泣。上问其故，对曰：“罗程负陛下，万死，然臣等惜其天下绝艺，不复得奉宴游矣！”

上曰："汝曹所惜者罗程艺，朕所惜者高祖、太宗法。"竟杖杀之。

这个故事是说，唐宣宗李忱时，一个乐师恃宠杀人，他人为其求情，但宣宗拒绝，最终以国法处置。

看到这个故事，我们就知道大唐帝国已经彻底完蛋了。一群艺人干涉国家大法，这种事情，无论是在李世民时代，还是在李隆基时代，都是无法想象的。当皇帝把朝廷搞成这样，标志着暴乱时代的来临。

天下蝗灾，蝗虫自东飞到西边，遮天蔽日，所过之地尽为赤地，草木五谷皆被吃尽。京兆尹杨知至却向唐僖宗上奏称："蝗虫飞入京畿地区，不吃庄稼，全都抱着荆棘而死去。"群臣都来致贺。

大臣们这么个恶搞法很平常了，因为朝政已不复存在，皇帝的脑子又实在太原始，大家都是你骗我，我骗你，骗过一天是一天，再也打不起精神头来干点正事了。黄巢于此时崛起了。

黄巢出生于盐商家庭，富有财产，精通武艺，也爱读书，能诗能文。他曾到京城长安参加科举考试，但没有考中。不第后他赋得一首气势磅礴的诗：

待到秋来九月八，
我花开后百花杀。
冲天香阵透长安，
满城尽带黄金甲。

黄巢在冤句率众起事，号冲天大将军。黄巢的军马杀到了岭南，得瘴疫死掉一大半，剩下来的人编大木伐沿湘江顺流直下，到达潭州，所屠杀的尸体堵塞了江水。在襄阳黄巢遭遇山南东道节度使刘巨容的埋伏，黄巢带着十几个手下仓皇亡命，眼看就要被官兵捉到，这时候刘巨容制止了官兵，说："黄巢不能杀，留下此人，我们当军人的才混上口饭吃。现在朝廷这德行，如果我们杀掉了黄巢，朝廷就不会再支付军饷给我们，到时候我们就跟黄巢一样了。"

刘巨容说得没错，皇帝唐僖宗拒绝支付粮饷，把钱只给和他一起玩马球的近臣。他曾经对戏子石野猪说："朕如果参加击球进士的考试，必定考得状元。"石野猪回答："如果遇到尧、舜任礼部侍郎，恐怕陛下不免要被放逐。”唐僖宗听后大笑。

僖宗之所以大笑，是因为他知道大唐已经完了，这时候哪怕是李世民回来都无济于事了。大家玩吧，玩一天算一天。

公元 880 年，黄巢进入长安，称帝，国号大齐。按说唐朝可以正式宣布完结了，可是黄巢也是个原始人，民间传说此人是煞星下界，要尽屠万人。他进长安之后就大肆屠杀。尚书省都堂官府大门上涂写着嘲弄黄巢的诗句，所在官员和守门士兵就全部被挖去眼睛，头足倒悬挂于门前；又于城中搜索能写诗的人，抓到的全部杀死。又，凡识字的人均罚作贱役。

原本大家认为李唐王朝算是完了，在黄巢这里重新开始一个朝代也未尝不可，可一瞧黄巢这么个搞法，没前途，于是大家纷纷割据地方，将中国历史推入了五代十国。

总结这一象的历史，我们就会发现——

最美好的时代，诗人受到尊重，如李白。

最不幸的时代，诗人遭受到羞辱，如刘禹锡。

最黑暗的时代，识字有罪，比如在黄巢这里。

大唐帝国就这样，一口气滑下了文明的高峰。

第二十一章
五代十国僭窃交兴的预言

五十年来二三往，
不真不假乱为君。

——《乾坤万年歌》

五代十国，从907年到960年总计53年，是中国皇帝大丰收的季节。当我们掰着手指头一个一个数皇帝时，我们就会产生这样一个疑惑：从大禹到五代，足足3000年的历史，中国人的政治智慧居然没有一点点的进步，始终停留在类人猿时代的杀戮游戏之中。这到底是怎么搞的吗？

这个问题的实质就是：为什么那么多的人被人杀，或是去杀人，在幼小的时候躲避怕被人杀掉，等到了年轻力壮的时候去杀别人。在这个血流成河的过程中，怎么就没有人站出来问一声：这么个活法对头吗？

还真有两个人问过。一个是隋炀帝杨广，他说："单以文学而论，咱也应该当皇帝。"另一个是唐僖宗，他说："要是比打马球当皇帝的话，这皇帝也该轮到我。"

这两家伙都是典型的亡国之君，之所以说出这么有智慧的话，意识到皇帝委实太荒谬、太离谱，那是因为他们真的好好奇怪：他们是如此肆意妄为，何以无人能够制止他们呢？

答案就是原始思维。

面对同一个世界，原始思维与理性思维的表现是完全不同的。

理性思维是：我好奇——这个世界何以如此。

原始思维是：我想要——所有的一切都是我的，统统是我的。

相比于理性思维，原始思维更多的是一种不成熟的占有欲望。在中国历史上，原始思维由于缺乏逻辑的支持，始终离不开生物本能，所以原始思维的行为主要表现在对异性的贪婪占有与对敌手的残酷虐杀上，即或不然，原始思维的表现也会误入自由奔放的迷途，恣意妄为而全然不计后果。

基本上来说，五代时期的草头皇帝们不乏这种原始思维的最典型样本。

比如后梁朱温，此人就是个十足的类人猿，秉袭了唐明皇李隆基的风格，“幸御不避亲”，专挑自己家的儿媳妇祸害，纵意声色，结果让儿子朱友珪拿刀剁了。

但朱友珪杀他爹，并非出于对朱温奸淫他媳妇的不满，此人和他父亲一样也是属于类人猿级别的——我们说朱温父子是类人猿，不是指他们的智商，而是指他们的心智模式及行为特点，总而言之，他们一家人与文明人是有着明显差距的。

朱友珪宰了亲爹，就立即进行了报复。报复的方式是，他占有了老爹使用过的女性。

朱温年轻时追随黄巢东征西讨，在长期的劫掠烧杀中养成了欣赏女人的品味，他宫中有两个女子最是出名。一名陈氏，是宫中独得专宠之人。后期朱温病重，陈氏搞来好多和尚尼姑，天天在朱温的病床前念经，祈求佛祖保佑朱温早日康复。朱温看陈氏如此待他，心里顿时浮上来无限的温暖，说：“你出宫去吧，这里可不是什么好地方，留下来只怕……”就把陈氏送去尼姑庵当了尼姑。

朱温有先见之明，陈氏前脚走，儿子后脚就宰了他，入宫胡搞。陈氏因为已经被送出了宫，逃过了这一劫。可朱温还喜欢一个李氏，李氏还曾救过朱温的命：有一次朱温病了，正躺在床上哼哼，寝宫的梁柱突然塌了，眼瞅着朱温就要被梁柱砸死，幸亏李氏手疾眼快，一把将朱温拖开。朱温对李氏也是恩宠不尽，却没有将她送出宫去，结果李氏落入了朱友珪之手。

正当朱友珪幸御李氏时，忽听宫外大哗，就见一群甲士在天雄节度使杨师厚的带领下冲了进来，朱友珪当场被杀，李氏不知所终。

杨师厚杀了朱友珪，请来朱温的四儿子朱友贞当皇帝。

朱友贞人品不错，作风比较正派，没有什么绯闻，但此人智力明显不足。他是天雄节度使杨师厚扶立的，杨师厚以矜功恃众，朱友贞不敢吭声。等杨师厚老死了，朱友贞大喜，在宫中偷偷举办庆贺宴会，以为自己总算是得见天日了，然后考虑是不是把杨师厚的天雄军解散。怎么个解法呢？他设昭德镇，将天雄军一分为二——这样就不会再威胁到自己了。

可万万没想到，天雄军结构沿革奇特，是一支真正的父子军、兄弟军，军中兵将个个都是姻亲，沾亲带故的。听说朱友贞要强逼着他们分开，士兵们连营聚哭，哭罢，大家就商量说："奶奶的，想拆散老子一家，休想，老子不干了！"拔营而走，悉师而叛。

李存勖来攻打朱友贞。闻说后唐兵至，朱友贞大哭。宰相敬翔也号啕大哭，声音比朱友贞还要大；百官来了，也一齐嗷嗷痛哭。哭着哭着，朱友贞突然把哭声一敛，想起来一件重要的事情。他想起来自己还有好多亲兄弟呢，都是老爹朱温生的，眼下强敌压境，这些兄弟们会不会……

朱友贞下令将他的兄弟们统统宰掉，一个不留！

瞧他这个脑子，绝对是有问题。百官分明都意识到了这一点，可没人拦着他。顷刻之间朱友贞把自己的兄弟杀光，再召百官，发现百官都已投奔到了李存勖的阵营。朱友贞急了，想拿上玉玺逃跑，却发现玉玺也被偷走了。带着无限郁闷的心情，后梁末帝朱友贞自杀了。

五代一共 53 年，现在后梁已经给消费了 17 年，尚余 36 年。

然后是后唐，这次将要消耗掉 14 年。

这后唐是沙陀突厥人趁乱溜进来建立起来的国家。唐末，沙陀人李克用镇守着边关，未几，李克用向唐室请命加入追杀黄巢的队伍之中，此后转战中原，消灭了黄巢。等朱温强迫唐室禅位于他，建立后梁，李克用号召大家团结起来，拯救大唐，恢复唐室。李克用死后，儿子李存勖继位。

李存勖其人，很有可能是唐太宗李世民和唐玄宗李隆基掺和在一起转世的，此人的军事天才绝对是超过李世民，李世民打来打去就会一招"断敌粮草"，但逢攻坚之战必是灰头土脸，而李存勖是既会断敌粮草，也善于打攻坚战，为历史上为数不多的真正军事天才。在音乐方面，李存勖不晓何解被李隆基给遗传了，他至今仍是民间戏剧界所崇拜的祖师，不唯是吹拉弹唱，单唱念做打，端的是天下无人可比。

李存勖还有一个妻子，在民间的名气比史书中更大。这个女人名叫刘玉娘，是一个商界天才，垄断了京城的市场货源。不管是吃的、用的还是喝的，商家必须要统一从皇后刘玉娘那里进货，价格不菲，但这个高价也值得，因为刘玉娘特制了皇宫商标贴在货物上。此举大大刺激了消费，导致了一轮又一轮的通货膨胀。

当时后唐是一个接近于理想化的人间帝国，皇帝李存勖每天登台演戏，皇后刘玉娘则纵横商界，既抓了精神文明建设又搞活了经济，按理来说应该是一个很好的发展势头。可是不行，让原始思维一搅和，安定团结的大好局面被破坏了。

破坏这一局面的是一群优秀的艺术家——戏子。

戏子，一般生活在民间，从群众中来，到群众中去，与群众相濡以沫，按说应该是非常淳朴的。李存勖天天与戏子们登台唱戏，给了这些苦大仇深的江湖艺人一个走入历史的机会——他们恃权专宠，滥杀无辜，用箭射死了李存勖。失去李存勖的保护，这伙戏子也被别人抽了筋剥了皮。

原始思维！他们一定要放纵自己的贪欲，把事情做绝，做到了再也没有回头之路。甚至到了这一步，他们仍然不肯反省。李存勖被杀，刘玉娘和小叔子李存渥带了无数的金银财宝逃出洛阳，沿途两人享受着幸福生活。李存渥在晋阳被杀，刘玉娘去尼庵当了尼姑，因放高利贷导致民怨，被人识破身份，被赐死。

李存勖死后，李嗣源出任了后唐的第二任皇帝。李嗣源早年是一名沙陀突厥的流浪汉，连姓都没混上，只有个小名，叫邈佶烈，无以为生，赖义子李从珂拾马粪以赡。

李嗣源是中国历史上难得一见的好皇帝，也就是说，他的思维比较理性，原始色彩明显淡弱。每天早晨，李嗣源从床上爬起来，先要背诵晚唐聂夷中的一首诗：

二月卖新丝，五月粜新谷。
医得眼前疮，剜却心头肉。
我愿君王心，化作光明烛。
不照绮罗筵，只照逃亡屋。

晚上呢，李嗣源就在宫中焚香，两眼含泪地祷告：“某胡人，因乱为众所推，愿天早生圣人，为生民主。”

李嗣源当皇帝那一年已经60岁了，虽然字也不识得一个，思维却真的不原始，没那么多贪婪欲望，真的说到做到。

李嗣源时代，后宫宫女只有70人，另有30名太监（李隆基时代，太监有3000人），唱歌跳舞的（教坊）有100人，20个人负责养鹰，50个人负责炒菜做饭，其余的人统统下岗，自谋职业。

“不是一家人，不进一家门”，李嗣源娶了两个老婆也都是难得的贤内助。李嗣源的一个老婆姓王，少女时代就以美色扬名，人称“花见羞”。李嗣源的后宫里还有一位正妻曹氏，册封皇后时，曹氏就说：“我体弱多病，性子又急躁，就让王家妹妹当皇后吧？”王氏听了，大不高兴，厉声道：“皇后是与皇帝相匹配的，是至尊之位，若非是曹家姐姐，谁还有这个资格？”这是中国历史上的唯一一起谦让皇后公案。

然而这一家理性的皇帝、理性的皇后，偏偏没能搞出理性孩子来，可见理性并不具有自我复制能力。李嗣源在后宫随便找了个宫女，结果生了一个儿子叫李重荣。在他患病期间，李重荣统兵入宫，想宰爹继位。与宫中卫士血战一场，李重荣及带来的人都死了。得知这事，年迈的李嗣源大哭：“吾家事如此，愧见卿等。”怎么搞的吗？我好端端的一个明白人，怎么生出来个返祖现象如此严重的儿子？

李嗣源死后，他的三儿子李从厚出任皇帝。

李从厚也跟他的父亲一样想做一个明君，可是此人智力退化得严重，临朝之日请了学士替他读《贞观政要》，他听来听去听不明白。看他如此愚笨，李嗣源干儿子李从珂跑了来，推翻了李从厚，自己任皇帝。

到目前为止，这伙沙陀突厥人都是儿子、干儿子们在玩，女婿们还没说话呢。女婿一说话，事情就闹大。李嗣源有两个女儿，因此女婿也有两个：一个女儿嫁给了臬捩鸡的儿子，这家人很是奇怪的，不知何时弄到了石字作姓，所以臬捩鸡的儿子就改名叫石敬瑭。石敬瑭不满李从珂，就返回塞外找契丹人借兵，契丹人遂举兵前来，李从珂登楼自焚，后唐亡。

总共不过53年的历史，后梁消耗了17年，后唐消耗了14年，现在只剩下22年了。

后晋有10年的历史。

石敬瑭就是中国历史上最有名的“大汉奸”、“儿皇帝”了。史书上说，这石敬瑭出售中原的利益给契丹人，因此这家伙坏透了。他穷奢极欲，聚敛珠宝，用刑酷毒，残害生民。他的刑法包括了灌鼻、割舌、支解、刳剔、炮炙、烹蒸等。他还逮来毒蛇放在水中，再把人丢进水里，称之为水狱。他不喜欢读书人，只任用宦官……

说老实话，这个记载是非常可疑的。第一，石敬瑭搞了如此之多的酷毒刑法，那么受害者的案卷与姓名呢？这个是你拆毁了图书馆也找不到的。第二，石敬瑭并非不喜欢读书人，他任用的职业宰相冯道就是一个读书人，冯道多次提出辞职，可石敬瑭却死活不肯批准。

这么看起来，石敬瑭很可能并非是如此之坏。不过他出卖了中原的利益，就只能说他坏了——如果他是个好人，那别的人还怎么混？

非要把石敬瑭想象成为个坏人，这是典型的原始思维。

非要把石敬瑭的侄子想象成为一个好人，这更是典型的原始思维。

石敬瑭称帝 7 年后死，侄子石重贵继位。石重贵是个有自尊的人，以向契丹人称臣为耻，毅然决然与契丹人划清了界限：称孙不称臣。石重贵想学习中华上古文化，找来博士王震给他念《礼记》，王震念得口吐白沫，可是石重贵硬是听勿懂，最后无奈地说："这些破烂东西，不好玩！"

那什么好玩呢？婶婶最好玩！石敬瑭死，石重贵守灵，婶子冯氏也来守灵，两人见而悦之，就相拥上榻开搞起来，群臣得知此事，纷纷赶来祝贺，没一个正经人。

契丹人此时正因为石重贵不称臣而恼火，闻知石重贵原始到如此程度，就发布檄文说："石重贵做人不要太无耻，玩女人玩到婶子的身上，实在让人看不下去了……"遂举兵杀入中原而来。946 年，契丹人灭了后晋。

契丹人杀入了洛阳，石重贵和母亲李太后逃到了郊外的封禅寺躲藏。饥饿难忍，石重贵就请求寺庙的和尚给弄点吃的。寺僧正色回答："我佛慈悲，普度众生，可你是一个在逃通缉犯，怎么还可以再吃东西呢？不可以的。"寺僧的回答把石重贵气得七窍生烟，只好自己光着脚去找几个士兵，恳求给点吃的，这才算是饱餐了一顿。随后石重贵一家被押送到黄龙府，途中伙食费用自理，石重贵身边的从官、宫女就只好沿途采食山果草叶。到了黄龙府之后，石重贵被降职为光禄大夫，后晋就这么灭亡了。

石敬瑭手下有一员大将，正宗沙陀突厥人氏，名叫刘知远。石敬瑭死的时候，颁诏命刘知远辅佐石重贵，但是这纸诏书被石重贵撕掉了，刘知远很是郁闷，就屯兵太原，观察中原战局。

等契丹人杀来，将和婶婶乱搞一气的石重贵抓走了，天下乱成一团，没一个像样的人出来收拾局面，于是刘知远发布“更正声明”：“刚刚查过家谱，发现以前全都弄错了，我刘知远根本不是沙陀突厥人氏，而是正宗的东汉明帝第八个儿子刘丙的后代……”

东汉明帝是第一个将佛教引入中国的皇帝，名头比较大。于是，刘知远建国号为“汉”。

那么，真的情形是不是这样呢？

元代剧作家刘唐卿创作了一出南戏《白兔记》，到后来京剧、川剧、滇剧、湘剧、豫剧、汉剧和潮剧都狂抄这部戏，搞出无计其数的新版本，有《磨房产子》《井台会》《磨房会》《红袍记》等等。这么多的剧种演的是同一个故事——后汉国主刘知远与妻子李氏的爱情传奇。

这些戏剧都严格遵循了史实，这是因为史实太戏剧化了。

刘知远年轻时是晋阳的马奴，忽然有一天发现美女李姑娘一名，就毫不犹豫地登门求婚，当时差点没把李家人的鼻子给气歪——不许！

不许就不许，刘知远才不和你计较，这家伙纠集了一帮人搞了一场小规模的暴乱，冲入李家将姑娘抢走了。戏剧里演的是刘知远在抢走李姑娘之前，两人一会儿在井台边脉脉传情，一会儿在磨房里偷偷幽会，结果幽会出一个娃娃来，总之是浪漫到了极点。

爱情固然浪漫，可抢亲就有点太原始了，刘知远和李姑娘结合之后就生下了一个小原始人，叫刘承祐。

948年，后汉国主刘知远死了，17岁的刘承祐登基为帝。大臣杨邠和武将史弘肇在殿堂前商量事情，刘承祐正要发布最高指示，却遭到他俩的阻止：“陛下但禁声，有臣等在。”意是，小毛孩子闭嘴，别胡说八道。

不让说话。不仅不让人家孩子说话，还欺负人家孩子。

刘承祐登基后，先奖励艺术家，赐伶人锦袍玉带。不巧被史弘肇看到，史弘肇大怒，骂道：“将士们出生入死，连句慰问的言语都听不到，你个唱戏的有什么资格拿这些东西！”骂过之后，史弘肇夺下艺人手中的锦袍玉带，又送回了库里。

史弘肇竟然敢这么整，他死定了。

艺术家在历史上有限的几次出场，都充当了反面的典型，真是让人没办法。在后唐时期，艺术家们要求治外法权，生生搞死了庄宗李存勖；现在史弘肇惹他们，绝对不是明智的选择。

那么，艺术家们为何表现得这么差劲呢？这是因为，古时代的艺术家和现在不一样，现今的艺术家都非常艺术，而古时的艺术家却不那么艺术——大字不识得一个，只是有着音乐方面的天分，一群不识字的人扎堆在一起，行为跟原始人没有任何区别。

更糟糕的是，现在主事的少年刘承祐偏偏也是个原始人。

艺术家们的奖品被夺走了，心情很受伤，他们就到刘承祐面前哭诉，说史弘肇要谋反。刘承祐听了，果然就在半夜里听到了打铁的声音——夜闻作坊锻打之声，疑有急兵，达旦不寐。

想来这打铁之声多半又是艺术家们的杰作。要知道那后汉的皇宫建筑程度再差劲也不至于和铁匠铺做邻居吧？被打铁声吵得一夜也不敢睡，天明之后刘承祐就匆忙就找母亲李太后，说是要杀了史弘肇和杨芬。李太后摇头："你为什么不问问宰相的意见呢？"刘承祐把他的原始人小脑袋一晃，曰："这种事，你们女人不懂……"遂诱史弘肇入宫，杀之。

杀了史弘肇，刘承祐发现，麻烦才刚刚开始。史弘肇手下还有一员大将郭威，此时统兵在外，要不干脆一块杀掉？李太后告诉儿子说："郭威，本吾家人。"

郭威又如何与李太后成为一家人的呢？这个悬疑，却要需要在下一象才能够解得开。

第二十二章
周世宗半道中殂的预言

金猪此木为皇帝，
未经十载遭更易。

——《乾坤万年歌》

“金猪”是辛亥年，辛属金，亥属猪，故称金猪。

“此木”为柴，是一个简单的拆字游戏。

“柴”是指柴荣，郭威建立后周之后，柴荣以其养子的身份继承了偌大的产业，史称周世宗。史称“周世宗英毅雄杰，以衰乱之世，区区五六年间，威武之声，震慑夷夏，可谓一时贤主”。然而天不假年，周世宗早死，其宏图大业也因之夭折，都为他人做了嫁衣。赵匡胤陈桥兵变，夺了柴荣儿子的江山。

先说郭威，他能够在乱世中成就帝王大业，起因是一个不凡的女性。她就是柴荣的姑姑，出身于世家豪门。郭威打小死了爹妈，跟着姨母长大，和柴家扯上了关系，竟然谈婚论嫁起来。门不当，户不对，这门婚事有什么好谈的，柴家人断然不许。却不料，柴姑娘自己勇敢站了出来，争取爱情与婚姻自由。她说：“郭郎素有大志，久后必成大业。”柴姑娘忽悠父母同意她的婚事。

等到嫁过来，柴姑娘才发现上了郭威的当。原来郭威这个人爱喝酒，好打架，还是个屡教不改的赌徒，一听骰子声连命都不要了。郭威千不好万不好，终究有一个好处——听老婆的话。一个坏男人肯听老婆的话，那他就不算是坏男人。

听话就好办。看一个人是不是原始思维，肯不肯听别人的劝告是最明显的识别标志。

于是柴姑娘回家说服父母，出钱让郭威去读书识字。

老婆都娶回家来了，这才想起来读书识字，按说是有点晚，可是郭威既然肯学，那就好办。认识了几个字，恰好潞州留后李继韬召募士卒，郭威就去报了名。

当了兵，离开了老婆的管教，郭威又恢复了原始人的本色，在军中酗酒闹事，打架斗殴。有天去酒店喝酒，他喝得有点高，就催促店家快点割肉，等肉割上来之后，他又嫌割得不对——子曰：割不正，不食。郭威很可能就认识了这几个字。店家看这人闹个不休，火气上来，袒露肚皮上前，曰："小样的，你有种捅老子一刀试试。"试就试，这世上除了老婆还没让郭威害怕的，当即一刀戮下。出人命了，事情闹大了，地方官要求李继韬交出凶手郭威，以正刑律。李继韬连连摇头："这是什么时候？乱世啊，乱世就是要杀人放火，不杀人放火，那还叫什么乱世呢……"

继韬爱其勇而保之。保下了郭威的命之后，李继韬就死掉了，此后郭威转入后唐帝国效力。在后唐他又成了文化人，"通书算，略知兵法"，刘知远发现这是个人才，于是提拔重用，一直到后汉。正重用着，刘知远死了，小原始人刘承祐继位。

刘承祐一出场，永兴有个赵思绾就举兵叛乱。

赵思绾在历史有点小名气，他最喜欢吃活人的肝——先把人缚在柱子上，肚皮上切一小口，把肝掏出来，炒熟了慢慢吃，肝吃完了，缚在柱子上的人还在惨号。赵思绾还喜欢吃活人的胆，就着酒一口咽下，说："吃一千只活人胆，那我就什么都不怕了！"听听赵思绾这话，吃什么补什么——这就是最典型的原始思维。赵思绾军中的军粮都是掳来的少女和小孩子，军营厨房中每天里惨号连连。

这就是李继韬不肯杀郭威的原因了。有赵思绾这样的杀人狂魔在，像郭威这种人又如何能够杀掉？

郭威引兵去打赵思绾，把这个杀人狂魔捉住，砍掉其脑袋。正在这时，后方传来了一个可怕的消息：刘承祐杀尽郭威的满门，连未满月的孩子也没有放过。

刘承祐明知道郭威统兵在外，却杀他满门，是不是他想不到这事情有多么严重呢?

他确实想不到。

怒不可遏的郭威统兵前来,灭了后汉,建立了后周,自己当上了皇帝。

郭威的妻子柴氏很有可能就是在这次事件中被刘承祐杀了。

柴家姑娘走了，又来了一个符家姑娘。符氏是个奇特的人。她年龄尚小时，家里请了术士为她算命，术士把卦一摇，惊呼：“可了不得，这姑娘长大了之后要做皇后的！”这个消息被后汉河中节度使李守贞听到了，就忙跑来说亲，把符氏说给了自己的宝贝儿子李崇训。然后李守贞就开始琢磨了：我家娶来了个皇后，那么我家可就要出皇帝了，那么这事儿……

于是李守贞找来道士，让道士给他看一看什么时候登基当皇帝好。道士拿眼仔细一瞧李守贞，连连摇头：“就你这模样，还是省省吧……”李守贞大怒，大棍子打跑了老道，又找来了一个和尚。和尚瞧了瞧李守贞，大诧：“你这可是天子的面相啊！”

这就对了，这和尚真懂事，知道李守贞想听什么。李守贞大喜，就问：“那你看我什么时候登基合适？”和尚说：“现在最合适。”

于是李守贞就大操大办，准备称帝。可还没等他登基，郭威就带着人马赶来了。双方交战，李守贞连吃败仗，被打得灰头土脸，眼看着就没指望了。李守贞急了，又把和尚叫过来问：“你不是说我要当皇帝吗?现在又是怎么一回事？”

和尚笑道：“是这个样子的，你肯定是要当皇帝的，这错不了，不过眼下是有点小麻烦，等这麻烦过后，你就是皇帝了。”

李守贞大喜，耐着性子等。就在他耐心等待的时候，郭威的兵众蜂拥冲入城来。

至此，李守贞号啕大哭，骂和尚骗死人不偿命，弄了堆薪柴堆在一起，放了把火，自己跳了上去。

李守贞自焚身死，李崇训拎起钢刀杀尽全家老幼，不留一个活物给郭威——李家的人落在姓郭的手中，只怕没个好。

这种野蛮与残暴纵然是野生动物看了也会摇头的。野生动物之间会建立一种政治智慧，当冲突时，动物们最惯常采用“模拟战争”的方式来解决问题。

所谓“模拟战争”，就是动物在争夺配偶的时候气势汹汹，杀气腾腾，要多么可怕就有多么可怕，但当真的打起来时，双方谁也不肯真打，象征性撞击或是对顶几下，一旦发现对方的实力在自己之上，马上就假装没事的样子掉头走开，而胜利者也不讲究死缠烂打。

为什么呢？

这是因为如果非要置对手于死地，那么对手就会拼个鱼死网破，让自己也受伤，最终导致己方的优势丧失。所以，死战将两败俱伤，绝非明智的表现，野生动物不屑为。野生动物不屑为，可是人类却乐此不倦。看看李守贞这一家，与野生动物相比较，哪个更有智慧？

李崇训根本顾不上考虑这些事，这时候他只顾一个个地数死人，看看是不是全家人真的已经杀光了。这一数，李崇训发现，真漏了一个人——是他的老婆符氏！

当李崇训斩杀自己全家时，符氏躲在帐幕内。李崇训发现老婆逃了，急了，就呼叫：“老婆，快点出来让我给你一刀，不痛的，咔嚓一声就没事了！”

符氏躲着不出来——你们男人的游戏，扯上女人干什么呢？没意思。

李崇训大急：自己马上就要死了，可老婆还活着，这让他五内欲焚，让他发疯……于是他拎刀四下里寻找。这时候郭威的士兵冲了进来，李崇训当机立断，照自己的脖子上就是一刀。

士兵们发现一个美女端坐在堂上，大喜，蜂拥着扑过去，这时候就见符氏眉毛一挑：“大胆，你们不要命了吗？”

士兵们吓了一跳：“你是哪一个？”

符氏道：“我家和你家郭公是世交，你们马上给我叫郭公来，我有话要对郭公说。”

士兵们赶紧去禀报，郭威满头雾水地来了：“你是谁？咱们认识吗？”

符氏道：“以前不认识，不过我现在认识郭公了——不这样做，我还有命在吗？”

郭威说：“你这女人倒是聪明，可这年月兵荒马乱，你活过了今天，明天可就难说了，我建议你出家当尼姑，说不定还能多活几天。”

符氏摇头：“我不要当尼姑。”

郭威说："你不当尼姑怎么行，不当尼姑那就……"

郭威把她带到洛阳。这时候郭威的内侄柴荣来了，瞄上了符氏。此前柴荣有个正宗老婆刘氏留在开封，后汉攻打开封，杀了刘氏。

两年后郭威重病，柴荣正在澶州统兵，牙将曹瀚求见，曰："大王国之储嗣，今主上寝疾，大王当入侍医药，奈何犹决事于外邪？"柴荣恍然大悟，立即回到洛阳，进皇宫，朝中大事小事统统由他说了算。郭威一死，柴荣登基称帝，发现后宫一群女人唧唧喳喳的，得找个皇后来管一管。

找谁呢？柴荣想到了符氏，就立即向符氏写情书，符氏许之，就进宫当了皇后。

发生在符氏身上的预言成真，就已经够邪门的了，而后来的事更加邪门。

符氏"素有贤名"，她主要"贤"在干预国家政事上。柴荣是个暴脾气，稍有不快就要拖出个倒霉蛋痛打出气。符氏劝他别胡来，做人不要太原始，有什么事就说什么事，无缘无故地老是凌辱部属，这可不妥当……有了不顺心的事找无关的人泄火，这属于原始行为，但能够听从妻子的劝说，却是柴荣的理性思维了。所以，柴荣不仅不怪符氏老是管着他，而且非常感谢她。

符氏寿命太短，当了皇后才 6 年就死了。柴荣立符氏的妹妹小符氏为皇后。

回顾五代，女性扮演了非常重要的角色。在后梁，女性的自尊被践踏到极点，朱温以幸御自己的儿媳妇为乐事。后梁之后是后唐，首任皇后刘玉娘是个商业奇才，拼命捞钱，和小叔子通奸，结果搞得这家人死乱各地。后来李嗣源的两个妻子谦让皇后之位，标志着时代的好转。再到后汉刘知远的妻子，这位李皇后的美德已成为了中国戏剧界取之不尽的题材。到了后周，又有大符氏与小符氏两任皇后的传奇。

这样的历史告诉了我们什么？男人闯祸，女人补天。历史始终是以这种形态向前演进，唯此我们呼唤理性。

至于十国，首先是前蜀，是晚唐王建建立的。

前蜀美女多，而且多是才女，有大徐氏，有小徐氏，小徐氏是历史上的首任花蕊夫人，她曾写过这样一首诗：

翠驿红亭近玉京，
梦魂犹是在青城。
比来出看江山景，
却被江山看出行。

小徐氏端的是花容月貌，倾国倾城倾江山。后唐李存勖的大队人马入蜀，小徐氏被押到秦川斩杀，可怜一缕香魂就这么随风散尽。

美女被拖出去杀头，那么男人呢？后蜀国主王建有一个女婿在国破后转行加入丐帮，穿着破破烂烂的衣服，满头满身泥垢，在街道上带着一群乞儿横冲直撞，抢到了白饭蹲在泥坑里吃，这就是没有底线的前蜀男人。

前蜀之后有后蜀，是李克用部将孟知祥创建的。后蜀宫中最美貌的妃子叫张太华，史书上说她“少擅殊色，眉目如画，侍后主有专房之宠”。有张太华在，六宫粉黛统统没什么看头了。孟昶宠爱张太华，携她赴青城山游玩。臣属劝谏，孟昶不听，只顾与张太华吟诗作乐，正在浪漫，突然晴空一个霹雳，砸下来一个火球闪电，把张太华给劈死了。几年后，道士李若冲途经青城山，夜晚尚能听到一个凄凉声音在吟诗：

一别銮舆今几年，
白杨风起不成眠。
常思往日椒房宠，
泪滴衣襟损翠钿。

李若冲惊问：“尔何物也？半夜三更何故乱吟鬼诗？”

对方泣答：“妾乃被雷劈死的张太华是也，那天杀的老天爷劈错了人也不说道个歉……”

李若冲急急赶往后蜀皇宫，求见孟昶，说了这件事。孟昶听得惊心，给了李若冲许多金帛，让他去超度张太华。

失去张太华，孟昶又得了历史上的第二任花蕊夫人，作诗形容她的美貌：“冰肌玉骨清无汗，水殿风来暗香满。”这传世佳句后来被北宋苏东坡偷走，以《洞仙歌》传诵千古。

不久，赵匡胤夺取了后周政权，建立北宋，杀入后蜀将花蕊夫人掳了去。

和孟昶相比，赵匡胤是一个没有情调的男人，他强迫花蕊夫人吟诗。

花蕊夫人愤然吟曰：

君王城上竖降旗，
妾在深宫哪得知？
十四万人齐解甲，
宁无一个是男儿？

花蕊夫人不喜欢没情调的赵匡胤，一心思念着孟昶，偷偷绘了孟昶的画像，结果被赵匡胤发现。赐死！女人只许想我一个，不许想别的男人。这就是赵匡胤。

十国中吴国，消失得太快，不久就改名唐朝——史称南唐。

南唐李后主鼎鼎有名，这个诗人在宫中玩一种与帝王争霸迥异的游戏，因此“为天下笑”。

李煜的皇后周娥皇，也是一位天才的女艺术家，她创造了“高髻纤裳及翘鬓朵”的宫妆，风靡一时。李煜每天弄出一首词，照例由周娥皇谱曲。李煜这厮太能写了，周娥皇从早到晚给他谱曲，结果累得病倒了。几天后，周娥皇挣扎着从床上爬起来，惊讶地看到14岁的妹妹也在宫里。妹妹实话实说，说她已经进宫好多天了，每天姐夫都……闻听此事，周娥皇气炸了肺，恨透了李煜，至死脸不向外，再也不与李煜相见。

李煜心中有愧，为周娥皇的丧事大操大办，有数万人爬到屋顶上看热闹。

此时，江南悄然流行一支谶语：

索得娘来忘却家，
后园桃李不生花。
猪儿狗儿都死尽，
养得猫儿患赤瘕。

这里，“娘来”是指刚刚14岁的小周后，“猪儿狗儿都死尽”是指册立小周后为戊辰年，而李后主被赵匡胤逮走是在乙亥年（猪年），“赤瘕”指目病，猫有眼疾则不能捕鼠，意思说李煜再也见不到丙子（鼠年）之年了。

情况是如此危险，李煜却什么都不管不顾，特造了一个柔仪殿，雕镂华丽，仅容二人，“每与后酣饮其间”。这个只能装得下两个人的宫殿，正是李煜人格退缩所形成的母体子宫，原始思维最终必然会退到这一步，而不论其才华有无。

退回到子宫也没用，赵匡胤将李煜逮走，赵光义给他食了牵机药，搞死了他。

十国中的闽国，原始人扎了堆，有男也有女。

闽国嗣王夫人担心丈夫被美貌的小狐狸精们勾走，就将新入宫的美人关了起来，狠狠用木头人抽打，再用铁锥刺面，在脸颊上刻字或是刺纹，一年内无辜死者 34 人。之后，嗣王夫人心满意足回到佛堂，吃斋念佛……

嗣王夫人表演后，最原始的肉戏在闽王皇宫里上演了。

史载，闽王王延钧筑长春宫，与皇后陈金凤裸逐嬉笑为乐。王延钧在长枕大床上拥金凤与诸宫女裸卧，与金凤淫狎时令宫女隔屏观之。

陈金凤除了喜好胡乱，还写诗：

龙舟摇曳东复东，
采莲湖上红更红。
波淡淡，水溶溶，
奴隔荷花路不通。

怪不得那王延钧如此变态，原来此人患有隐疾，搞得这么轰轰烈烈，不过是说自己没毛病。这件事很快就为广大群众所周知，于是民谣有云：“谁谓九龙帐，惟贮一归郎。”

陈金凤不陪有毛病的皇帝玩了，自己又找了几个情人。民谣里的“归郎”是指佞臣归守明，是陈金凤的第一个情人。她的第二个情人是百工院使李可殷。

这么一个散发着浓烈原始情欲味道的国家，不劳别人动手，自己就会灰飞烟灭的。

十国中的楚国最不原始，是最理智的。

楚国有位楚文昭王夫人，模样相当丑陋，治国理家却是一把好手。她把文昭王管得服服帖帖，把国家治理得蒸蒸日上。不幸夫人早夭，于是文昭王失控，逮来一群美女，国力衰退，最后明智地并归赵宋。

十国中的南汉，本来蛮好的，临到后来却出现了一个原始人皇帝刘鋹，这家伙脑子糊涂到了惊人的程度。他宠爱美女卢氏，突然跑来一个巫婆，名叫樊胡子，说："美女卢氏是我从天上派遣来辅佐你的，你要听她的话。"当时刘鋹的表现是信以为真。

不久卢氏就神秘失踪了，史学家翻遍了带字的纸片也不知道这女人躲到哪里去了，很可能是让刘鋹悄悄给杀了。可见，刘鋹其人只是思维比较原始，一点也不傻。

此后刘鋹从宫外找来许多男人，让他们进宫和宫女交配，他则在一边嘻嘻哈哈地旁观。他还找来了一个波斯女，赐名为媚猪。刘鋹的皇宫中到处是赤裸着身体相互追逐的男男女女。

刘鋹在治国理念中都体现出鲜明的性意味。面对越来越强的北宋，刘鋹忧心忡忡，他希望能够物色到贤明大臣，替他把赵匡胤后宫中的女人也逮来，大家一起玩大体双，可是哪个大臣有这种本事呢？

并非是大臣们缺乏能力，而是他们缺乏忠心。

刘鋹继续思考：大臣们之所以缺乏忠心，是因为他们都有家有口，一心只想着自己的家，不乐意效忠于朝廷。如此说来，这世上最忠于他刘鋹的，就是宫里的太监了！

没错，就是这样。刘鋹想，太监失去了生育能力，没有妻子儿女的牵挂，是最忠于他的。

而高大宫墙阻碍了太监的视线，他们虽然忠心，但能力太差，除非……刘鋹终于找了个绝妙办法：如果将那些有能力的大臣们阉割了，岂不就是在保持了他们的能力的同时又获得了他们的忠心吗？

刘鋹马上行动起来，召开紧急御前会议，热情洋溢地号召大臣们行动起来，为了国家的富强，为了民族的未来，阉割自己吧。

这个决策让群臣大哗，大家都拼命反对，刘鋹是决不退步。双方争辩许久，找到了一个妥协的法子，现有大臣都是忠臣，为国为民不容易，暂时就先不阉割了；马上开科考状元，阉割状元郎！这事就这么定了。

然而，状元郎割成太监，仍然无助于国运。到了宋人兵伐南汉时，刘鋹为自己准备了一条大大的花船，让太监们将宫里珠宝并最美貌的妃子带上船；刘鋹正要登船，却被船上的太监们抢先一步割断锚链，带着珠宝和美妃逃之夭夭了。

十国中的荆南且不说，唯其吴越几成人间天堂，这是一些心性淡定的文明人创建的国家，文化气氛浓厚。赵匡胤统兵前来，要求统一，统一就统一吧，吴越王之所以分疆裂土，只是为了护佑一方子民。

十国最后说到北汉，《杨家将》中老令公杨继业早年就在这里打工。可这个国家的地理位置太可怕了：北临契丹，南有北宋，地盘小得形同于无，所以在赵匡胤、赵光义兄弟几次敦请下，就举旗投降了。

第二十三章

赵宋传九世而有靖康耻的预言

肖郎出走在金猴，
稳坐江山传九世。

——《乾坤万年歌》

繁体的赵字是由一个“肖”字和一个“走”字组成的，所以“肖郎出走”指的是赵匡胤。

“金猴”是指庚申年，即公元960年。这一年，赵匡胤发动陈桥兵变，将把兄弟柴荣的江山夺了过来，这成为了北宋皇朝增值最快的负资产——皇权游戏就是这么残酷，包袱再重，赵匡胤也得咬牙背上。

后面还一句“稳坐江山传九世”，那么北宋是不是传了九世呢？我们来看看北宋的帝王年表。

北宋帝王第一位就是宋太祖赵匡胤，这是一位与唐太宗李世民齐名的好皇帝，是中国人民理想中的帝王。平心而论，这个皇帝确实不错，但皇帝好并不意味着老百姓的生活就有什么幸福可言。如果有谁生活在赵匡胤时代，绝对是件祖上无德的痛苦事情。

赵匡胤计有皇后三人，首任皇后属追认，那可怜的女人在赵匡胤当皇帝之前就死掉了。后来赵匡胤精心挑选了彰德军节度使王饶的第三个女儿当自己的皇后，王家三丫头嫁过来时刚17岁，善弹琴会鼓瑟，很有品位。

王皇后有个弟弟叫王继勋，风姿绝美，言语谦和，尤其是对待婢仆和善体贴，时人皆称其善。赵匡胤最喜欢的就是这个帅帅的小舅子，特赐他一栋华宅，平日里人们经过华宅外墙，时不时能够听到宅中传来琅琅的读书声，不由得肃然起敬。赵匡胤就考虑是不是让小舅子过来帮自己治理这个国家，千头万绪的，皇帝太需要帮手了。

正当赵匡胤琢磨这事的时候，突然下起了大暴雨，将美少年居住的华宅的一堵围墙给冲垮了，就听到一声恐怖而尖利的嗥叫声，一群狰狞可怖的人形动物从围墙里急冲到皇宫门前，大放悲号，呼冤喊屈。

这时候人们才发现，从围墙里冲出来的是一群形色惨厉、满体污血的年轻女人。等听到这些女人们哭诉，事情就更显得可怕了。

原来王继勋虽然生得风姿玉立，却是地地道道的心理变态，嗜好吃人肉，而且他最喜欢吃年轻漂亮的少女的肉，到得这件事发作出来，这家伙已经吃掉了100多个年轻的姑娘。他把姑娘身上的肉啃净，就把骨头埋在后花园中。从王继勋的华宅中逃出来诉冤的女人都是王继勋吃剩下的，他正准备回锅红烧，慢慢吃……

有司不敢怠慢，急忙向赵匡胤报告："报告皇帝，你家小舅子吃人，100多条鲜活的生命啊，按律当斩。"

赵匡胤得知此事，拍案而起："太不像话了，真是太不像话了，这孩子怎么可以这样呢，一定要批评教育，狠狠地批评教育。"

有司听得直眨巴眼，提醒赵匡胤："陛下，这吃人可是反人类反文明的大罪，有必要……"

"有必要严加管教，惩前毖后，治病救人。"赵匡胤吩咐道，"对王继勋食人一案一定要严肃处理，决不姑息，就把他充军流放，发配到登州去吧。"

有司担心地问："万一他到了登州还继续吃人怎么办？"

"既然是这样的话……"赵匡胤略一沉吟，指示道，"为了严肃处理，防止类似的事情再次发生，就提拔王继勋为右监门率府副率吧。这个官不大，有利于他认真地反省、改造……"

吃掉了100多个花季妙龄的少女，可赵匡胤不仅不予追究，而且还要升他的官。没多久，赵匡胤授予吃人者王继勋以守卫西京洛阳的重任。

史载，王继勋抵达洛阳，就经常听长寿寺僧人广惠讲佛法，一边将从街上捉来的少女洗净，抹上油盐酱醋下锅，然后二人就细嚼慢咽起来……后来这支吃人小分队数量扩增到十几个人，洛阳城每天失踪的少女人数越来越多，家家户户惶恐不安。

直到 976 年，赵匡胤死掉，赵光义继位，是为宋太宗，这时候群臣纷纷上书，苦求赵光义快点宰掉王继勋这个吃人恶魔，赵光义从之，出动官捕一举打掉了这个可怕的吃人小分队。

民间对于赵匡胤的美好印象，主要是来自于对其继任者赵光义的恶感。

实际上，百姓也不是对赵光义有什么天大的意见，只不过传统信奉的是子孙世代承袭，赵匡胤的江山理应赵匡胤的儿子来坐，哪怕他的儿子是个浑蛋，那也轮不到赵光义。

赵光义是一个非常有责任心的人，琢磨着把北宋的地域扩大扩大再扩大，他最大的愿望就是拿下横卧在中国门户上的契丹人。这伙契丹人还是早年石敬瑭那厮给引进来的，来了就不愿意走了。赵光义希望拿下中国门户，御异族于国门之外，奈何这个愿望与他的能力严重不相称，两次征战俱是铩羽而归。他还因为亲临前线遭受到箭创，后来因箭伤发作而死掉。

赵光义被契丹人打得落花流水，野战军指战员刘通牺牲在战场上，刘通的女儿刘娥从此流落荒野，被人贩子们卖来卖去，最后卖给了一个跑江湖耍杂技的。此后刘娥就成为了一名优秀的杂技演员，跟着戏班子转战南北。她最擅长的是跳长鼓舞，再后来她跟着契兄刘美跑掉了，逃到了开封府。恰好宋太宗赵光义的三儿子赵恒被封为了襄王，正在府中大办喜事，就请刘娥进府表演跳长鼓舞。

有分教：红歌纵舞花如醉，望断朱栏几人回。那襄王赵恒看了刘娥的歌舞，顿时魂飞天外，意乱情迷，陷入情网。

赵恒就去禀告乳母秦国夫人，想娶这个跑江湖卖艺的女子为妻。秦国夫人闻言大怒："这么个来历不明的女子，谁知道她以前都干过什么？有没有杀过人？有没有嫁过人？有没有……"秦国夫人当即下令将这个卖艺的女子赶出王府。

刘娥一步三回头，赵恒更是心肠欲断。赵恒一咬牙，悄悄叫过来自己的铁哥们王宫指挥使张耆，让张耆帮他这个忙。

于是张耆追出宫去，逮到刘娥，将她关进了自己家里。过几天赵恒就跑到张耆家里，把门一关，向心上人倾诉衷肠，房中的事情有甚于诉衷肠者，总之是无限春光。

997年，宋太宗赵光义箭疮复发而死，赵恒登基为天子，是为宋真宗。

宋真宗登基，头一件事就是将刘娥弄进宫，刘娥这一年已经32岁了。

宋真宗封刘娥为美人。4年后，皇后死了，宋真宗立即封刘娥为皇后。群臣闻知，大哗，纷纷上书抗议，抗议的理由跟秦国夫人一样——她的身世清白不清白？有没有和男人偷过情？吵了半天，刘娥只被封为德妃。

宋真宗是个真正的好男人，在感情上非常忠贞，他觉得对不起刘娥，就趁群臣不注意，搞了个瞒天过海，于一年后偷偷让刘娥晋级为皇后了。

宋真宗的爱是真诚的，糟糕的是，这家伙逮到一个就爱一个。比如，宋真宗年轻时去给他妈妈请安，发现妈妈身边的侍女非常美貌，就要求幸御；母亲疼爱儿子，许之，这个女子为李妃。又有个漂亮小丫鬟，姓杨，于是宋真宗就与杨姑娘初试了云雨情，后来此女为杨妃。

有这么多的女人，生儿子的生儿子，生丫头的生丫头，唯独刘娥生不出孩子来。每天晚上宋真宗批阅奏章的时候，刘娥就陪伴着他，替他擦汗，替他翻着奏章，看来看去，她也能说出个眉目来。此后的国家大事就由他们两个决定了。

这么看来，宋真宗时代最大的大事——泰山封禅，应该是刘娥这个女人的主意了，而且这个主意也颇符合她的性格。

泰山封禅，是帝王的成就比较大，大得必须要向老天爷亲自作一个汇报的时候，才有资格这么做的。历史上第一个泰山封禅的是秦始皇，他的成绩是统一了中国，跟老天爷汇报一下也未尝不可。第二个泰山封禅的是汉武帝，此人逐匈奴于狼居胥，为汉人的生存拓展了空间，去泰山向老天爷说道说道也情有可原。可这宋真宗又有什么本事呢？也敢说泰山封禅？

最初在宋真宗提出泰山封禅，群臣莫不嗤之以鼻。

在中国帝王班里，宋真宗充其量是一个留级生，连他的亲爹赵光义、大爷赵匡胤是不是有资格去泰山封禅都不好说，哪轮得到他赵恒？

但是，没有人能够说服一个思维原始的人。

于是有一天，泰山脚下突然涌出了甘泉。紧接着，锡山一带又有苍龙现身，鳞甲鲜明，须髯飘飘，良久不见。再接着，宋真宗瞪眼珠子说，他亲自梦到了神赐天书于泰山……看宋真宗做的这个怪梦江湖味道也忒浓烈了，肯定是刘娥给出的主意。

那么，刘娥为什么要出这么个馊主意呢？

这是因为，这个女人做事特别讲究排场，可能与她的江湖卖艺生涯有关。刘娥得势，就下令凡属她们刘家人的名，百姓都要避讳，出入起居特别讲究章法，所行之处向来是轰轰烈烈、浩浩荡荡。这个女人处在权力的顶峰，却仍然保留在江湖上卖艺时的心态，希望所有人都密切关注着她，不能容忍别人对她的漠视。

泰山封禅后不久，宋真宗死了，赵祯登基，是为宋仁宗。

赵祯是李妃生下来的，被刘娥抢了去；赵祯不晓得刘娥不是他亲妈，就老老实实坐在那里看刘娥亲政。刘娥升任太后，史称章献太后。

章献太后亲政十一年，政出宫闱，号令严明，群臣们乖乖听从，不敢有违。终于有一天，同平章事程琳向章献太后献了一幅《武后临朝图》，请求章献太后效法武则天把老赵家的孩子统统宰掉。章献太后当时勃然大怒，将那幅画掷在地上，大声说："吾不做此负祖宗事！"

这女人确实不错，我们必须要承认宋真宗这厮有几分眼力。

宋真宗从未做过对不起刘娥的事——偷情乱搞和别的女人上床除外。所以刘娥也要对得起他。

章献太后死后，仁宗赵祯惊讶地发现自己的亲妈竟然死于苦役，勃然大怒，揭开了"狸猫换太子"大案。

这个时代堪称中国历史上最华丽的时代，也是最肮脏的时代。一代名臣范仲淹、包拯、欧阳修等热热闹闹地挤在朝廷上，被小人骂得狗血淋头。

范仲淹第一个倒霉，他反对宰相吕夷简多用私人，遭到狂猛攻击，被赶去饶州治水。欧阳修看不过去，替范仲淹说了几句公道话，一盆接一盆的脏水就向着欧阳修泼将过去。

先是，市面上突然沸沸扬扬，都在传说欧阳修老不正经，竟然和他的侄女儿通奸。欧阳修气得半死，想要辩解，却发现自己竟然无从言声。朝廷介入调查，结果是子虚乌有，压根就没有这桩事。事虽然是没有，可欧阳修一家人被迫配合调查，所承受的屈辱与羞耻是无以复加的。

既然查清楚了，欧阳修能够挺起胸膛来做人了吧？如果你要是这样想，那就太低估小人了。市面上流言再起。这次不是说欧阳修和他侄女儿通奸了，改成了欧阳修和他的儿媳妇通奸。还有再查一次吗？这次没有调查。大文豪欧阳修活活被这些流言飞语给气死了。

这就是谣言的力量，就是让你说不清楚，任何试图说清楚的努力只能招惹来更深更大的耻辱。

北宋是中国文化的又一个高峰，是一个产生大文豪的时代，可是每一位受后人尊敬的文豪生前莫不是饱受此类恶毒流言的攻击，这是什么原因呢？

墨菲定律有这样一条："雨水会浇到正义人士，也会浇到卑鄙小人，但只有正义人士才会被淋成落汤鸡，因为卑鄙小人偷走了正义人士的雨伞。"把这句话换成中式语言就是说：只有在一个宽松的氛围中，我们才会得到大师级别的思想家。鲜花能够招来蜜蜂，但同时也招来更多的苍蝇；对于大师来说宽松的人文环境，小人更是如鱼得水。所以每当面临大师出现的时代，不可避免会冲出无计其数的小人争风头。

这个概念绝非是原始思维能够理解得了的。

原始思维还无法理解的另一个概念是：平民政治。

平民政治就是对人性本身的了解与洞察，知道每个人都是残缺的、不完整的，有圣人的光辉一面，也有小人的龌龊一面，一半是天使，另一半是魔鬼。真正的政治智慧就是在这样的一群人中建立起一种良性的互动，通过明确的社会规则，将每个人的圣洁一面发挥出来，让每个人都生活得快乐开心。

皇权智慧虽然也知道人性的残缺与不完美，却将希望放在圣明天子上，宁肯等几百年也要等待一个圣明天子出来，而不肯理性思考一下，寻找一种体现理性智慧的政治格局。

欧阳修惨遭小人恶毒诽谤，其他文士名人非但不吸取教训，反而以为自己勘破了社会真相，也以小人之术做武器，向王安石大泼脏水。如苏辙就写文章嘲弄王安石说：这么一个丑人啊，丑到了极点了，心地肮脏又邪恶啊，真不知道他怎么就丑成这么一个样子啊……

苏家兄弟对王安石的政治改革有不同的看法。有不同的看法好啊，大家就交流交流吧？

不交流，嫌太累。

苏东坡一家子绕着弯骂王安石，王安石也不客气，搞出来个乌台诗案，指摘苏东坡对赵宋皇朝不忠。

这么一群伟大的人物，遇到不同观点时无法沟通，竟采取最卑劣的手段相互攻讦，真是太让人失望了。失望也没法子，政治逻辑高于一切，在原始思维状态之下再伟大的人物也只能如此。

公元1048年闰正月十八日晚，汴京皇宫里突然杀声四起，火光冲天。宋仁宗迷迷糊糊从床上爬起来，撒腿就要往外跑，想出去瞧个热闹，被曹皇后一个耳光打倒在床上——也不瞧瞧这是什么时候，还要命吗？

外边响起了“砰砰”的砸门声，原来有人趁夜发动叛乱，马上就要冲进来了。

曹皇后当机立断，让宋仁宗赶紧草拟一张诏书，传侍卫官王守忠火速入宫。曹皇后将太监与宫女召集在一起，慷慨激昂地发表了临战宣言：“不要问皇帝为你们做了什么，要问你们为皇帝做了什么，没有任何借口，马上就办，决不拖延……冲啊，杀啊……”一席话说得太监们五迷三道，疯子似的跟着叫喊。

曹皇后剪下自己的一绺头发，分发给太监们：“明日行赏，用是为验。”

这绺头发能够证明什么呢？证明大家奋勇杀敌？不挨边，这绺头发什么也证明不了。

当时大家就奋不顾身与门外的强敌展开了血战。担心对方用火攻，曹皇后又命人备了水。足足杀了半夜，才弄清楚是崇政殿亲从官颜秀突然活腻了，想宰了宋仁宗。

宋仁宗受到了刺激，此后明显变得不爱说话，自己炼制丹药服食，吃着吃着，就死掉了。

宋仁宗没有儿子，就抱养了濮王赵允让的儿子，后来登基，是为宋英宗。

宋英宗登基的当天就出事了。

大臣们前来拜见新天子，英宗突然号哭狂走，随地便溺。群臣目瞪口呆，韩琦上前掐住英宗的脖子，把他提溜到龙椅上，然后若无其事地跪拜：“吾皇万岁万岁万万岁……”

实际上，英宗是被吓得患上了精神疾病，他在登基之前苦苦哀求：“某不敢为，某不敢为……”哀求无效，这皇帝他做也得做，不做也得做。

曹皇后这时候已经晋级为曹太后了。英宗一发疯，就专找曹太后的麻烦，摸掐谩骂，踢踹拉扯，不一而足。要命的是，有时候他处于似神经而非神经之间，这时候他说出话来，是最让大家痛苦的。

比如说有一天，英宗找到宰相韩琦哭诉说：“太后待我无恩。”这话被曹太后听到了，气得号啕大哭。韩琦无奈，扯开嗓门也哇哇哭……

除了突如其来的神经病发作，英宗最主要的事情就是在后宫幸御宫女，一口气生出14个儿子来——公主不算数。他生下来的孩子连死了5个，老六赵顼算是活下来了，后面的老七老八老十还是死婴。

后来接任北宋的第六任皇帝宋神宗就是赵顼。

王安石兴冲冲来变法，不料陷入了朝臣的攻讦大战。王安石移兵布阵，变法反对派阵营全面大撤退，数月之内台谏一空。改革派正要弹冠相庆，不提防自己窝里却乱了起来。

王安石的助手吕惠卿突然跳了出来，公布了厚厚一叠子王安石写给他的书信，信中多有出轨之语，要命的是王安石几乎在每封信上都不忘这么一句："无使上知。"——这事千万别让皇帝那傻瓜知道。

变法就这么算了。此后宋神宗将目光转向大西北，准备开发大西北，派了历史上最有名气的科学家沈括出任设计师，设计了银川寨。可是沈括竟然忘记给银川寨设计水井，结果西夏以倾国兵力30万人围将上来，宋军昼夜血战，饿了舔嘴唇，渴了喝马尿，没两天工夫，20万宋军渴死了一大半，情景惨不忍睹。

这件惨事过后，宋神宗就死掉了，轮到了他儿子赵煦出场，是为北宋第七任皇帝宋哲宗。

宋哲宗时代，朝中两派争斗已经趋于白热化阶段，前一阶段是改革派占了上风，内部分成两支惨斗不休；后一阶段窝里反的改革家们统统被轰出了朝廷，保守派占了上风，也分裂出三个派别，继续你掐我打。其中，苏东坡出任蜀派首领，理学家程颐出任了洛派首领，还有一派叫朔派由大臣刘挚统领。

这三派每天就在朝堂上掐来打去，相互揭短。正打得起劲，不提防改革派又杀了回来，再次把持了朝政。苏东坡率蜀派全线撤退，逃出京师，路上遇到王安石，两人相见，惊讶地发现彼此头发和胡子都已经白花花了，这时候再回顾这一生，苏东坡不由得大放悲声："小舟从此逝，江海寄余生。"

此后，优秀人物纷纷退场，原始人走上政治舞台。北宋第八任皇帝是宋徽宗赵佶。

宋徽宗喜欢花花草草花石纲，喜欢美貌的女人，举凡能够对视觉产生强烈刺激的，他统统喜欢。很显然，宋徽宗也发现了自己只对具体形象有感觉，缺乏抽象思维能力，于是他成为了道教的拥趸，想以此证明自己的思维并不原始，也能玩一玩意识形态方面的高雅。

但原始人就是原始人，宋徽宗玩道教一上手就是原始味道，偶像崇拜大行其道——没有了那些泥胎土偶，宋徽宗就不知道自己该信什么了。越玩越来情绪，宋徽宗自称“昊天上帝元子”，说自己是老天爷的大儿子，号曰“教主道君皇帝”。铸九鼎，建九成宫，立道观，遍天下。

举凡思维原始化的人都会把事情想得极简单，越是愚蠢的人就越以为自己聪明，这个特征在宋徽宗身上体现得最为明显，他竟然想到了联合女真人攻灭契丹辽国的可怕招术，岂不是“前驱狼，后来虎”？

宋徽宗是一个非常有情调的君王，才华横溢，工书画，善词曲，楷书自号瘦金体，绘画长于花鸟。总之，宋徽宗是原始思维时代的大家，他所有的艺术成就都集中于最能够刺激视觉的感性范畴。不是说感性范畴就不好，感性思维是人类天性的表现，人类的良知与价值观念都在这里。问题是在处理人际关系上就不能感情用事了，牵扯到两国邦交，感情用事就明显是智商不足。

宋徽宗兴致勃勃推行联金灭辽政策，未几，契丹辽国在女真人狂猛攻击之下覆灭，然后女真人兵分三路，浩浩荡荡奔宋徽宗居住的汴梁城来了。

听到这个消息，宋徽宗握住枢密使蔡攸的手，说道：“我打小就是个暴脾气，想不到女真人竟然非要惹我——我平日性刚，不意金人敢尔？”

“平日性刚”，无非是原始思维死钻牛角尖，固执己见，倔犟如蠢驴。连他都知道自己这德行。

“不意金人敢尔”，这是原始思维之人最熟悉的语言模式，“不意”、“想不到”……实际上这种人压根就没想过，这个是需要逻辑思维能力的，可这宋徽宗哪有？

宋徽宗下课，把麻烦事交给儿子宋钦宗来处理。

可这个宋钦宗秉袭了父亲的风格，基因中的原始烙印过于鲜明，仍然是一个原始人。

女真人大举入寇，将徽钦两个皇帝并宫娥彩女太监文臣工匠艺人十余万尽数掳走。北宋的历史就这么宣告终结了。

话说那十余万俘虏走在路上出现了一桩奇事。据宋臣曹勋记载，一众战俘到了女真人营寨，中有一名小女孩名叫招儿，突然看到四名金甲武士执弓拿箭进入庭中，守护在宋钦宗身边。招儿将这四名金甲武士指给众人看，可除了她自己，谁也看不到这四个人。这时韦太后突然醒悟，曰："我供奉四圣香火最是殷勤，这一定是四圣显灵来救我们了……"于是她更加虔诚地供奉香火。

没过多久，战俘们顶着风雪抵达了黄龙府。女真人大摆宴席庆贺胜利，进战俘营找美女，发现了 18 岁的宋钦宗的妃子朱氏最美貌。朱姑娘到得宴会上，赋诗曰：

幼富贵兮厌绮罗，
长入宫兮奉尊王。
今委顿兮流落异乡，
嗟造物兮速死为强。

昔居天下兮珠宫贝阙，
今日草莽兮事何可说。
屈身辱志兮恨何可雪，
誓速归泉下兮此愁可绝。

诗成，朱姑娘死。

第二十四章
宋金南北划江对峙的预言

一汴二杭事不巧，
却被胡人通占了。
江南江北又分邦，
二百年来江山小。

——《乾坤万年歌》

“一汴二杭”：靖康之后，女真人的金国占据了北方，以北宋的国都汴梁城为南京，而赵宋的残余力量被压制在江南地带，定都杭州。

虽然再也没有能力问鼎天下，可南宋小朝廷终究是维持了152年——从公元1127年到公元1279年——而且活得还蛮好。“江南江北又分邦，二百年来江山小”，说的就是这段历史。

这段历史又称之为“耻辱史”。

为什么是耻辱呢？因为历史学家不希望由少数民族的女真人来统治中国。相比汉民族，女真称得上是“异族”，传统历史学家寄希望于赵宋皇族的后人与女真人争战，“一扫胡尘”，天下一统，岂不妙哉？

受传统历史学家的观念影响，这段历史由于掺杂过于浓厚的原始思维气氛，而变得模糊起来。百姓对于这段历史的了解，基本上是来自于评书《说岳全传》。在这部评书中，按照原始的简单思维，女真人被刻画成为极为丑陋、可笑、无知又无能的一群，而大英雄岳飞则超越了顶天立地的界限，直接与如来佛祖身边的那只大鹏鸟挂上了关系。

一般人可能不是太清楚，在佛经中那只大鹏鸟并非是什么好鸟，吃人无算，属于魔怪。但老百姓不跟你扯这么多，连大诗仙李太白都说“大鹏一日同风起，扶摇直上九万里”，总之就是寄希望于大鹏鸟了，要不然还能怎么办？

然而，这只大鹏鸟虽然飞得高，扑得猛，终究被一只大乌龟摆平了。这乌龟就是秦桧了。相比于翅羽类物种，包裹着厚厚甲壳的乌龟意味着对进化的反动。

民间人士坚信，如果不是大乌龟转世的秦桧设风波亭冤狱，杀害了岳飞父子并张宪的话，南宋早已干掉了金国。

大鹏鸟毕竟是进化得比较先进的物种，却终究搞不过大乌龟，这个民间传奇的韵味很值得我们深思。

实际上，在这个传说中，进化程度远远不足的大乌龟实际上是象征着传统中国原始落后的政治法则，这种政治法则的智慧为零，连野生动物看了都会摇头。而进化得比较先进的大鹏鸟则象征着传统中国的文化思想，这文化思想甭管是多么先进，也禁不住被一群原始人胡乱折腾，分崩离析是必然之事。

预言告诉我们说“一汴二杭”，说的就是这种比野生动物还要落后的政治法则，先是搞死了可怜的金国，然后又搞死了更可怜的南宋。

女真人最早的时候居住在深山老林里，过着快乐的猎居生活，一直以来也很低调，说得上与世无争吧。

西晋灭亡，五胡乱中华的时候，各游牧民族向中原扑将过来，都希望冲进来捞上一票，最后被鲜卑人抢了先，先是大搞“去鲜卑化”，然后冒充汉人做了皇帝——时过千年，还有许多人不晓得李世民的身份。

而后，沙陀突厥人也跑了来，利用乱局也在中国混了几届皇帝。再后来就是契丹人进占燕云十六州，时不时骚扰一下。

契丹人当时已经搞定了北方的游牧部落，比如那时的女真人境遇就非常凄惨，臣服于契丹人的野蛮欺压之下。契丹人每逢心情不爽了，就去屠杀女真男人，凌暴女真族的女性。这项盛大的社会活动在契丹辽国很是盛行。

契丹人就这么欺压女真人足足几百年，女真人终于生气了。

在北方，流传着这样一句话“女真人不可过万，过万则天下无敌”。这句话的意思是说，女真人很凶很凶的，千万要搞好女真人的计划生育政策，否则的话，一旦女真战士的数量超过一万人众，天底下没人是他们的对手。

女真人干什么找不到对手呢?

打架!

这话一说，我们就会恍然大悟：难怪南方士民总是抵挡不了北方的游牧民族，原来这伙牧马人一辈子琢磨的就是和人打架，属于天生的战士。汉人是典型的农业经济，农民脸朝黄土背朝天，一辈子在田里辛苦劳作，而游牧民族却嫌这么个干法太累，他们在农民辛苦耕作的时候就苦练杀农民的基本功，等到庄稼丰收了，他们像群黑色乌鸦哗啦啦从北方卷地而来，他们所过之处，遍地鲜血。

中国的历史,就是农民和强盗的历史。论打架,农民不是强盗的对手。

那么最后是强盗生存面大呢，还是农民更容易生存呢?

以原始思维来看，当然是强盗生存面大，因为杀人的刀子握在他们手中，想杀就杀，理所当然当强盗更来情绪。

然而，这只是原始人的直线思维，至少历史告诉我们事情不是这个样子的。

做强盗杀人放火是活得非常来情绪，可是强盗肯定不会把农民全部杀光，把农民全都杀光了，难道强盗们改行来种地吗?

强盗就是强盗，强盗不会去干辛辛苦苦种地营生，强盗要做的事是奴役农民，让农民替他们种地。

再接下来的一个问题：是农民种地面临的竞争激烈呢，还是当强盗欺压农民竞争更激烈呢?

当然是后者！谁见过有人哭着喊着非要和农民争夺种地的权力？聪明人都是削尖了脑袋占据强盗的位置,收取农民缴上来的地租猛吃狠吃。

这样一来，历史的发展就非常不原始了，农民躲在田里种地，竞争压力明显小，而强盗居于皇宫分配资源，就面临着更凶更狠的同类带来的强大竞争压力。历史搞到最后，那些风光的强盗们灰飞烟灭，唯有农民仍在田里耕作。

那么,从历史的角度上来看，是当强盗划算呢，还是做农民更值得?答案是都不划算，因为这里玩的是比野生动物还要落后的生存游戏，在这种游戏里，没人能够落得一个好。

女真人的崛起能够让我们明白这样一个道理：四大文明古国中唯有中华文化延续，就是因为中华民族走的是逆来顺受的农耕路线，历史上不管有多少次亡国耻辱，而我们的血脉终究是承续了下来。有关这一点，孔子的门人冉有是早有预言的。

有子曰："君子务本，本立而道生。"

农耕不唯能够填饱肚皮，最重要的，它是汉民族生存延续至今的根本。中国历来是以农耕为本。能在这种比原始物种更恶劣的政治规则下生存下来，真不易啊！

契丹辽国一直以强盗的方式对待女真人，屠杀女真人的男性，凌暴女真人的女性。可契丹辽国最多算是半强盗，和女真人职业强盗比起来差得远，一旦女真人觉醒了，发起飙来，那就预示着契丹大辽末日到来。

这个日子是在1112年，女真首领完颜阿骨打接受大辽天祚皇帝的接见。恰好天祚皇帝设鱼头宴，宴会上是需要来点歌舞刺激的，于是天祚皇帝吩咐完颜阿骨打："你给大家跳个肚皮舞。"

完颜阿骨打摇头："今天身体不舒服，赶明儿个再跳吧？"

天祚帝言之再三，完颜阿骨打置之不理。

这也太不给天祚皇帝面子了，于是"帝怒其跋扈，欲杀之"，被人劝下了，没有杀，之后完颜阿骨打逃之夭夭，回到部落里就号召大家"起来，起来，推翻万恶的契丹人统治"，大家干脆当强盗，干啦！

于是女真人正式宣布起义。女真人这一觉醒，契丹辽国算是完蛋了。

契丹辽国发倾国兵力，骑兵20万，步兵70万，意图一举歼灭不足万人的女真人。

战争打了一年，辽阳以北尽归女真。

战争打了两年，北部地区尽归女真。

又打了五年，契丹辽国已经消失，天祚皇帝离家出走，途中被女真人俘虏。此时女真人已经来到了中原的门户。

只不过7年的时间，女真人就灭亡了辽国。

可是这么短的时间里，女真人就算是拼了老命地生，生下来的孩子才长到7岁，还并不能从军打仗。那么女真人手下的士兵又是哪来的呢？是由北部各民族兄弟拼凑起来的联合部队，其中的主力恰是由契丹人所组成。

契丹人数众多，这是因为契丹统治北部时间比较久，捉了各民族的女人去替他们生育，生下来几十万后裔，如今被女真人组织起来，替他们去攻城略地。

完颜阿骨打死后，大金国第二任皇帝完颜吴乞买登场。

完颜吴乞买是完颜阿骨打的亲弟弟，他的历史使命是摧毁北宋，让汉民族最美丽的女性的血液与粗鲁野蛮的女真人融合在一起。

完颜吴乞买这项工作完成得很好，非常之好。由金人可恭撰写的《宋俘记》中这样记载：

> 大金应天顺人，鞭挞四方，汴宋一役，震古烁今。自来战伐，必乘衰微。宋当靖康，犹称极盛，我军所至，如摧枯拉朽。匪宋之微翳；我兵力实冠三古，国虽备武，孰克当斯。

北宋皇宫中的几千名美女被押赴燕京，接受女真人民再教育：

> 余三十五人居燕山御寨，八月，至上京。
>
> 后奚拂拂、裴宝卿、管芸香、谢吟絮、江凤羽、刘蜂腰、刘菊山、阎月娟、朱柳腰、俞小莲入洗刻院。
>
> 莫青莲、叶小红、李铁笛、邢心香、姚小娇、罗醉杨妃、程云仙、高晓云、小金鸡、邢小金、卢袅袅、周河南、景樱桃、何羞金、辛香奴、徐癸癸、朱凤云、冯宝玉儿、芮春云、曾串珠、顾猫儿、入斜也、讹里朵、达赉、阇母、希尹、兀术及诸郎君寨。
>
> 邱巧云、郭小奴、方朝云、卫佛面道殁。
>
> 婢封夫人者六十七人，先入青城寨。
>
> 李春燕归张邦昌为后。
>
> 陈桃花、杨春莺、郭佛逃、曹大姑归真珠大王寨。
>
> 郑佛保、谢三奴、任玉桃、吴阿奴归宝山大王寨。
>
> 霍小凤、何青凤入高庆裔寨。
>
> 郑巧巧、张小花入俞睹寨。
>
> 费兰姑、吴富奴、朱燕姑、刘鸳鸯入娄宿寨。
>
> ……

痛心疾首！这是被女真人掳走沦为性奴的部分名单。

看到这份名单，能让我们想起什么来？

赵匡胤！花蕊夫人！

当初赵匡胤攻灭南汉、后唐、后蜀，尽将其宫人掳走，那时候也曾有这么一份名单，花蕊夫人沦为赵匡胤的性奴，并没有人指责赵匡胤。这个游戏是从赵匡胤开始的！之所以归罪于他，是因为这种凌暴女性的原始游戏在李嗣源时代就已经中止，可赵匡胤却又把它恢复了。

有人为赵匡胤辩解，即使赵匡胤不做强盗，不凌暴花蕊夫人等后唐、南汉、后蜀后宫中的女性，女真人也会这样做。但是，如果赵匡胤愿意终止这种原始的游戏，历史的发展绝不会是这样，至少女真人根本不会有能力灭亡北宋！

在一种全新的政治格局之下，北宋科技会正常发展，火器时代的到来将使得汉民族抢占到文明发展的制高点上。然而北宋的皇权残忍地抑制了这种发展，最终导致了汉民族在游牧铁蹄攻伐前束手无策。

可是赵匡胤不愿意终止这个游戏，正如他不愿意制裁他那个嗜吃人肉的小舅子王继勋一样。“爹死娘嫁人，各人顾各人”，只要能够一逞心中的邪恶，哪怕后世子子孙孙沦为残酷的血劫也不肯放弃。

这种短视到了令人恐怖的疯狂，不唯是赵匡胤，在金国的历史上再度重演了。灭了北宋之后，完颜吴乞买自以为劳苦功高，就去营库里拿了点东西用。不曾想这下子可惹火了兄弟们，众人上殿严词诘问。完颜吴乞买承认错误，被众人扯下殿来，暴打了 30 杖。

皇帝也可以被人暴打屁股吗？原来，女真人有如此强的战斗力，是因为女真的政治体制与契丹人、汉人的皇权体制不同，保持一种原始粗放的民主制度，属于集体领导，任何人都不得搞特殊化。完颜吴乞买虽然有着皇帝的称号，但挪用公款照样是免不了挨一顿暴打的。

完颜吴乞买很郁闷，不开心，就这样死掉了。可以说，完颜吴乞买是活活憋死的，因为他不能够像赵匡胤那样想幸御谁家的女人就幸御谁家的女人。要不就胡作非为，要不就活活憋死，这就是典型的原始思维了。

大金国第三任帝王完颜亶出场。历史学家纵情讴歌这位帝王，声称他加强了中央集权。意思是说，与倒霉的完颜吴乞买不同，完颜亶是真的自由了，他想睡谁家女人就睡谁家的女人……

完颜吴乞买是被关进笼子里的统治者，完颜亶却拼了死命钻出了笼子。完颜亶开始疯狂杀人。他杀弟弟，杀皇后，杀户部尚书，杀节度使，杀左司郎中……想杀谁就杀谁，这种恣意刑杀的快乐是大金国此前几任帝王都不曾享受过的。结果这个杀人魔王被左丞相完颜亮宰掉了，完颜亮成为大金国的第四位皇帝。

完颜亮成为一名正宗的笼子之外的统治者。举凡笼子外的统治者，在治理国家时有个共同特点：淫嬖不择骨肉，刑杀不问有罪。完颜亮在这方面的表现完全是一只没有约束的类人猿的行为方式。

完颜亮的淫纵无度是史学家最为关注的话题之一。这厮将他的姑妈婶子三姨四妹六嫂统统弄进宫里，不许她们穿衣服，然后带着近臣来欣赏……

凡是玩到完颜亮这种程度的帝王有一个共同的特点：智商过低。这种人在正常社会里没有机会，但在以逆淘汰为主要特征的皇权时代却是如鱼得水。

完颜亮有个堂妹莎里古真，已经嫁了人，完颜亮就安排堂妹夫值夜班，趁机幸御了堂妹。这位堂妹比较开放，除了堂兄完颜亮，又在外边发展了一个情人。这事堂妹的丈夫没敢吭声，却把完颜亮给气哭了。完颜亮哭着对堂妹曰："尔爱贵官，有贵如天子乎？尔爱人才，有才兼文武似我者乎？尔爱娱乐，有丰富伟岸过于我者乎？"

完颜亮被气哭，不是行文夸张，是真正的史实。哭完了，完颜亮擦干眼泪，强忍内心痛苦，请近臣凑近一点，仔细瞧瞧他的姑妈婶子堂妹的赤裸身体，打分评价。

有近臣说："皮粗肉糙……要想找美女，还得去南宋的皇宫里去找，听说南宋有个刘皇后，比咱姑妈婶子们强多了。"

完颜亮听后，悲愤地说道："江南人民生活在水深火热之中，我们怎么能坐视不管呢，一定要解放他们！"于是完颜亮统率60万金兵南下。所谓的金兵，其实清一色汉人子弟。老百姓就是群众演员，当主角是契丹人时他们就是辽兵，当主角是宋人时他们就是宋兵，来来去去犹如走马灯，变换不定的是主角，配角始终会在场摇旗呐喊。百姓就是人类社会的传承基因，正如生物世代传承，基因中的链键组织决定了生物形态，百姓也决定了社会的政治结构。如果百姓的认知处于原始状态，那么我们就不可能得到一个理性社会。

这个问题，南宋的虞允文最是清楚。

虞允文奉南宋赵构之命前往采石矶劳军，到了地方才发现南宋守军已经溃散，对岸完颜亮带着60万大军行将渡江而来。

于是虞允文拿出了秘密武器——“手榴弹”！火器在北宋时就已经发明出来了，但直到北宋灭亡我们也没见到这桩武器派上用场。

虞允文收拾残兵败将，向对岸的完颜亮投掷“手榴弹”，“轰”的一声巨响，完颜亮身边的汉人子弟四散而逃。这场战争就这么结束了。虞允文退入了历史深处，连同他研制出来的“手榴弹”神秘消失了。

完颜亮被部属勒死，完颜雍走上前台——这是一位好皇帝，真正的好皇帝。

据《金史》载，完颜雍登基之前曾经成功挫败过岳飞的几次进攻。有一次，岳飞拥10万兵众杀至燕京城外，完颜雍举重若轻，命人悬无数旗帜于城堞之上，“飞不敢动”——岳飞吓得连动一下都不敢，悄悄溜走了。

后来史学家认真查对过南宋方面的记录，发现这段时间岳飞正在江南剿匪，而且岳飞手里没钱，根本养不活10万兵众，燕京城外那10万人马是打着“岳家军”旗号的游击队，所以完颜雍这桩历史功绩有作弊嫌疑，应该不算数。

实际上，这个成绩算是重复统计，因为完颜雍确曾以城堞遍插旗帜的招术吓退了10万契丹人众，之所以金国统计局非要把契丹人改写成岳飞，是因为岳飞的名气大，有利于塑造领袖的光辉形象。

想一想，天下人最景仰的人物是谁啊？岳飞！可在完颜雍面前，却弄出来个“飞不敢动”，于是完颜雍的形象一下子就高大多了。

再后来金章宗出场。

此人急于接收江南政权，大搞“去女真化”活动，经常和宠妃李师儿联句。有一次他给李师儿出了个上联“二人土上坐”，李师儿对曰“一月日边明”。这文采这佳句，标志着女真人民已经彻底融入了中华上国文化，已经成功由强盗转型了。为此，陆长春作《金宫辞》专门说道这事：

清声监女隔纱帏，
彩凤争看向里飞。
一月日边明更好，

轻抛罗扇障元妃。

就在这时，一个大大的坏消息从北方传来：北方又一伙强盗崛起了，是蒙古人成吉思汗！

为了避免跟这伙强盗生气，金章宗匆忙死掉了。卫绍王完颜永济出场。卫绍王这个人“性柔弱，少智能”，就是有点智障，成吉思汗以前朝贡时见过他，深受刺激，觉得这分明是对智商正常的人一种污辱，于是起兵开打。

又一轮强盗游戏开始了，这次轮到金国倒霉了。

1211年，成吉思汗统蒙古骑兵径取西京，金国西京留守胡沙虎全线撤退，一直逃到中都，破门而入，到了卫绍王正在办公的大安殿。见胡沙虎进来，卫绍王扭头问道：“圣主令臣何往？”听听，谁说卫绍王智障？看看人家多么会讲话。胡沙虎回答：“老子他妈的送你上西天！”

卫绍王被活活勒死，金宣宗出场了。

听听称号——金宣宗，这应该是一位有为之君了。可是天下有人是成吉思汗的对手吗？没有！

这时候的金宣宗，就如同当年宋徽宗，不折腾犹可，越折腾越惨。他带领金国人民抗击蒙古兵，数次“打退了”敌军的猖狂进攻——每取得一次大捷，金国的地盘都缩小一块。当金国取得了“决定性”的胜利之时，其北部疆土已经全部丢失，退到了燕云十六州。

搞到这一步，居然还给他加庙号宣宗——宣字有文治的意思，只比文宗低了一点。这个庙号是如何得来的呢？历史学家解释说，金宣宗有励精图治之志，只是能力不足，所以就称为宣宗。

宣宗之后，金国最后一任皇帝金哀宗出场。

金哀宗完颜守绪命苦，他当皇帝的时候，金国领土已不足原来的1/5，内无贤相，外无良将，总之是没救了。

那他为什么还要当这个皇帝呢？他不但要当，而且还曾为此争得不可开交。他是家里的老三，支持他当皇帝的是资明夫人郑氏。而此前受宠的是庞贵妃，庞贵妃的儿子叫完颜守纯，是家里的老二，这个皇位不给老二却给老三，明摆着欺负人，庞贵妃对此有意见。听说宣宗要咽气了，庞贵妃忙跑来问个究竟，正好遇到郑氏。郑氏笑眯眯地迎上前去，说：“老头在厕所里呢。来，你进屋里来我有事跟你说……”庞贵妃缺心眼，跟着进了房间。郑氏疾手快脚将门反锁，然后急传大臣入殿，要传遗诏。

老二完颜守纯第一个赶到了，郑氏还是那句话："你妈现在在厕所里呢，你进去不好吧？在这儿等等……"这一等，老三完颜守绪就赶到了，发现情形不对，掉头冲出门去，拉来三万人马，先将老二抓了起来。完颜守纯诧异："这是干什么，你们这是干什么……"那边老三已经登基了。

登基之日，金哀宗就向蒙古人发出了热情友好的停战宣言："要和平，不要战争；要馒头，不要钢刀……"

蒙古人愤然回答："去你的，你们害死了我们的成吉思汗，这事咱们没完！"

金哀宗很是惶惑："不会吧，我哪有这么大本事能搞死成吉思汗？"

蒙古人回答说："就是因为你们老也不投降，让我家成吉思汗牺牲在刀枪林立的战场上，这个仇，咱们不死不休！"

瞧瞧这个蒙古人的答复！明明是你们没完没了地打金国，夺走了它4/5的领土，还责怪金国人没有早点投降，天下不讲道理的人多了，但蛮横到这种程度的，还真不多见。

没办法，金哀宗作出决定：逃吧！

金哀宗逃到了南京（汴梁），但是蒙古人很快就追来了，双方开始了攻守之战。南京一战，攻城者与守城者双方死亡人数多达百万计。蒙古人被迫撤兵。

金哀宗接着逃往蔡州，蒙古人再次追杀，将蔡州城团团围定。而金哀宗当时到底在忙些什么呢？原来——

> 蒙古军去蔡甚远，因之商贩稍集，兵势稍振。帝见此情形，欲选宫女，修山亭，因大臣切谏乃止。

完了，面临着亡国之危，他不说抓紧时间招兵买马，竟满脑子想着竞选宫女，这叫什么人啊！

蒙古兵将蔡州团团围定。未几，城中粮食断绝，金兵饥寒交迫，鞍靴破鼓皆已煮食，以致人食人。这时候金哀宗作了一个决定：传位于东面元帅完颜承麟。完颜承麟又不傻，死活不肯接受，可是金哀宗用一个理由说服了他：

朕所以付卿者，岂得已哉？以肌体肥胖，不便鞍马驰突。卿平日矫捷有将略，万一得免，祚胤不绝，此朕志也。

死到临头，金哀宗总算是稍微有了那么一点点的理性。只可惜来得太晚。城破，金哀宗自缢而死，完颜承麟为乱兵所杀。

金国人的原始游戏就这么结束了。

第二十五章
蒙元帝国骤兴骤亡的预言

一兀为君八十载，
淮南又见一张弓。

——《乾坤万年歌》

这是成吉思汗后裔所创建的帝国。“一兀”是一个“元”字，这一象指的是蒙元帝国时代的来临。继鲜卑人李世民、沙陀突厥人李嗣源而后，农民中国再度为这些彪悍的马上骑士所征服。但这个少数民族人创建的帝国未能重演李世民的奇迹，不过是162年的历史就瓦解了。

162年是蒙元的历史长度，从成吉思汗开始，到朱元璋登基为帝结束。如果只计算元朝，则是从1264年到1368年，再去掉自“淮南一张弓”张士诚起事的20年，元朝勉勉强强凑成80年。

80年的历史按说已经不短了，起码也要比南北朝时期、五代时期那些倏忽而灭的小王国寿命要长久一些，问题是，那些小王国都是在周遭强敌林伺的险恶环境中建立起来的，与完全占据了中国的元帝国没有相比性。

1264年，当成吉思汗的孙子忽必烈将蒙古国都由和林迁到大都，赵宋皇朝已经沦为了一个在海上漂泊的流亡政权，而且还没有外援。没有外界的支持，最终于16年后，南宋流亡政权被元兵合围至海上，陆秀夫背负着小皇帝纵身跳海。

赵宋皇朝的覆灭，断绝了汉民族的希望，无奈何，大家就在新老板的管理下干活吧。说不定这个新老板也会像李世民一样，带给大家一个惊喜，搞出一个“××之治”来，让大家能够无限怀念上三五千年。可蒙古人带给汉民族的只有惊，没有喜。

蒙古人与鲜卑人不同，鲜卑人在接管中原政权的时候足足做了几百年的努力，“去鲜卑化”搞了好久，甚至连亡掉的女真金国也曾搞过“去女真化”，希望全面接管中原，而蒙古人却从来没琢磨这事——也不对，应该说，恰恰是因为蒙古人琢磨这事琢磨得太久了，才导致了帝国转瞬间灭亡的厄运。

现在的史学家品评元帝国的政治得失，都会提到蒙古人大搞种族歧视，无端将民众分为四等，以蒙古人为最优，西域人为次优，汉人（北方汉人）排第三，南人（南方汉人）是最下等的，只能任由人欺之凌之。这么个搞法当然会引得天下民怨沸腾。

然而，事实上蒙古人大搞种族歧视、欺压汉人只是一个结果，而非本质原因。

那么，真正的原因是什么呢？

真正的原因是，元帝国过早接受了藏传佛教思想，并以此思想为纲领试图建立一个上层建筑，与中国本土的精神信仰发生了激烈冲突，结果就是蒙古人与汉人产生了完全不相同的价值观，在彼此推销中活生生把个元帝国给“推”死了。

追究这个责任，板子铁定是要打在蒙古统治者的屁股上，因为他们对汉民族的认知观念过于隔膜，不肯融入中华文化传统的大染缸。

元史上有这么一起文化冲突案例。

蒙古人一统中国之后就向各地派出了蒙官，其中有位达鲁不花带着老婆孩子去杭州上任。到了杭州官衙住下，临至半夜，钱塘江的浪潮轰轰烈烈涌了上来，但听那风涛之声，惊天动地，仿佛空气在燃烧……总之，非常刺激。达鲁不花打小在草原上牧马，何曾见识过这等异事，听见涛声如雷，吓得从床上爬起来，问外边的守门人：“这个是啥动静呀，咋这么怕人呢？”守门人当时正睡得迷迷糊糊之际，听到新老板问话，就不耐烦地回答了一句：“潮上来了！”说完翻个身接着睡。

潮上来了？什么叫潮上来了呢？达鲁不花不明白，就躺在被窝里瞎琢磨。这时，守门人忽地清醒了，想起来刚才自己的回答大大的不妥当，万一老板不满意，说不定明天就会砍了自己的脑袋……这么一害怕，守门人一下子吓疯了，就跳了起来，在院子里疯狂乱窜，放声大哭："大祸临头了，大祸临头了！"

达鲁不花还在琢磨这"潮上来了"到底是怎么回事，突然听到外边的人狂喊"大祸临头了"，当时也放声大哭起来，他一边哭一边把老婆孩子揪起来，全家人爬到了屋顶上，集体大声哭喊："潮上来了，大祸临头了，呜呜呜……大祸临头了，本以来做官以图富贵，可是潮上来了，大祸临头了，我的命好苦啊……"

正在巡夜的兵丁听到官衙里哭声震天，慌忙跑来看看是怎么一回事，用力拍门。可是达鲁不花吓坏了，害怕一开门潮水进来，大祸真的临头，所以只管放声号啕，拒不开门。最后，士兵们从墙头上爬进去，再爬到屋顶上对达鲁不花做了整整半夜的解释工作，达鲁不花这才离开屋顶，进入官衙办公。

蒙古人接管各地政权，类此的事情发生了许多，说明蒙古统治者与汉人百姓之间不唯存在着价值观念的不相符，还有着文化上的冲突。最早意识到的这个问题的，是全真教的长春真人丘处机。

此前，中土宗教是佛教一统天下，孔子的儒学被莫名其妙纳入偶像崇拜系列，儒家学者是不予计较的，可怜的道教却沦为了画符捉妖的"蓝领"，憋大了火气。临到南宋末年，道教终于出了一位领袖级的思想大师王重阳。

王重阳，本名王喆，天资聪颖，文武兼备，在科举考试中却不幸落榜；途中遇一神秘老人授予天书三卷，曰："好好学习，天天向上。"语毕，老人化一道金光而去。此后王喆发狠苦读，终一日破门而出，正式向天下人宣告：

> 禅僧达性而不明命，儒人谈命而不言性，余亦兼而修之，故号全真！

王重阳正式向佛儒两家宣战，要一统江湖，仙福永享。然后王重阳收了七名从儒家破门出来的弟子，是为全真七子，其中以丘处机最为出色，王重阳给丘处机打的评语是："此子异日地位非常，必大开教门者也。"然后王重阳又为丘处机写了一首诗：

细密金鳞戏碧流，
能寻香饵会吞钩。
被予缓缓收纶线，
拽入蓬莱永自由。

有分教，这首诗跟我们现在说的《乾坤万年歌》一样，也是预言，预言了长春真人丘处机与盖世英雄成吉思汗在大雪山的风云际会。

后来，成吉思汗派亲信刘忠禄持诏书找了来，要丘处机赴大雪山向成吉思汗传授神仙之术。这就是《长春真人西游记》的故事了。

见到成吉思汗，丘处机告诉他："只有养生之道，而无长生之术。"成吉思汗是既欣慰又遗憾，给丘处机赐号神仙，爵大宗师，掌管天下道教。

道教获得了成吉思汗的首肯，以此为契机，大举向佛教发起了进攻。

佛家的《辨伪录》上记载，丘处机在京城恃力强占佛家寺田，各州县的道士更是肆意侵占寺产，捣毁佛像，改佛寺为道观。丘处机这样做的目的很简单，他希望道教取佛教而代之，成为中国民众精神信仰的核心力量。

佛家岂肯罢休？后来佛家就去忽必烈那里告御状，要讨个说法。

事实上，佛道两家的大论争只是中国民众信仰的小插曲，这两家无论是谁占领了舆论阵地成为上层建筑以主导民众的精神信仰，都没什么区别。为了满足民众的偶像崇拜心理，不是信仰心灵中的精神力量，而是非要逮个泥像土偶磕头，于是佛家塑造佛像，道家塑造仙像，连儒家的孔子也被塑了泥胎，一并供奉磕头。

佛道两家在忽必烈面前吵成一团，争执谁更有资格入主上层建筑，成为元帝国的主流精神信仰。

然而蒙古人却是另有打算，礼尊来自于大雪山的智者八思巴！

需要说明的是，蒙古人的信仰与中土民众是完全不同的，成吉思汗信奉的是长生天，没办法做成泥像用来磕头的，所以蒙古人的信仰更接近于宗教本身，这使得他们更易于接受藏传佛教。

忽必烈将八思巴请到北京，封其为国师和帝师；八思巴凭借自己的渊博知识，征服了这群马上的骑士。获得了王室支持，八思巴使成千上万蒙古人都皈依了藏传佛教。

一个显而易见的事实，元帝国的上层建筑与中土民众的信仰完全脱节了。现在我们明白元统治者为什么要将汉人列为第四等人了。因为他们无法理解汉人的信仰，而汉人也无法理解他们。冲突由此展开，愈演愈烈，直到将这个脆弱的帝国掀翻。

1255 年，道教与佛教于北京城皇宫中展开了一轮大 PK，担纲裁判的是元宪宗蒙哥。蒙哥明确表态支持佛教，道教掌教李志常被活活气死。

数年后，蒙哥殁，佛道争端再起，这一次是忽必烈担纲裁判。这厮喜欢热闹，吩咐佛道两家各出 17 名选手，对决于金銮殿上。忽必烈规定：如果和尚输了，以后就要留长发，改寺庙为道观；而如果道士们输了，则长头发统统要剃光，改行当和尚。

参加这次对决的，和尚 300 余人，道士 200 余人，另有儒者、名士 200 余人，集合了儒释道三家的精英，再加上满朝王公大臣，总人数超过千人。八思巴也出席了。

双方辩论一开始，忽必烈就按捺不住了，他质问道士："你们道家不是有方术吗？念了咒语可以水火不侵、刀枪不入，你们不妨念上一念，然后让拿刀捅你们几下，刀子捅不进去，你们就赢了，如果捅进去的话……"

道士们目瞪口呆，被卫士们一拥而上，拖出去削光了头发。

看起来好像是佛家赢了。可也未必，别忘了番师八思巴还坐在那里呢！

第二轮佛道大争论过后，就由八思巴开始了对中土佛教的"整风运动"。忽必烈在金殿上设下油锅，请了中土的禅师们来。就见忽必烈满脸的坏笑，说道："俺也知尔是上乘法，但得法的人，入水不溺，入火不烧，于热油锅中教坐，汝还敢么？"

中土禅师目瞪口呆，连连摇头说不敢奉旨。

"为甚不敢？"忽必烈追问道。

禅师答："此是神通三昧，吾此法中无是事。"

无是事，无是事还留着你干什么？中土禅宗惨遭整肃，再不复昔日的光彩，大批的禅师东渡日本。原本是中土的智慧之花就这样为强权泯杀了。

看明白了，丘处机的一番心血全都白费了。

忽必烈非但不喜欢道家，也不喜欢佛家和儒家。忽必烈下令，让孔子的后人及孟子的后人统统去当民工挖河沟，幸亏大臣拼死阻拦，要不然这将是中国历史上第一次对儒家明目张胆的羞辱。

凡是汉人的东西，忽必烈都瞧着不顺眼。他只喜欢藏传佛教。

将藏传佛教传入中土的八思巴，属称雄一时的萨迦派，这一派最喜欢红、白、黑三种颜色。坐落在后藏日喀则萨迦的萨迦寺，其宫墙就是红、白、黑三色，由于它的颜色花哨，所以这一教派又称为“花教”。

西藏除了萨迦派之外，还有许多佛教门派。忽必烈曾召噶玛噶举派的噶玛拨希进见并吩咐他随侍左右，但被噶玛拨希所拒绝。

噶玛拨希为什么拒绝忽必烈？据《红史》记载，噶玛拨希要前往和林降伏龙魔和其他障碍。在和林，噶玛拨希显示了无数的奇特神变，他在多雪的冬天赶路，使六日路程之内的区域无雪无风。正赶路期间，不提防忽必烈突然生了气，将噶玛拨希逮了起来，扔进监狱中严刑拷打。

对于这件事，《红史》丝毫不避讳：就在忽必烈严刑拷打噶玛拨希的时候，有金刚亥母前来，与四部智慧空行母一道，从哈拉哈拉坟墓中取来婆罗门女儿的尸体，举行会供。于是忽必烈对噶玛拨希的酷刑都经四部智慧空行母转到了尸体上面。与此同时，又有不动之二十四地之空行来吹气，东北方向出现吉祥天母的天兵 44000 人，降下了大风、雷电和冰雹。这些神灵看噶玛拨希受酷刑，很生气，就用魔法杀死了对噶玛拨希用刑的武士。

总之，噶玛拨希很厉害，不好招惹。后来噶玛拨希临圆寂前告诉弟子：“我的身躯要放七天，千万不要动……”他在天界向众天神献大供养，等到第八天才回来，可他的身体已经被火化了，噶玛拨希气得晕过去。再后来噶玛拨希醒过来，找到了一个刚刚死去的三岁小孩的身体，急忙钻了进去，他的眼珠一动，把孩子的父母吓坏了，认为孩子都死掉了，眼珠还乱动，不妥当，就用针将他的眼珠取下。噶玛拨希只好再次离开，寻找适合自己入居的身体，却只找到了一只死鸽子。他大为灰心，准备返回兜率天宫。

这时候二十五空行母及六十二胜乐佛赶来了，热情地劝说噶玛拨希不要灰心，要继续努力转世为人。正劝说着，突然听到空中风雷滚滚，原来是爱欲道的血浪涌将上来，众空行母撇下噶玛拨希不顾，自顾逃命。噶玛拨希拼命向天梯上冲上了一层，就昏倒了。噶玛拨希就转世为攘迥多吉。

在藏传佛教中，攘迥多吉是第一位转世活佛。但从教派的创始人算起，攘迥多吉只是第三世转世活佛，他的前身是噶玛拔希，噶玛拔希的前世是该教派的创始人都松钦巴。

攘迥多吉创造了数不清的神迹：他插一根枯枝在地，于是枯枝就发了芽。他在水上行走，水中自动出现一条沙土路。他看到森林起火，为众生悲苦，于是天降甘霖，熄灭了山火。

攘迥多吉的神奇法力，被元文宗图帖睦尔知道了，于是图帖睦尔诚恳邀请攘迥多吉去大都表演；临到出发的那天，天空中突然雷声大作，出现了日蚀，又接着下起了鹅毛大雪。于是攘迥多吉说："咱们不去北京了，我瞧这个皇帝……够戗了。"果然，没两天，元文宗就病死了。

元文宗死，新任皇帝元宁宗是个7岁的小朋友，他继续邀请攘迥多吉赴大都。攘迥多吉去了，给小朋友皇帝和大臣们灌顶，教导他们长寿健康的法子。灌顶之后，小朋友皇帝就死翘翘了。

1336年，活佛攘迥多吉又应元惠宗所请，再次赴大都。

元惠帝是谁?

查查史书!

元朝历史上，一共有十个皇帝：首任皇帝世祖忽必烈；二任皇帝成宗铁穆耳；三号皇帝武宗海山；四号皇帝仁宗爱育黎拔力八达；五号皇帝英宗硕德八剌；六号皇帝泰定帝也孙铁木儿；七号皇帝明宗和世㻋；八号皇帝文宗图帖睦尔；九号皇帝宁宗懿璘质班；十号皇帝妥懽帖睦尔。

所有的皇帝集合完毕，没有一个元惠帝。那攘迥多吉见到的皇帝又是哪一个?

攘迥多吉活佛见到的元惠帝就是大元帝国最后一任皇帝：元顺帝妥懽帖睦尔。

《红史》称：元顺帝统治时期，大元帝国一片欣欣向荣的景象，百姓载歌载舞，热情讴歌各级领导的丰功伟绩，充满信心迈向美好未来……大元帝国搞得如此好，都是活佛护持的结果。

《红史》上还说，由于汉地和朵思麻地方的一些坏蛋僧人不守净行，所以一些不喜欢佛法的坏官员想趁机让他们全部还俗。听到这个消息，攘迥多吉非常痛心，就于天门洞宫召开会议，发表讲话。以太师伯颜为首的官员们最初是围绕着皇帝坐，后来都转过身，毕恭毕敬听取活佛的指导意见。

攘迥多吉说："你们王臣以帝师为主，把我们这些无权的僧人召请来，在此地不作兴盛教法之事，反而毁灭佛教，如此这样究竟是为什么？我们一生衣食不足，来向你们乞求过吗？以前忽必烈等皇帝的事业，你们是否要改变？皇帝的生命和国政等各方面的事情，你们大臣能承担责任的话，我们马上都返回西藏。"

在攘迥多吉的严厉斥责之下，官员们吓坏了，就派了数千名小吏带着诏书在各地宣布，禁止再有阻碍藏传佛教发展的事情发生。

元武宗海山在位的时候，发生了这样一起严重阻碍藏传佛教发展的恶性事件：

> 西僧在上都强市民薪，留守询问其由，而遭殴打，闭之于空室。

这件事情是这个样子的：喇嘛们宣传教义之余上街买柴，可那目光短浅的老百姓们一点也不说体贴喇嘛们的辛苦，居然还要他们柴钱，地方官也居然明目张胆地上前"询问其由"。喇嘛很生气，就触及皮肉地将地方官教育了一番，并将地方官带到学习班里，让他一个人闭门思过，深刻反省。

> 留守得脱，诉之于朝，西僧得免，帝下诏，曰："殴西僧者断其手，骂者截其舌。"

地方官不说认真反省自己的错误，居然私自逃出了西僧为他举办的学习班，还跑到了武宗海山前告御状。武宗很生气，后果很严重。

到了泰定帝也孙铁木儿时，西僧已经成为一个特权阶层，他们身上佩带着边防报警之用的金字圆符，相当于江湖玄铁令——此令一出，生杀予夺，无人敢掠其缨。

时常有西僧万人之众策马狂奔于道路，宾馆容纳不下如此多的人，只好借宿于民家。举凡被西僧入住的民家，那可就惨了，灯火通明，不时传出鬼嚎般的惨叫，无人敢过问。

就连元顺帝都和喇嘛们产生文化冲撞。元顺帝小的时候，被捉进喇嘛庙里灌顶受戒，这一灌，元顺帝顿觉耳聪目明，看到佛像前供奉着羊心，就好奇起来，问："曾闻用人心肝者，有诸？"喇嘛答："有之，凡人萌歹心害人者，事觉，则以心肝作供耳。”又问：“此羊曾害人乎？”喇嘛不能答。

发现元顺帝不好对付，喇嘛们拿出了绝活：房中术！此术一出，元顺帝心花怒放。但民间女子姿色平淡者居多，于是喇嘛们又想法子，让高丽来的女间谍混入大臣及士庶之家，寻找美貌女子，一旦发现就立即逮来。逮来的美女越来越多，宫里没地方装，元顺帝就建穆清阁，千门万户，将美女藏于其间，大家共同参习房中之术。

活佛苦心传法，坏蛋西僧却忽悠元顺帝玩女人，之所以出现这种闹心局面，是因为藏传佛教过于博大精深了。

宗教是对人生的终极关怀，注重的是人死后的归宿，这一知识体系对于大众来说未免过于神秘了。比如说藏传佛教的《中阴度亡经》一书中，修持者将在死亡体验中重返母亲胎宫，其心识随同光明漫入太空，并与毗卢遮那大佛相逢。大佛手持八幅轮，无所不在，有四张超越时空的面孔，无论你躲在那里，大佛总是面对着你。这之后从东方走来的是金刚棰和不动佛，不动佛手拿五光金刚杵，端坐在大象上……然后修持者会与宝生佛相遇，宝生佛的出现将引发占有欲望和自足感……此后来到的是四十二位面容慈祥的神灵、五部佛及其随从、宇宙曼荼罗的四方大门守卫者、四位金刚亥母以及六趣的相应感觉世界……最后你将遇到的是持明王，从咽喉放射出阳光束。再之后就能够证悟三身了。

太复杂了，实在是太复杂了。照百姓的原始信仰，大家冲着泥胎砰砰磕头不止，就是希望遇到难处时，恰好哪个路过的神佛停一下脚，帮个小忙，丢下一麻袋钞票或干脆把个美女丢下来，跟着回家洗衣烧饭生娃娃……有钱就拜钱，没钱才拜神，这就是原始思维下原始崇拜的真实写照。

而照藏传佛教这么个说法，这些佛啊菩萨啊根本就不会来人间，靠不住，指望不上，那大家还要你干什么？

怒了！人民群众生气了！

还是来最干脆、最直接的吧！挖出“石人一只眼，挑动黄河天下反”！瞧瞧这有多言简义赅——不就是一个要造反吗？弄那么复杂干什么？

拜火教由波斯入境。有胡僧口中喷火，腹脐中藏有刀枪无数，从肚脐眼中往外一抽，抽出一柄剑来，再一抽，抽出一柄钢刀，再抽，又一杆铁枪……这胡僧竟是一个活的武器库，比远在天边的诸天神佛要省事。于是民众追随其后，拜火于荒野之中——火象征着光明，于是就产生了明教。

于是，地方官诚邀胡僧做客饮酒，酒至半酣，出美女以挑之。胡僧情动之际，不提防一柄钢斧挥过，脑袋飞出了十公尺开外。解剖胡僧，肚子里只是常见的心肝脾肺，不晓得武器藏在何方。

杀了胡僧，天下该没事了吧？想得美——“淮南又来一张弓”！

1353 年，继刘福通的红巾军后，泰州张士诚聚众而起谋天下。

胡僧的神异传说象征着百姓武器被收缴，最后的希望丧失；而私盐贩子张士诚崛起，则宣告了元帝国思想建设的彻底失败。

第二十六章
朱元璋白手起家的预言

八双牛来力量大，
日月同行照天下。
土猴一兀自消除，
四海衣冠新彩画。

——《乾坤万年歌》

八双牛：是指一个叫朱重八的人。这个人就是朱元璋。

日月同行：指的是一个明字。这是指明朝。

土猴：是指戊申年，即公元1368年。该年朱元璋于南京登基立国。

一兀：是个“元”字。指元帝国自行覆亡，没给朱元璋添太多的麻烦。

这个拆字很简单，我们已经拆到了乏味的程度。但如果我们知道了朱元璋所遇到的怪异事情，那说不定会让我们毛骨悚然。这笔录比这世界上的任何一部恐怖小说都要离奇：

住方三载，而又雄者跳梁。初起汝、颖，次及凤阳之南厢。未几城陷，深高城隍。拒守不去，号令彰彰。友人寄书，云及趋降。既忧且惧，无可筹详。旁有觉者，将欲声扬。当此之际，逼迫而无已，试与知者相商。乃告之曰，果束手以待罪，变奋臂而相戕？知者为我画计，且默祷以阴阳。如其言，往卜云守之何详。神乃阴阳乎有警，其气郁郁乎洋洋。卜逃卜守则不告，将就凶而不妨。

这一段文字写得……就两个字：别扭！但这几个别扭的文字却值了

大价钱，这是大明开国天子朱元璋亲自撰写的回忆录。这段文字记述的是 1251 年元朝廷发汴梁、大名十三路民夫十五万、广州等地戍军二万，赴黄河开河道，将河道勒回旧道。却不曾想白莲教暗埋一独眼石人于河道中，并传播民谣云："石人一只眼，挑动黄河天下反。"结果，真有这样的石人被挖出来，天下人同声俱反。

元兵赶来弹压，与红巾军交战于濠州，赶巧青年朱元璋正躲在附近皇觉寺做和尚，正如他自己所说："住方三载，我已经在这里躲藏了三年了，结果却不料……"

这段文字表达的郁郁乎洋洋，看得费劲，我们还是翻译一下吧："……打起来了，又打起来了，凤阳一带沦为了战区，打得那叫一个惨啊，硝烟弥漫，弹片斜飞，红巾军天天冲出城来屠杀老百姓，说是杀官兵，官兵也每天冲过来杀老百姓，说是杀红巾军，老百姓招谁惹谁了，要受你们两伙王八蛋这么蹂躏？就在我义愤填膺之中，可不得了，有人给我寄来一封信，热情邀请我加盟红巾军，一块去砍老百姓，怕怕，这吓死我了……可是有人知道我收到信的消息了，正要去举报，这可咋个办啊？没办法了，算个卦吧，问问老天爷吧：天爷爷地奶奶，我是你的小崽子，让我扔一枚硬币先，正面朝上我就留下来，接受组织审查，反面朝上我就逃到别的地方打工。看看是正面还是反面，我扔……晕，怎么硬币是立着的？我重新扔……又晕，硬币还是立着的！我再扔一次……更晕，硬币还是立着的，这谁家的硬币啊，怎么厚得像磨盘？"

朱元璋连算了三遍卦，投出去的筹板都是立着的。这意思很明显，老天爷在慈祥地告诉朱元璋："不要逃，天网恢恢，疏而不漏啊，你逃得了初一，逃不了十五……"然后老天爷又说："你也不要继续留下来了，哪有傻到你这种程度的？人家官府马上要来抓你了，你还不说快点逃……"

既不要逃，也不要去自首，那朱元璋到底咋个办呢？估计朱元璋当时一定是急得拿脑袋撞墙。

当时元帝国信奉的是藏传佛教，与中土百姓所信奉的佛或道的教义有着本质区别，前者讲究死后转世，注重的是终极关怀，而后者琢磨的则是有求必应，若神佛不灵验，那香火可就危险了。这种文化形态构成了激烈冲突，导致了蒙古人与中土汉人之间的互不认同，无法沟通交流，分崩离析是必然之事。

但促动元帝国全面崩盘的，却既非佛教的力量，也非是道教或儒教的力量，而是一种混和杂交的奇异教义，甚至连基督教的耶稣也是这教义中膜拜的神祗之一。这就是明教。明教早在唐朝就悄然潜入中国，它是由波斯人摩尼所创立，该教派不解何故，专往荒无人烟的深山老林里钻，搞些神神秘秘的仪式。传到中土的摩尼教更是离奇，在金庸的《倚天屠龙记》中有记载，该教信奉光明，认为光明象征着善，象征着理性，而黑暗则象征着恶，象征着人类无尽贪婪的欲望。明教的神就是明王，旗下有净风、善母两个光明使，另有净气使、妙风使、妙明使、妙火使与妙水使。总之，这是一个异常严密的组织，一般人若加入，再想跑出来，那可就万难办到了。

与摩尼教一道作伴来到中国的还有基督教，后来摩尼教流入回鹘，基督教则在中国被称为景教，这两家教义与中土的偶像崇拜形成了明显区别。它们都有教堂，但百姓进了教堂却找不到供磕头跪拜的泥像，这让百姓有说不出来的忿愤。所以，这两家教义在原始思维氛围浓厚的地带生存得就比较艰难。

而摩尼教进入了回鹘却是如鱼得水，受到广泛欢迎。回鹘是南北朝时代活动于西北地带的一支民族，日本小说家井上靖在《敦煌》中对这个民族强盛的生命力量表示了无限的景仰。此后回鹘人都成了摩尼教众，他们穿白衣，戴白帽，不搞偶像崇拜，不吃肉，不杀生，一天只吃一顿饭……再后来景教与摩尼教都转入地下，生存环境完全相同，日久天长，分不出来你我；等到中土佛教又惨遭整肃，结果三者混淆融合，成了明教。

明教中神的画像一是摩尼，另一个是耶稣，可是这两个神清一色的高鼻子、凹眼睛、黄头发，乡人见之，莫不大惊而走，以为是魔怪。于是明教又被称为“魔教”。

进化到这一步，明教也应该觉悟了吧？还不搞偶像崇拜吗？那后果可是严重得很。

绝望的明教被迫迈出了毁灭性的一步，与中土的白莲教、弥勒教嫁接，沦为了偶像崇拜的猎物。行了，走到这一步，明教就算是功德圆满了。

青年的朱元璋尚在皇觉寺躲藏，由明教、弥勒教、白莲教这诸多教义掺杂的思想力量已经在中国大地上掀起了一场场的腥风血雨，起事的教众与官兵在濠州地带展开拉锯战。正所谓“兴，百姓苦，亡，百姓苦”，兴亡颠覆转瞬之间，是百姓最苦最难捱的日子。

当时在濠州的情形就是这样：官兵到处捕捉老百姓，杀掉当红巾军拿去报功；而红巾军对这些“不积极革命”的落后分子也没有好脸色——大家都在辛辛苦苦地杀人放火，偏你躲起来关门过小日子，真是太不像话了，他们也到处捉杀老百姓。两下夹攻，最终把濠州地带搞成了无人区——老百姓有的当了官兵，有的当了红巾军，原本是叔伯邻居，现在只能是各为其主，抡锄头拼个你死我活了。有什么办法呢？

要革命，就会有牺牲，那牺牲往往是相当的惨烈，不唯是血肉横飞的残酷场面，还有心灵被这种残酷生生撕裂的绝望。这就是朱元璋问卦时掷出的筹板何以直立着的原因了。

极端情境之下没有理想的选择，只有接受冷酷的生态法则：杀戮还是死亡，是在痛苦中忍受命运残酷的打击，还是拿起武器，把敌人消灭……这个把哈姆雷特逼疯的问题，也落到了朱元璋的身上。

当朱元璋走出这一步时，是何等的不甘，何等的悲哀啊！他绝望地感叹：

众各为计，云水飘扬。
我何作为，百无所长。
依亲自辱，仰天茫茫。
既非可倚，侣影相将。
突朝烟而急进，暮投古寺以趍跄。
仰穷崖崔嵬而倚碧，听猿啼夜月而凄凉。
魂悠悠而觅父母无有，志落魄而侠佯。
西风鹤唳，俄淅沥以飞霜。
身如蓬飘逐风不止，心滚滚乎沸汤。

这一段文字，惨啊，真是太惨了！失业青年朱元璋为我们描述了一幅凄惨的画面：可怜我活到了二十郎当岁，手不能提、肩不能扛——“我何作为，百无所长”——除了混，屁本事也没有，正宗废物点心一个。朱元璋突然看到前方有炊烟升起，狂奔而去：“叔叔大爷大妈大娘婶婶，可怜可怜我这个失业青年吧，给一点点吃的……”“砰”的一声，那扇门对着朱元璋的鼻尖重重关上，那一瞬间朱元璋的内心是何等的悲愤啊！他仰头质问苍天："为什么？为什么这个世道如此冷酷？"

绝望之际，就见前方一道光华出现，朱元璋革命事业的领路人、明教五散人之一的彭莹玉大师赶到了。

彭莹玉，俗家名字叫彭翼，人称"妖彭"。公开身份是袁州慈化寺和尚，暗地里是明教宣传部长。每天夜里，彭莹玉就在秘室里开会，鼓舞教众们起来，推翻蒙古统治者：一等人，是蒙古，吃得肚皮直打鼓；二等人，是色目，日子过得真舒服；三等人，是汉人，饿得张嘴满地啃；四等人，是南人，都他妈的不算人……

宣传工作做完了之后，就是分发武器。明教的武器非常先进，成本也低——举凡参加起事的人，后背处都由彭莹玉写个"佛"字，有了这个字，枪扎扎不透，刀砍砍不透。大家约定寅年寅月寅日寅时共同举事。

到了日子，五千人众在彭莹玉的徒弟周子旺的率领下，在江西宜春轰轰烈烈地闹将起来，官府急忙派兵将来弹压，教众袒开肚皮让他们扎……"扑哧"，一扎一个透心凉。

怎么这法术不灵了涅？

说到这法术失灵，委实是个世纪性的大难题。民国年间军阀张宗昌曾经请了一个道士画符、念咒，之后将符纸烧剩的水给一只鸡灌下去，然后让卫队对准那只鸡齐射，直打得满天翎毛狂舞，那只鸡照样精神抖擞。连子弹都射不进，这法术应该没问题吧？可临到战场上，那些喝了符水的士兵们被子弹一穿一个透。

彭莹玉遁走，转入地下继续宣传。他以寺庙为掩护，而朱元璋此时正躲在寺庙里，所以彭莹玉就是冲着朱元璋去的了。朱元璋这人也怪，彭莹玉的宣传理论那么一大堆，他就听懂了一个算卦；老天爷也拿这个失业青年开心，连续三次都把个筹板直立起来，就是不给朱元璋以继续待业的希望。万般无奈，朱元璋只好加入明教，去濠州投奔郭子兴的队伍。

有分教：此人一去，明教成灰。可怜这个有着千年历史的教派，就这样被"后晋员工"朱元璋给搞死了。

朱元璋加入明教后，体现出超凡的组织才干，天生就有着带兵的能力。

那么这就奇怪了，他朱元璋怎么会有这种能力呢？有了这种能力，他居然找不到工作，只能失业，这岂非咄咄怪事？

正因为他是一个理性思维的人，所以才会落到这种地步。

明明是这厮在打卦问卜，怎么说他思维理性而不原始呢？实际上这个问题，早在朱元璋东躲西藏、死活不肯参加革命上就能够看得出来。

要知道，这世界上绝大多人都是认为自己像朱元璋那样怀才不遇的，这一观念越是执著之人，思维就越是原始化，越是对社会本质缺乏一个清醒认识。也只有像朱元璋这种理性的人才知道才华在社会上人与人竞争中根本派不上用场，能够派上用场的往往是为原始思维所陌生的另外一些东西。比如说思想本身，比如说人对社会的认知能力。前者是纯粹的理论构架，而后者则需要从事物的表象中层层剥茧，最后将根本性的规律找出来。

原始思维的人对社会规律的认知是一片空白，只停留在自己的具象幻觉中，莫名其妙地认为这种时候会有自己的机会，巴不得全乱了才好，却不知道逢到乱世，第一个倒霉的就是他这样脑筋原始的人，因为他们根本就不懂得这种情势之下基本法则。

像朱元璋这样理性的人知道，乱世根本不可能有任何人的机会，那些以为可以提枪跃马纵横睥睨的原始思维人群是乱世的第一批牺牲品。所以，朱元璋才没有激动不已地加入到闹事的洪流中——那些人都将一去不回，沦为最悲惨的炮灰。他宁愿做一个失业青年。

当他躲无可躲时，他的表现和别人也有着明显的区别。

与有些人想象的不一样，乱世中的竞争绝非是暴力法则，而是社会组织能力的竞争。比如说我们最熟悉的刘备刘皇叔，如果他要和关羽等比武力比暴力是以卵击石，但刘备有着捕捉百姓的神奇能力。这种能力随着他的职业生涯慢慢增长，最早他能够捉几千百姓，把他们送上战场，再后来他能够捉得上万名百姓，再后来他和诸葛亮珠联璧合，居然捉了十数万百姓跟曹操对打，只是在打架的专业性上比不过曹操，这才不得不去西川找活路。刘备这个捕捉百姓的本事就是所谓的社会组织能力了。

当朱元璋投奔到濠州郭子兴部时，他的才干一下子表现了出来。

巧了，郭子兴也有点这个本事——若然是没有这种本事，又如何号令群雄？郭子兴一见朱元璋大喜，知道此人日后的成就小不了，将女儿嫁给了他。

这时候徐州“芝麻李”也在红红火火地起事，遭遇到元丞相脱脱，被逮住宰了，“芝麻李”的部将彭大、赵均用等逃到濠州，投奔郭子兴。

郭子兴部搞的是集体领导，一共有四个元帅，另三个元帅以孙德崖为领导核心，瞧郭子兴老是搞自由主义，不顺眼，一生气就给郭子兴办了学习班，关在了地窖里。

这时候朱元璋的才干表现了出来：他急急跑到彭大、赵均用部，投诉孙德崖部分裂红巾军、办郭子兴学习班的事。彭大和赵均用一听就火了，派出军队，到了孙德崖的家，掀开屋瓦进去，就见郭子兴披枷带锁，浑身上下皮开肉绽。

郭子兴好歹活着被救了出来。朱元璋晋级为总官。

此后朱元璋南游定远，捉了7万名老百姓，从中挑选出精壮的两万人，浩浩荡荡杀奔滁州，眨眼工夫，朱元璋已经成了气候。在这个过程中，朱元璋的个人能力起到了决定的作用。朱元璋有着过人的社会博弈技巧，借力打力，所以才能够利用红巾军的内部矛盾将郭子兴救出来，从而获得上升空间。这种能力是建立在对人性的深刻洞察之上的。

朱元璋太清楚人性了。他又是怎么清楚这这些的呢？因为他要过饭，在乞讨中最容易与人性中的阴暗力量相遭遇了——他不知被多少人戏弄过，不知道被多少条狗狂撵过——他对人性的认识与曹操达成了神奇的一致。朱元璋和曹操都认为：人人都是王八蛋，都不是好东西！

“与我取城子的总兵官，妻子俱要在京居住，不许搬取出外。将官正妻留于京城居住，听于处处娶妾。”这就是朱元璋对人性的认识了。他认为所有的部属都不是好东西，随时都有可能叛变投敌，所以将前线官兵的妻子儿女统统扣为人质。这个就是社会组织能力。

未及多久，孙德崖部赴和州“就食”。就食，就是和州的粮食收成了，红巾军浩浩荡荡赶来开吃。以当时的生产力，一户农家辛苦一年收上来的粮食能不能够自己吃都很成问题，来了这么多的军队，有军队吃的，就没了百姓吃的，这个矛盾怎么解决？

这个深刻的矛盾必然会引发群体性事件——和州城里，郭子兴与老战友厮杀成一团，和州城外朱元璋却拼老命地逃出十几公里，被孙德崖部俘虏。

这是一起意外冲突，那么小的和州挤下这么多的队伍，就算是把百姓全都煮了，也不够吃。所以朱元璋礼貌地劝孙德崖换个地方去吃，孙德崖也答应了，并且立即出城。

朱元璋在前面送行，郭子兴在后面送行，与老战友孙德崖手拉手，正在情深义重之际，也不晓得哪个起头，双方又打了起来。结果是孙德崖部逮住了朱元璋和徐达，孙德崖本人却被郭子兴活捉了。

于是，双方走马换将。朱元璋能够活着回来实属运气。

就因为这件事，郭子兴深受刺激，不久死掉。此后朱元璋大展神威，将郭子兴旧部中不听话的兄弟或杀或埋，然后与陈友谅对阵于鄱阳湖。

与朱元璋相比，陈友谅的脑子明显原始，这中原逐鹿还没开始呢，他就迫不及待宣布自己是皇帝了……他显然不是朱元璋的对手。

然后是张士诚。张士诚的脑子并不太原始，要命的是，他的社会组织能力明显逊色，最后也退出角逐。

再后来朱元璋向他最强大的敌人宣战——不是元兵，是明教！

> 近自胡元失政，兵起汝、颍，天下之人以为豪杰奋兴，太平可致。而彼惟以妖言惑众，不能上顺天意，下悦民心，是用自底灭亡。及元兵云集，其老将旧臣，虽有握兵之权，皆无戡乱之略，师行之地，甚于群盗，致使中原板荡，城郭丘墟，十有余年，乱祸极矣。

这道檄文告诉了我们一个最简单的道理：公道自在人心。百姓要的是安定生活，任何人以任何名目为暴力法则唱赞歌都不会有效果，所以朱元璋毫不犹豫踢开明教，与红巾军彻底决裂，建立一个新的政府组织，一举赢得民心。沉小明王韩林儿于江心，朱元璋大踏步迈向皇权政治。

麻烦的是，彭莹玉突然失踪了，他可是朱元璋、陈友谅、张士诚的引路人。

就朱元璋之后干出来的事情推断，彭莹玉很有可能被朱元璋埋在了一座寺庙的墙壁下。

《大明律·礼 律》：

> 凡师巫假降邪神，书符咒水，扶鸾祷圣，自号端公、太保、师婆，妄称弥勒佛、白莲社、明尊教、白云宗等会，一应左道乱正之术，或隐藏图像，烧香集众，夜聚晓散，佯修善事，扇惑人民，为首者绞，为从者各杖一百，流三千里。

夺得政权之后，朱元璋正式宣布绝除包括明教在内的一切教义。

我们在百姓那里和在史学家那里得到了两个不同的朱元璋——

在民众心目中，朱元璋是汉人的大英雄，是他逐走了异族胡元，重整汉家河山——“山河奄有中华地，日月重开大宋天！”所以民间评书中对朱元璋的印象好到了不能再好，一部《明英烈》，甚至到朱元璋火烧功臣楼时，百姓都表示了最大程度的理解。

而史学家则反复念叨朱元璋朝廷杀戮的恐怖气氛。朱元璋杀尽了省部级直到县级的领导干部，只有几个人侥幸老死在自家的床上。

一个是武将汤和。汤和一辈子除了听朱元璋的话，没干过别的事，大明政权成立后他又是第一个交出兵权的，主动退休。等朱元璋兴致勃勃杀光了所有的武将，回过头来找找看有没有疏漏时，才发现汤和已经老死了。

一个是外戚郭德成。郭德成先是装疯，后来又躲进寺里当了和尚，漏网，未能成全朱元璋杀尽勋臣的心愿。

还有一位袁凯。朱元璋设套给袁凯钻，问他：“我打算再多杀一些人，杀得越多越好，可是太子却主张从宽，你说我们爷俩谁对呢？”袁凯答：“陛下要杀是守法，东宫主张赦免是慈心。”这个回答非常圆滑，是找不到把柄的，但问题是朱元璋只是想宰他，并不多考虑他的回答有没有道理——龙有逆鳞，君心难测，皇帝存心找你麻烦，你怎么回答都白搭。袁凯当机立断，马上装疯。

朱元璋的眼睛是雪亮的，袁凯如何又能蒙混过关？

于是朱元璋声称疯子不怕痛，拿来铁钻在袁凯身上钻洞。袁凯明知道疯子也是人，也会怕痛的，可如果他敢和朱元璋抬杠，岂不是死得很惨？只好咬牙挺住，痛得青筋凸出，冷汗直流，也不敢吭声。

朱元璋玩腻了，就先让袁凯回家；过了两天闲着没事，又要玩弄袁凯。可这一回袁凯却把朱元璋玩了一把。他躺在肮脏的猪圈里吧唧吧唧吃屎，听得朱元璋直恶心，再也不找袁凯玩了。实际上，袁凯是事先用炒面拌了砂糖扔在猪圈中冒充屎。

朱元璋与曹操同样洞悉人性的险恶。曹操比较宽容，不计较文人学士的酸脾气，所以文人们大骂曹操是坏蛋、奸雄。而朱元璋杀戮无常，是个有着严重心理洁癖的人，他知道那些读书人横竖是要骂他的，所以不如先宰了再说。他如此残忍，是因为他极度厌恶这种极端游戏。

曹操宽容，他的江山传了 5 朝 45 年。朱元璋残忍，他的江山却传了 16 朝 276 年。

第二十七章 李自成进占北京的预言

三百年来事不顺，
虎头带刀何须问。
十八孩儿跳出来，
苍生方得苏危困。

——《乾坤万年歌》

“三百年来”，当是说明朝的事，“十八孩儿跳出来”，分明是在说李自成。

说起李自成，此人闹得沸沸扬扬，实乃一个不世出的军事天才，原本是乌合之众的流民经过他的训练一个个都成为悍死之士，若非有奇异本事，也不可能掀翻大明帝国。

李自成的流民军非常富裕，他的部属每人都有三四匹良马，而与他们作战的官兵却是清一色的步兵，哪有个不输的道理？

过河的时候，李自成一声号令，数万流民军齐声尖叫，赤足立于马背之上，抱着马脖子哗啦啦涉水过河，因为人马数量过多，江河为之堵塞。临敌作战时，后面的人就是前面的人的督战队，如果前面的人敢回头，后面的人就一刀宰了他；如果后面的人不忍下手，那这位心软人士就会死得更惨。

举凡流民军攻城都是非常“讲规矩”的：流民军来到城下，举城投降，则只是奸淫美貌妇女，抢足了银子，不会屠城；如果敢顽抗，固守一天，城破，杀全城的人 3/10；固守两天，城破，杀全城的人 7/10；如果固守三天以后，一旦城池被破，则老幼屠尽。

李自成攻城从来不用云梯，而是拆毁城墙。

攻城时，李自成会命令一支工兵队匍匐前进，到城楼下面去拆墙。一天只要求拆下一块砖，敢拆两块者，杀！如果守城者滚木礌石齐下，工兵队害怕后退的话，杀！

攻城第一天就拆这一块砖头，往往杀戮了千众才能办到，然后收兵回营睡觉。

第一天只拆一块砖头，等到第二天就要玩狠的了：铁罐里装上炸药，城墙底下掏洞，一声轰响，将坚固的城墙掀翻，这时候就轮到城里居民倒霉了。

张献忠最羡慕李自成这一手，也曾学着李自成的模样训练手下，可他快要把人杀光了也训练不到李自成这种程度。人和人的差别就这么一点点，所以李自成能够杀气腾腾进入北京城，而张献忠只能进入四川关起门来做皇帝。

李自成能够崛起于流民军中，本身就很蹊跷离奇。要知道，明末的流民军哗啦啦地扑向富裕的地区，每将一个地方吃成废墟、再赶往下一个地方的时候，这伙人的数量就以几何级数迅速增长。这是因为被流民军骚扰过的地区，寸草不生，颗粒不剩，没死的人为了活命只好跟着大队人马一块去吃。

像这种纯粹社会破坏因素，单凭乡勇沿途设垒、百姓邀击就可将其歼灭，可是在明末这支力量却迅速膨胀成长起来，进而摧毁了大明政权，又是一个什么缘故呢？

归结起来，这个责任应该由朱元璋来负，是他亲手培养出了一个暴民帝国。

朱元璋，这个从佛家空门走出来并通过明教组织成就了帝王事业的人，发现了一个秘密，并做了一件蠢不可及的事情。

他发现的秘密是：精神信仰的力量无远弗届，明可以达人，幽可以达鬼，具有主宰社会进程的可怕力量。如朱元璋参加的明教，难以数计的民众加入进来，在其中找到了归宿感，他们愿意追随教主拿起刀枪，从一个老实本分的平民转化为悍不畏死的战士。

朱元璋注意到了秘密结社的可怕力量，但是他显然认为信仰这东西无关紧要，除了添乱捣蛋之外，既不能吃也不能喝，没什么存在价值。所以朱元璋毫不客气禁绝明教并一切民间教义。所以朱元璋冷酷无情将寺庙改造成了监狱，把和尚们都关了起来。所以朱元璋毫不通融地将龙虎山上张道陵后人的天师法号剥夺，降级为真人。朱元璋还打算将孟子拖出去砍头，只不过孟子死得太早。

总之，朱元璋以皇权之力同时向儒家、释家、道家并所有的民间信仰开战，要将这些民间智慧统统摧毁，要建立一个没有任何信仰的帝国。

没有任何信仰对朱元璋有什么好处呢？人没有了信仰，就不会有精神寄托，心灵空荡荡没个着落，就好似丢了魂一样。依朱元璋想来，人一旦到了这种地步，自主意识就会变得模糊，只能听他老人家的随意摆布，只知道替他老人家卖死力气干活，却不会给他添任何麻烦，岂不妙哉？

我们确信朱元璋有这种想法，是因为在参加红巾军之前他本人的精神状态就陷入了这种茫然失措的绝境。

《皇陵碑》曰："既非可倚，侣影相将。突朝烟而急进，暮投古寺以趍跄。仰穷崖崔嵬而倚碧，听猿啼夜月而凄凉。魂悠悠而觅父母无有，志落魄而侠佯。西风鹤唳，俄淅沥以飞霜。身如蓬飘逐风不止，心滚滚乎沸汤。"在这里朱元璋所描述的，就是那种丧失了精神家园、心灵无所寄托的绝望孤魂的哀鸣。

朱元璋认为，既然他曾经绝望茫然过，别人也不会例外。所以他才要冷酷摧毁民众的信仰支持，让民众陷入精神绝境，而他则坐在龙椅上，笑眯眯地往庄稼地里一指，于是众人疯了般地冲过去玩命苦干，种出来的庄稼把老朱家人喂得又肥又胖……

也许朱元璋并没有我们想得这样复杂，但是，他不遗余力地摧毁了儒释道及民间信仰是不争的事实。

那么，丧失信仰的民众是不是从此就成为了闷头不问世外事、低头苦干农家活的行尸走肉了呢？没那事！

每一个人的心灵都是二重组合，有悲天悯人的天使，也有邪恶狰狞的魔鬼，有着行善的本能冲动，也有邪恶欲念的要求。举凡能够获得社会认可的信仰，莫不是以善行为主导，要人们警觉内心中的黑暗力量。简单来说，凡是让我们警醒自身心灵中阴暗欲念的，大致都能够归结到宗教的范畴；而认为别人才是坏人、我是大大的好人的信仰，九成九是蛊惑人作恶的邪教。

原始教义与现代心灵信仰的差别，就在于对黑暗力量的地理定位不同：举凡认为我是大好人、别人都是邪恶的观念，就是原始思维，这种观念极易产生仇恨心理。举凡认为人性是差不多的、我痛苦别人也不舒服、遇到问题还要去自己的心灵深处寻找答案的，基本可以归为现代教义。

朱元璋摧毁了民众信仰，彻底让民智退化回到了原始人时代，结果阴差阳错，导致了一个非凡的哲学流派出现，这就是泰州学派！

没有信仰，人们苦苦思索着这样一些问题：我是谁？人是啥玩意儿？我为什么会在这旮旯？这旮旯是什么地方？绝望的人们一边替朱元璋打工干活，一边苦苦思索这几个超级原始的哲学问题，足足经过了长达百年的思考，突然有天石破天惊，黑暗中产生了明丽的光华，诞生了泰州学派的世俗哲学思想。

解决了这几个核心的问题，大思想家颜山农迈着矫健的步伐，神采奕奕地向历史走来。他正式宣布：中国人的核心哲学思想他已经破解了，他将像孔子那样收徒传授秘法。

这时候有一个叫何心隐的江湖游侠，也在苦苦思考这几个核心问题，他思考了一辈子也没思考出个头绪来，听说思想宗师已经出世，就飞奔前来拜师。

颜山农说："要想拜师，须有谢仪，你可带来？"

何心隐恭敬地呈上一只死老鼠。

原来，何心隐听说春秋年间孔子收门人的时候，学生们都要奉上一只大雁以为谢师之礼，想来这颜山农还没到孔子的级别，送大雁未免过了，马马虎虎送上一只死老鼠吧！颜山农将那只老鼠丢在一边，告诉何心隐："欲入我门，必得先受我三拳，能够经过我三拳不死者，才有资格做我的徒弟，你可敢否？"

拜师先要挨三拳？当时何心隐心中既惊且诧，但是求知欲太强烈了，他一咬牙，暗运内力，护住周身108道重穴，说："那好，今天这师我拜定了，你打吧！"

"看拳！"颜山农暴吼一声，"砰砰砰"三次出拳后，何心隐正式成为颜山农的弟子。

之后，何心隐心急火燎地请求老师授予秘学心法，告诉他有关人生哲学的答案。颜山农白了他一眼，冷笑道："你急什么？我还要花上十年二十年考察你的心性，观察你的为人，可不能所传非人啊，以免你将来欺师灭祖……”

何心隐无奈，咬牙忍着，跟颜山农屁股后四处讲学。

几年时间过去了，颜山农的秘学心法仍然是只字不露，憋得何心隐几欲疯狂。他灵机一动，利用自己绝妙轻功的优势，每天跟在老师身后，对颜山农进行24小时的跟踪监视。

终于有一天，何心隐跟踪到了一条偏僻的山路上，就见颜山农躲藏在草丛中，等到一个年轻貌美的村姑经过时，就怪叫一声，猛扑过去将之按倒在地，要强奸她。

这时候何心隐跳将出来，将颜山农一顿暴打，逼颜山农说出秘学心法。颜山农无奈，只好如实招来：“贪财好色，皆从性生，天机所发，不可阏之，第勿留滞胸中而已。”意思是说：贪婪是人的天性，既然是天性，就不要有任何抵制，抵制贪婪的天性，人就会精神不振、茫然失措、痛不欲生、生不如死……这个理论，让我们想起来大唐李世民的儿子们来，那些年轻人不就是因为不能为所欲为干坏事，结果生生憋成了精神病吗？

何心隐恍然大悟，于是破门而出，也成为了一代宗师。他高瞻远瞩地指出：“天地一杀机也，尧不能杀舜，舜不能杀禹，故以天下让。汤、武能杀桀、纣，故得天下。”意思是说：这世上的人都是王八蛋，没有一个好东西。这世界的法则就是大王八蛋欺负小王八蛋，小王八蛋又欺负小小王八蛋，小小王八蛋再去欺负小小小王八蛋……

哲学思想发展到这一步，总算是和曹操、朱元璋的思想对接上了。这就是大明朝思想界的基本认知。

这就是朱元璋在摧毁了民众信仰导致民智后退所产生的必然结果。中国人在春秋时代就已经走到理性的门前，却又被朱元璋生生倒拖回了原始时代。试想一想，像何心隐这种思想会产生什么社会现象？

暴民！没有任何约束、只为了一逞私欲的暴民！

而这，正预示着李自成的伟大时代。

何心隐推出惊世骇俗的“王八蛋理论”80年后，延绥白水县王二起事，谋事者皆以墨涂黑面孔，拉开了大明末路时代暴民起事之帷幕。同年，安塞马贼高迎祥、汉南强盗王大梁纠集流民起事，高迎祥自号“闯王”，王大梁自号“大梁王”。

流民军迅速扩大，首领名号五花八门：王虎、小红娘、一丈青、掠地虎、混江龙、不沾泥、可天飞、点灯子、混天猴、独行狼……延安人张献忠号“八大王”。

1631年，西安推官史可法下令，要求各流民军自行解散，由朝廷统一安排工作，流民军首领统统进入公务员队伍……这导致了朝廷公务员队伍迅速爆棚，只好裁减事业单位、节省财政开支以应付这些新晋公务员。驿丞李自成的饭碗因此而被砸。李自成大怒，自谋职业当了屠夫，可不知怎么搞的，猪没见他杀掉一头，却杀了人，于是进入流民军队伍。

此后李自成成为了闯王高迎祥的八大部将之一。哪八部将？眼钱儿、点灯子、李晋王、蝎子块、老张飞、乱世王、夜不收、小闯王！最后一个就是李自成，从绰号上来看，他显然比别人更多些心智，既然他是“小闯王”，那么理论上来说他就是“闯王”高迎祥的合法继承人了。

此后李自成独领一军，四处游窜，所到之处将地皮搜尽，兵精粮足，几万人天天吃不完地吃。跟在他屁股后面追剿的官兵往往粮饷接济不上，只能是饿着肚皮光着脚板，追不上还算他们运气，追上的话多半是有死无生。

1635年，各路流民军会师于荥阳，计有老回回、曹操、革里眼、左金王、改世王、射塌天、横天王、混十万、过天星、九条龙、顺天王及高迎祥、张献忠。在这次会议上，李自成提出了加强领导、统一布置、统一作战的思想，获得了与会人员的高度评价。

然后流民军大掠凤阳城，焚烧房屋两万多间，火光明照百里，并竖起了一面“古元真龙皇帝”的怪旗。

这面旗可没给李自成带来好运。他老婆邢夫人和部将高杰上了床，高杰担心被李自成发现，就携邢夫人投奔官兵。官兵四面合围，将李自成困于潼关，李自成往东败走。

过不多久，又一支流民军从潜山出太湖，扑向安庆，史可法忙不迭赶去救援，却被流民军狙击，寸步难行。好在史可法携带了大炮，于是就鸣炮表示愤怒；愤怒过后，官兵大营被击溃，许多官兵将领被流民军剁成了肉酱。

史可法鸣炮有功，升任右佥都御史，巡抚安庆。而此时流民军越发势大，所到之地，老百姓为了避免被裹胁，都逃到深山老林中啃食树皮为生，彻底返回原始社会。

此后李自成又窜回潼关，惨遭官兵合围，幸免不死者丢弃刀枪马匹，逃入汉南山中。而李自成又丢掉了新娶老婆和刚刚出生的女儿，只有七人七马遁入了商洛山。又过不久，李自成窜到蜀川，被官兵围困于巴西鱼腹山中。铁匠出身的刘宗敏抱着两个美貌老婆准备去官兵那里自首，而李自成则准备悬梁自尽——总之是山穷水尽了，大家也闹得确实也有点累。

可是李自成自杀失败，他的养子双喜救下了他。于是李自成扯着刘宗敏的衣襟，哭着来到乡野间的神祠，曰：

> 人言我当为天子，盍卜之，不吉，断我头以降。

李自成连卜了三卦，每一卦都是大吉。当时刘宗敏大喜，立时拔出刀来，咔嚓就把两个老婆的脑袋砍了下来，然后向李自成请战："请首长下命令吧，我们一定要消灭敌人！"很多正准备带着老婆投案自首的将领听说这事，就都杀了老婆返回来。于是李自成下令烧毁辎重，轻骑出击，杀出了重围。

话说大太监魏忠贤有一干儿子，名李精白，极是孝顺，在魏忠贤失势后遭到株连。李精白的儿子李信常开仓放赈，百姓感其恩德，称之为"李公子"。

这时绳伎女艺人红娘子造反，杀入城中抢走了李公子，发现这小伙子生得肌肤如雪、眉目如画，不由分说便要了他。李信趁红娘子不留意，逃回来向官府报了案，不解何故，官府却把受害人李信关了起来。红娘子听说了，又来打城，要抢回李信。城中的饥民说："是李公子救活了我们，如今李公子有难，我们不能不管。"就群起劫了大狱，硬把李信又给红娘子送了回去。

于是，李信改名李岩，和红娘子一起加入李自成的大队人马。

来了之后，李岩就觉得事情不妙。概因这李自成有个爱好——将身边人的双脚砍掉，看着他痛苦地在地上缓慢蠕动，他呢就感到无限幸福。李岩担心李自成这么砍来砍去，说不定哪天自己就会没了双脚改在地上爬了，于是就进言："取天下以人心为本，请勿杀人，收天下心。"

李自成强忍着，接受了这个建议，之后屠戮稍减。但李岩竟敢让他不痛快，存心给他添堵，这个仇迟早是要报的。临到覆灭大明，李自成就杀了李岩，算是稍舒胸中的郁闷。

有人来帮忙让李自成当皇帝，就有人扯后腿捣蛋。

这个专门跟李自成捣蛋的人叫汪乔年，官拜陕西总督。汪乔年到了陕西之后，就秘密寻找李自成的亲友，找到了一个勤恳敬业的县吏。汪乔年秘密将县吏绑架，严刑拷打，逼迫其交代出李自成家祖坟所在。县吏吃打不过，被迫招供：

> 去县二百里，为李氏村，在乱山中，凡十六冢环而葬，中其始祖也。相传圹中有铁灯檠，铁灯不灭，李氏兴。

于是汪乔年带人赶到，将李自成的祖坟掘开，就见无数蝼蚁，其大如拇指，遍体生着骇人的异光，嗖嗖嗖从墓穴中爬出来到处乱窜。待将蝼蚁驱散，进去劈开棺材，就见棺中伏卧一具怪尸，尸骨呈青黑色，浑身上下生长着吓人的黄毛。怪尸的后脑处有个黑黝黝的洞穴，洞穴大小如铜钱，四壁圆润光滑，分明是有什么东西经常在穴中进出。壮起胆来近前细看，就见那颅骨的穴洞中突然蹿出来一条蛇，遍体赤红，长三四寸，头上生有两只未成形的角，身上遍布鳞壳。这怪蛇钻出穴来，便向着日光飞旋而起，飞起一丈多高，头部向着太阳频频点动，张开嘴吸食阳光。连吸了六七口之后，就见那异蛇心满意足地点点头，又凌空飞了回来，重新钻入尸体的颅穴中休息。

汪乔年用力一挥手，就听到随他前来的兵丁呐喊着向着那怪尸颅穴中的异蛇发起了凶猛进攻。可怜那条蛇躲藏在这暗无天日的地方，哪想到外边跑来这么多的两足动物找它的麻烦？被数不清的刀砍剑剁，就这么活活被打死了。然后汪乔年将怪尸的颅骨及死蛇用函匣装了上报朝廷，并撰写了“盗墓笔记”，以证实这件事的真实性。

此事传到了李自成的耳朵里，他不胜悲愤，仰天长啸：“吾必致死于乔年！”1642年，李自成率军打破襄城，捉住汪乔年，割其舌，将其肢解而死。

用汪乔年的“盗墓笔记”来解释李自成的成败，分明是一种极度原始思维。尽管这个事在正史中正儿八经记载着，但我们还是有理由表示怀疑。原始思维不把事情给你说到极度夸张的程度，是决不罢休的！

实际情况是，李自成是朱元璋精心培养出来的大明王朝掘墓人。颜山农与何心隐的观点，听起来是原始粗糙，却正是大明皇族与帝国官员的生存写照。那些人肆意放纵私欲，哪怕有一点点的克制都会令他们痛不欲生。这种生存哲学是从朱元璋开始的，做事丝毫不为自己留条后路，不要说考虑子孙后人的福祉，哪怕是近在明天的报应也是毫不理会的。如是这般粗陋观念的放纵必然会恶化社会的生存环境，把大多数人推入“哪怕死后洪水滔天”的不归之路。正是这样的原因，大明末年的百姓特别容易沦为暴民，当暴民的基数在百姓中占到一定比例时，这个社会就彻底沦为了恐怖的人间血狱。

> 贼既陷楚藩，缚楚王，笼之而沉诸江，尽杀楚宗室。录男子二十以下，十五以上为兵，余皆杀之，由鹦鹉州至道士伏，浮胔蔽江，月余人脂厚累寸，鱼鳖不可食。

这是张献忠干出来的好事！他将年龄在20岁以下、15岁以上的男孩全掳入军中，因为他知道这个年龄段的孩子心智尚不成熟，最易于教化为狼性的野兽。而其余人统统被杀掉，江面上漂浮的死人油脂竟然厚达数寸。

然后张献忠就收到了“最亲密的战友”李自成的一封书信：“老回回已降，曹操辈诛，行且及汝矣！”李自成在告诫张献忠：当年起事的老兄弟们中，老回回投降官兵了，余下来的人统统被我干掉了，下一个就是你！

张献忠大骇，准备渡洞庭湖逃走，可是湖上狂风大作。张献忠大怒，命人把数万名民家女子推上1000多条船，放一把火，一齐推入湖中。

这时候官兵大面积地向李自成投降。只有一个人是誓死不降！

是谁？

就是那个拐走了李自成老婆的高杰。别人降得，他可是降不得，他成为了官兵中抵抗流民军的领导核心。高杰勾引李自成老婆固然是一把好手，可要说到抗击流民军就不是他的长项了，所以李自成只管大踏步向前行进，途中一帆风顺，毫无阻碍。

闻知李闯欲犯京师，崇祯皇帝大怒，加印了无计其数的纸钞，忽悠百姓抢购，却是一张也卖不出去。户部官员上书：“陛下，老百姓可不比咱们傻啊，谁愿意用白花花的银子买你一张废纸？”崇祯乃止。

再往后，流民军进入北京城，崇祯吊死。

宫女们哭着喊着逃出宫门，纷纷投御河而死。宫人费氏跳枯井，流民军手疾眼快，一把揪住头发拖了上来，发现是一个绝色美女；众人你挣我抢，打成一团。费氏厉声道："大胆，我乃长平公主是也，尔等竟敢冒犯？"

听说是位公主，众人大喜，将她扛起来给李自成送了去。李自成却不是好糊弄的，先命太监近前辨认，太监摇头："非也，非也，此非长平公主，只是一个宫女……"于是李自成就将费氏赏给了一名部将。

那部将大喜，立即将费氏拖入营帐，按倒就要胡来。费氏阻止他："我虽然不是长平公主，可毕竟是皇宫里的，你怎么可以这样粗鲁呢？要文明，不要太原始……"部将大喜，就摆了酒宴，正吃着呢，费氏突然从怀中抽出一把刀来，把那人的脖子割断了。然后费氏大声喊："我一个弱女子，能杀一名贼军头目，值了！"遂自刎而死。李自成大骇，命人将其埋葬。

之后李自成全面清查北京市民户口，每五户为一甲，供养一名士兵，于是北京城中老百姓争抢着上吊。

由此开始，李自成开始大踏步向着他的覆灭挺进。没有人能够阻止他的失败，一如没有人能够阻他的成功。

第二十八章

关于未来时代的预言

相继春秋二百余，
五湖云扰又风颠。
人丁口取江南地，
京国重新又一迁。

——《乾坤万年歌》

看《乾坤万年歌》看到这里，有些研究者就会拍案而起，曰：此乃明末清初人士伪作也！

如何得出这个结论呢？是从预言的本身，和历史对不上了，这可如何是好？

按时间顺序来推，上一象是李自成流民军闹事，那么这一象理应是满洲人入关啊！可分明不是。由此许多人得出结论，这个《乾坤万年歌》应该是明末时人所作，说不定还是李自成那伙人捣鼓出来的，要不然上一象最后一句怎么会说“苍生方得苏危困”呢？可见写这预言诗的人知道自伏羲至李自成至少7000年的历史，却说不准李自成之后的事情。

这个结论看起来合情合理，但是非常草率，是错误的。何以见得？

这是因为，《乾坤万年歌》所运用的知识体系是五星三元结构，首先要确定黄道十二宫，依据二十八星宿定位，尔后每一元为一万年计算，可以推演到上三元、中三元、下三元总计九万年的历史。九万年的历史太长了，天晓得九万年之后人类是不是还存在。

《乾坤万年歌》图省事，只推演了一万年的历史，另外八万年不管它了，就算是管了，我们也不晓得它说的对不对。

这里只有区区一万年，怎么也出了问题呢？

简单说来就是这样：这个推演方法是依据年代往下走，但开始的时候会跳一下，临到快要结束的时候还要跳一下。什么叫跳一下呢？就是从某一个起点，咔嚓跳过三两千年，然后再停下来慢慢地说。

为什么要跳呢？这是因为……总之，非跳不可，不跳就没个推演的起点——连起点都没有，怎么个推法？这就好比我们要观测事物总是要有个观测的地点，不管我们处在哪个位置上，能够看得极远，却无法看到自己的脚掌下面，拿物理学家们的话来说，这个就叫测不准原理。

设想我们来推算这个《乾坤万年歌》，总要找个地方待着——这地方跑不出地球，跑不出我们所在的时间和空间——两只脚总是要踩在什么地方上，若是一只脚踩到了夏朝，另一只脚踩到了清朝，那么结果会怎么样？

那么，你就看不到从公元前2205年到公元前1155年这一千来年，这期间恰好处在夏商朝断代工程的节骨眼上。同样，你也看不到从公元1645到公元2605这一千来年，这个时间段是从李自成登基开始，经由我们现在往后发展600年。

总之，我们只要知道一件事就可以了：此后的卦象是600年之后的事情了，再往后还有个2000多年全指着这几个卦象过日子了。

相继春秋二百余，
五湖云扰又风颠。
人丁口取江南地，
京国重新又一迁。

两分疆界各保守，
更得相安一百九。
那时走出草田来，
手执金龙步玉辇。

清平海内中华定，
南北同归一统排。
谁知不许乾坤久，

一百年来天上口。

木边一兔走将来，
自在为君不动手。
又为棉木定江山，
四海无波二百九。

王上有人鸡上火，
一番更变不须说。
此时建国又一人，
君正臣贤乘辅佐。

平定四海息干戈，
二百年来为社稷。
五十年来年中好，
江南走出钊头卯。

大好山河又二分，
幸不全亡莫嫌小。
两人相见百忙中，
治世能人一张弓。

江南江北各平定，
一统山河四海同。
二百年来为正主，
一渡颠危猴上水。

别枝花开果儿红，
复取江山如旧许。
二百年来衰气运，
任君保重成何济。

水边田上米郎来，
赶往长安加整顿。
行仁行义立乾坤，
子子孙孙三十世。

我今只算万年终，
剥复循环理无穷。
知音君子详此数，
今古存亡一贯通。

这些卦象究竟预示着什么，尚待参详。也许每个人都有自己的答案，都待后人来验证。我们有许多的猜想憧憬，有许多的疑惑不解，未来留给我们的悬念多之又多。也许我们真的在冥冥中按照一条既定的路线朝前走着，也许这一切只是巧合、笑谈。而不管怎么说，人类文明是始终向前推进的，每一步留下的印记，都是我们对于宇宙、对于地球，乃至对于人类自身在认知上的加深，越来越清晰……